Oleg Jurjew
Der neue Golem
oder
Der Krieg der Kinder und Greise

Roman in fünf Satiren

Aus dem Russischen von
Elke Erb und Olga Martynova

Suhrkamp Verlag

Titel der 2002 in Nr. 8 und 9 der Zeitschrift *Ural*, Jekaterinburg,
gedruckten Erstveröffentlichung:
Nowy Golem, ili Wojna starikow i detej, roman w pjati satirach

Die Übersetzung wurde gefördert vom Literarischen Colloquium Berlin
mit Mitteln des Auswärtigen Amtes und der Senatsverwaltung für
Wissenschaft, Forschung und Kultur Berlin.

Satz: Hümmer GmbH, Waldbüttelbrunn
Druck: Nomos Verlagsgesellschaft, Baden-Baden
Printed in Germany
Erste Auflage 2003
ISBN 3-518-41479-5

1 2 3 4 5 – 08 07 06 05 04 03

Inhalt

Einführung.
Dezember zweiundneunzig

1. Fünf Minuten auf dem Friedhofshügel

Ein schweigsamer Tscheche mit deutschem Nachnamen lud mich in den jüdischen Friedhof ein. »Bist eingeladen«, sagte er gastfreundlich und zahlte zweimal acht Kronen in ein Mauerfenster. Ich hatte gedacht, nur in Rußland gebe es Friedhöfe mit Eintritt – ein verzeihlicher Fehler für einen jungfräulichen Reisenden, ich wußte damals noch nicht: Alles gibt's überall. Trockener, sehr weißer, sehr lockerer Schnee fiel schwer auf den Friedhofshügel und verschwand ohne zu schmelzen zwischen den graugrünen und blauschwarzen Steinen. Wahrscheinlich gelangte er unwahrscheinlich tief, bis auf den Grund der Höhle, die sich unter jedem jüdischen Friedhof befindet, und sammelte sich dort, in der nieseligen Dämmerung, als ein trübweißes mehliges Häufchen. Daran zu denken war unangenehm, wie es unangenehm ist, von einer öffentlichen Bibliothek ein Buch auszuleihen, zwischen dessen Seiten anderer Leute Schuppen zweifellos zur Mitte hingewandert sind, um dort eine trübweiße Lamelle zu bilden. Wir kreisten – mein Vergil voran, ich hinterher – im Außengewinde des Hügels und blickten uns immer wieder um. Er zu mir, ich von ihm fort. Zwölftausend ganze und zerstückelte Platten standen und lagen eng, sehr eng. *Da liegt man doch eng*, wollte ich denken, aber nein – dort liegt niemand. Man ist längst gegangen, wie jeder weiß: Durch enge Durchgänge in der Erde wandern die Seelen der verstorbenen Juden nach Jerusalem. Nach unter Jerusalem. Da stehen sie ewiglich in der Höhle unter dem Ölberg und warten. »Alle möchten Kafkas Grab sehen«, sagte mein Führer. »Ich habe eins ohne Inschrift gefunden und zeige das. Zum richtigen ist es weit, in die Vorstadt. Willst du es sehen?« Ich wollte nicht. Er schaute mich dankend an.

Der Rest des Prager Gettos, der Josefstadt (die von der öster-
reichisch-ungarischen Städteplanung Anfang des XX. Jahrhunderts wegsaniert wurde), bestand aus diesem Friedhof,
aus der Altneusynagoge – einem steinernen Urschuppen mit
einem hohen, kaum merklich schiefschenkligen Dach, und
aus dem Jüdischen Rathaus, in dessen Vorderfront eine nach
links gehende Uhr eingebaut ist. Unter einer nach rechts ge-
henden. Im Erdgeschoß des Rathauses war eine koschere
Gaststätte in Betrieb, lachende Amerikaner kauften An-
sichtskarten vom Ansichtskartenbaum, ein Russe im gestreiften Matrosenhemd hielt eine sowjetische Polizeimütze
feil. Mein Vergil folgte geduldig meinem Blick nach unten.
Und dann nach oben, zum Dach der *Altneuschul*. Irgendwo
dort, in einer fenster- und türlosen Dachkammer, mußte der
Ton-Torso des Josef Golem verwahrt liegen. – Ein gleich-
namiges Café mit Coca-Cola-Ausschank und Hundeblut-
Hamburgern, »direkt aus New-York eingeflogen«, lag nur
zwei Blöcke entfernt, auf den Altstädter Platz zu, war aber
zum Glück mit einem Vorhängeschloß verschlossen. Prag atmete den Schnee ein, schluckte ihn hinunter und hustete
metallen aus dem betäubten Hals. Auch mein Vergil hustete,
denn er traf nun einen Bekannten auf dem Hügel. »Rabbi
Löw. Der den Golem erschaffen hat«, wurde mir kurz bedeutet. *... und er bat den Himmel, ihm in einem Traume zu
verkünden, wie man den christlichen Priestern widersteht,
die falsche Beschuldigungen verbreiten. In der nächtlichen
Offenbarung tat man ihm kund: Schaffe eine menschliche
Gestalt von Ton, so vereitelst du den Willen der Übelwollenden. Am zwanzigsten Tag des Monats Adar im Jahre fünf-
tausenddreihundertvierzig, in der vierten Stunde nach Mitternacht, begaben sich der Rabbi [Löw] und zwei seiner
Schüler an den Fluß jenseits der Stadtmauer, [zu dem Platz],
wo man sich Ton vom Ufer holte. Dort fügten sie aus dem
weichen Ton eine menschliche Gestalt. Sie machten ihn drei*

Ellen lang, gaben dem Gesicht die menschlichen Züge, dem Leib die Arme und Beine und legten ihn mit dem Rücken auf die Erde. Dann stellten sie sich an die Füße der Figur, und der Rabbi gebot einem der Schüler, siebenmal um die Figur herumzugehen und dabei eine von ihm aufgesetzte Formel zu sprechen. Als das getan war, rötete sich die Figur glühender Kohle ähnlich. Dann gebot der Rabbi seinem anderen Schüler abermals siebenmal um die Figur herumzugehen und dabei eine andere Formel zu sprechen. Die Glut verschwand, der Körper wurde feucht und schied Dampf aus, an den Fingerspitzen wuchsen Nägel, das Haupt bedeckte sich mit Haar, und der Körper der Figur und ihr Gesicht wurden dem Leib und Gesicht eines vierzigjährigen Mannes gleich. Das letzte siebenfache Umschreiten der Figur vollführte der Rabbi selbst, und nun sagten alle drei den Vers aus der GE-NESIS: Gott der Herr blies ihm den Odem des Lebens in seine Nase. Und so ward der Mensch ein lebendiges Wesen …
Nachts patrouillierte der tönerne Roboter – meist unsichtbar – durch das Getto, und falls verdächtige Personen mit einer verdächtigen Bürde erschienen, die verdächtig einem untergeschobenen Toten glich, schleppte er sie sofort zur Stadtwache. Gustav Meyrinks Meinung, Rabbi Löw Maharal habe den künstlichen Menschen zur Ausführung von Arbeiten im Haushalt geschaffen, ist völlig unhaltbar. Im Gegenteil: Als der Rabbi erfuhr, daß seine Frau versucht hatte, sein Werk als banale Haushaltshilfe zu nutzen, sah er sich genötigt, dem Golem das Pergamentröllchen mit der Leben spendenden Formel aus dem Mund zu nehmen … Wir standen eine Weile bei dem steinernen Schrein, dann wurden wir beiseite geschoben – von amerikanischen Chassiden in schwarzen seidenen Chalaten und Fuchspelzmützen. Auf ihren weißen weichen Handflächen lagen schon Gedenksteinchen und -zettel bereit. »Ich mag diese Stadt«, sagte ich. »Besonders jetzt, wo man sie nicht sieht.« Mein Vergil nickte.

Schnee und Nebel und Benzinsmog deckten von oben alle
Hundorttürmigkeit und Goldenheit zu, nur die fleckigen
Blechdächer, die Mauern im alten Putz und das unter dem
Reif matt-schwarze kleinsteinige Pflaster blieben sichtbar.

Ich hatte hier weder Bekannte noch Freunde – nur ein Stück
von mir gab man im hiesigen Theater, ja und vielleicht noch
Josef Golem, ein rostrotes verhutzeltes Stück Ton auf dem
Boden einer Dachkammer. Der aber, zeigte sich, nicht zu
zeigen war. »Die Deutschen haben ihn dreiundvierzig ab-
transportiert«, der finster-freundliche Gastgeber blickte sich
schuldbewußt um und breitete in unverständlicher Verle-
genheit die Hände auseinander. »Man brachte von Theresienstadt zwei Rabbiner, man hieß sie singen und Walzer
tanzen auf der Treppe und mit Brecheisen schlagen auf die
Dachbodenwand, dann hat man alle drei irgendwohin nach
Deutschland weggebracht. Die Rabbiner, die zitterten und
schluchzten, denn euch, den Juden, hat schon Rabbi Hese-
kiel ben Jehuda Landau im achtzehnten Jahrhundert untersagt, bei Strafe ewiger Verdammnis, diese Kammer zu betre-
ten. Selbst sich taufen lassen ist nicht so schlimm… Aber was
sollten sie denn mit der Taufe, die armen Rabbinerchen?«
Wirklich, was sollen sie denn mit der Taufe? … Mein Stück
aber, das wurde so gut und so erfolgreich gespielt, als sei es
nicht meins. So hatte ich hier gar niemanden. Ich übernachtete in einer Gästewohnung der russischen Botschaft, deren Telefon, gleich, welche Nummer du wähltest, dich ausschließlich mit der mongolischen Botschaft in Buenos Aires
verband. Es roch streng und steril nach den sorgfältig berei-
nigten Spuren der einst stattgehabten Trinkereien – nach
jener spezifischen sowjetischen Sauberkeit, die du im heuti-
gem Rußland wohl kaum noch antriffst. So machte sich die
Botschaft um die Kultur verdient, das Theater sparte Hotel-
kosten, ich schlief ein und wachte auf im bodenlosen nach-

richtendienstlichen Bett. Ganz und gar traumlos. Ich mochte diese Stadt, besonders, wenn man sie nicht sah. *Gäbe es nur diesen Kafka nicht*, dachte ich, im Rückwärtsgewinde dem breitschultrigen Mantel meines Vergils nachschreitend. Dieses Ein-Winkel-Gesicht, diese mit Kohlenmoos bewachsene Stirn, diese kleinen schiefen Augen schwammen von allen Buchladen-Schaufenstern auf mich zu, runzelten sich auf allen Andenken-T-Shirts, beulten sich aus allen Gedenktafeln, und es schien, daß sie sogar auf den Staatsfahnen Wellen schlugen. Café Kafka. Noch ein Café Kafka. Café Golem. Besser, es wäre alles beim Bier und beim braven Soldaten Schwejk geblieben. »Weißt du, was die Rose von Jericho ist?« fragte ich den breiten Rücken. »Nimm etwas trockenen Unrat, tränk ihn mit Wasser – das ist die Rose von Jericho«, antwortete der Rücken prompt nahezu textgetreu.

Wir stiegen vom Hügel hinunter, passierten das Friedhofstor, fuhren zur Botschaft zurück, nahmen meinen Koffer, riefen das Taxi zum Bahnhof, küßten uns zum Abschied wie Theaterleute zu tun pflegen, und ich stieg in den Nachtzug nach München, er, mit kleiner werdendem Rücken, blieb auf dem Bahnsteig. Ich schaue aus dem Fenster in den feuchten deutschen Himmel, auf den dicken rotnasigen Vogel, der hin und her läuft auf dem pickeligen Zweig einer Kastanie, und auf den grau-fleckigen Kubus des neuen Rats der Stadt Judenschlucht, in welchen eine nach rechts gehende Uhr eingearbeitet ist, die nirgends hingeht. Was könnte ich noch sagen von Prag? Ich könnte diese Stadt mögen, wenn ich sie nicht vor Augen hätte, sogar von hier.

Erste Satire.
Dezember dreiundneunzig

> *Er wohnt, wo kein Mensch wohnen kann:*
> *an der Mauer zur letzten Latern.*
>
> G. Meyrink. Der Golem

2. Frauenschicksalsschwanger

Ich schaue aus dem Fenster auf den feuchten deutschen Himmel, auf den glanz-schwarzen rotnasigen Vogel, der hin und
her läuft auf einem pickeligen Kastanienzweig, auf die kleine
Sahnetorte (unter den vereisten blaßgrünen und giftig rosa
Schnörkeln) des Rathauses von Židovská Úžlabina: In den
vom Rauhreif etwas flauschigen Giebel ist eine Uhr eingelas-
sen mit einem italienischen Zifferblatt, es ist unklar, wohin
sie geht, denn der Zeiger steht stets dreizehn vor achtzehn.
Ein Jahr ist vergangen, seitdem ich aus Prag gekommen bin
und mich neben das Fenster gestellt habe, das vierzigste Jahr
meines Lebens, doch ich weiß immer noch nicht, in welche
Richtung es weitergeht.

Damals, vor einem Jahr, ging ich, sobald der Zug nach München über das Ruckeln hinweg und sirrend in Fahrt kam, auf
die Toilette, mich rasieren. Dem Chasaren-Blut verdanke
ich meine haarlosen Arme, Ehre sei Gott in der Höhe, wie
bekäme ich sonst mit der linken Hand den rechten Arm rasiert? Andererseits, ich hatte zwei linke Hände, und alle zwei
aus dem Arsch gewachsen, laut der fünfundzwanzig Jahre
zurückliegenden Feststellung, die Timofej Michalytsch Sajaitschko traf, der in der Mittel-Schule Nr. 216 des Leningrader Stadtbezirks Kujbyschew den Werkunterricht gab –
hatte er wirklich diesen Namen, zu übersetzen etwa mit
»Hinternei«? An der rechten Schulter sproß mir jedoch ein
einziges einzelnes Haar, ein langes, glänzendes, spiraliges –
ich zog es mit den Zähnen heraus. Die Waden und Schien-
beine einzuseifen war kitzlig, sie rasieren langweilig, doch
nicht einseifen und nicht rasieren ging nicht an – an den Beinen erweist sich Chasaren-Blut nicht wie an den Armen.

Sondern weist sich aus. Bereits vom Friedhof hatte ich – mit links – an den Nürnberger Stipendienfonds »Kulturbunker e. V.« geschrieben. *Sehr geehrte Damen und Herren*, schrieb ich in einem mäßig vulgären (im Amerikanischen Imperium gängigen) Latein, *Ladies and gentlemen, ich beabsichtige einen historischen Forschungsroman zu verfassen, und zwar über die Aktivitäten der Sondergruppe SS »Bumerang«, betraut mit der Entwicklung einer Geheimwaffe auf der Basis der Golem-Legenden von der Belebung toter Materie. Wie sich aufgrund meiner Forschungsarbeit in den tschechischen Archiven herausstellte, wurden die Belege über dieses Projekt, einschließlich einmaliger Exponate aus dem Bestand des Museums der ausgestorbenen Rasse, am Ende des Zweiten Weltkrieges aus Prag nach Deutschland verbracht, ins Erzgebirge (irgendwo in den Kreis Judenschlucht). Ich wäre Ihnen außerordentlich dankbar für die Ermöglichung usw. usf. Sincerely yours, J. Goldstein, Russian author.* Die Antwort vom »Kulturbunker« kam am nächsten Tag, als hätte dieser seinen Sitz hier, nur über die Straße Unter den Kastanien, im ehem. Klub der sowjetisch-tschechischen Freundschaft, welchen bei der Immobilienteilung die unabhängigen Kasachen erhielten: *Liebe(r) Kollegin/Kollege, wir würden uns freuen, Ihnen ein Jahresarbeitsstipendium und Wohnmöglichkeit in einem unserer komfortablen Kulturbunker in Franken, im Vogtland oder Erzgebirge zu bieten. Derartige Fragen werden zwar üblicherweise nicht so kurzfristig geklärt, infolge einer für Sie glücklichen Fügung der Umstände jedoch wurde einer der von uns bereits vergebenen Plätze unverhofft frei. Die einzige Schwierigkeit möglicherweise: es ist ein Frauenquotenplatz, laut der Senatsentscheidung vom 5. 4. 1985 »Über die zusätzlichen festen Quoten für unterdrückte Minderheiten in Institutionen, die aus den persönlichen Mitteln von Imperator und Volk unterhalten werden«. Aus Ihrem Brief läßt sich (wegen der paradig-*

*matischen Eigenarten der englischen Sprache) nicht schlie-
ßen, was Sie sind: ein Autor oder eine Autorin. Sind Sie eine
Frau, dann werden Sie ab dem Ersten nächsten Monats erwartet, d. h. mit Beginn des neuen Jahres 1993. Wir bitten
um baldige Antwort. Mit freundlichen Grüßen. Dr. K. Träger.* Sofort bat ich Jumaschewa Riseda Borejewna, ehem.
Oberleutnant der Fernmeldetruppe sowie jetzige Unter-
putzfrau im Diplomatenviertel, daß sie ihren hellblauen,
gelb gepunkteten (Zeichen ihrer geheimen Sympathien für
Stepan Bandera, den westukrainischen Nationalisten-Häupt-
ling) Schlüpfer nicht von den kurvigen Hüften rollt, sondern statt dessen ein Telegramm absenden geht, nur, um
Allahs willen, nicht von der Botschaftspost aus, sondern
von der städtischen: *FEMALE Ausrufezeichen, Ausrufezeichen, Ausrufezeichen SINCERELY YOURS Punkt JULY
GOLDSTEIN Punkt.* Ich spare nicht bei der Interpunk-
tion.

Bei einer schwarzwangigen Zigeunerin im Vinohrady-Be-
zirk hatte ich mir für hundertsiebzig Kronen einen knö-
chellangen Rock gekauft, schwarz, mit blutigen Beefsteaks
gemustert und plissiert wie das Schwarze Meer; dazu eine
bauschige Bluse, röter als die einstigen Tischdecken in den
Bezirksparteikomitees. Diese samtenen, aus diesem imitier-
ten gekurbelten Samt. Das Haar zog ich am Nacken mit
einem Ring-Gummi zusammen – es ergab sich ein hartes
Schwänzchen, das einem schlechten Stubenmalerpinsel
gleichkam. Die Lippen strich ich mir mit perlmutternutti-
gem polnischen Lippenstift, die Lider mit von Zigeunern,
in Heimarbeit, erzeugtem fliederfarben-geilen Lidschatten,
beide aus Riseda Borejewnas Kartentasche gestohlen, während sie unter der Dusche »Bandera rossa« sang. Schließlich
erklomm ich, um mich in dem Spiegel umfänglicher zu be-
äugen, das stählerne *sedátko* auf dem Klobecken – und wun-

derte mich ohne Bewunderung: aufs Haar, wie aus dem
Gesicht geschnitten, glich ich einer Theaterautorin aus Mos-
kau. Nur hatte die tief unter der Nase ein kleines schwarzes
Schnurrbärtchen und ich keins.

Selbstverständlich hatte ich nicht vor, über irgendwelche
Golems zu schreiben, keinerlei derartige Aufsätze – selbst
solche vom Schlage der verführerischen *magischen Matinées*
nicht. Das schlechte, aber geniale Buch des verrückten Meyrink ist für die Menschheit mehr als genug. Alles, was ich
brauchte, war, die Zeit der Wirren und der Sieben-Bojaren-
Herrschaft in der ehem. Skythoparthischen Union, in der
ich zur Welt kam und aufwuchs, abzusitzen auf den kargen
Stipendium-Sesterzen und in Ruhe den »Krieg der Kinder
und Greise« auszudenken, einen Roman aus dem Leben
eines kleinen chasarischen Stamms, der im zwölften oder
dreizehnten Jahrhundert über Ungarn in die böhmischen
Berge geraten war. Jedes Jahr im Spätherbst, wenn die Ham-
mel geschlachtet waren und die Männer weggezogen auf Er-
werbsuche, vornehmlich im Spengler-, Schmiede- und Räu-
berhandwerk, schlossen sich die Kinder und die Greise in
zwei Trupps zusammen, bewaffnet mit dem ersten besten,
das ihnen in die Hände fiel, wählten sich Anführer, *die Begs*,
und versuchten, von der ganzen Welt abgeschnitten hinter
Schnee und Muren, drei Tage lang sich gegenseitig zu töten,
jede Seite so viel wie ging. So war es Brauch bei ihnen.
Darüber hatte die zum Judentum übergetretene Ingrierin
Tanja-Rachel Nikolainen im finno-ugrischen Seminar der
Leningrader geographischen Gesellschaft referiert (Griw-
zow-Gasse, 10). Die erfahrenen *Grant-Sauger* in Moskau
sprachen wie aus einem Munde, im Westen gebe es nie im
Leben Stipendien für solche Themen, *das müßte denn schon
sowas sein, naja – kraß, du verstehst schon ...* Und sie drehten
in der satten Moskauer Luft die Finger, als schraubten sie

eine Glühbirne ein und aus. Während ich mich im Gang des
Zuges, die Ellbogen vor- und zueinandergeschoben wie bei
einem Boxer, durch die auf ihrem Sack und Pack schlafenden
Polen und rauchenden Frauen unbekannter Herkunft drängelte, vorbei an den bejahrten deutschen Grenzbeamten mit
Bärtchen, wie Lenin eins hatte – hat mich niemand auch nur
mal angeschaut, was mich kränkte als Frau. Unter dem Rock
zog es stark, die Waden erstarrten augenblicklich und an
den Wurzeln der abrasierten Haare schwollen Bläschen. Ich
fühlte mich schutzlos und nackt – entkorkt – von unten. Der
Zug passierte schon die Grenze: Die schrägen Spiegelungen der Bahnhofsschilder leuchteten auf und verblaßten auf
deutsch.

3. Zwei Türme

Ich schaue aus dem Fenster auf den feuchten tschechischen Himmel, auf den feuchten rotnasigen Vogel, der hin und her läuft auf einem pickeligen Kastanienzweig, auf die gleichmäßig grüne Spitze des alten Rathauses von Judenschlucht, in die eine nach rechts gehende Uhr eingearbeitet ist. Wie spät es ist, sieht man von hier, in den Lüften, nicht: Das Zifferblatt ist vom vorgezogenen Dach halb verborgen, von nassem Schnee und bitterem Morgennebel verschattet, und die einst vergoldeten Zeiger glänzen nicht mehr. Und sie gehn ohnehin nicht. Noch weiter unten, auf dem Drei-Rathäuser-Platz, einer halbrunden Verbreiterung der Straße, die aus Deutschland nach Tschechien führt, veranstalten beide Stadtregierungen eine gemeinschaftliche Generalprobe (anscheinend mit Musik) der heutigen Ankunft des neuen Caesars: Hier, an der ehem. Grenze, wird er (*in inoffiziell feierlichem Rahmen*, wie die vorgestrigen »Judenschluchter Nachrichten« verlauteten) die Tschechen, Ljachen und Walachen unter die hohe Hand nehmen. In etwa zwei bis dreieinhalb Stunden, wenn den kaiserlichen Flieger überm Atlantik keine Orkane aufhalten. Radio »Liberty« verhieß den Hurrikan »Brutus«.

Als ich vor einem Jahr minus zwei Tage mit dem Bahnhofsbus aus der Stadt Hof kam, unter dem glitschigen Torstein die im ganzen drei Kilogramm sechshundertachtzig Gramm schweren Schlüssel hervorholte und (mit dem zigeunerschen Schweif) die dreihundertneunzig Treppenstufen fegte, die in jede der beiden über der Stadt ragenden Felsen schräg eingeschnitten sind, dann das allererste Mal aus dem Fenster des Studios nach unten blickte – herrschte genau die

gleiche Dämmerung mit den grünlich-dunstenden Later-
nenglocken. Ebenso war das Skelett der Kastanie, zu Weihnachten zur Tanne ernannt, mit trüben Lichterketten, Leb-
kuchenherzen und Stanniolbändern geschmückt. Ebenso
drehte sich vor ihr, mit ihren uralten rundlichen Brettern
vermutlich knarrend, die Weihnachtspyramide im Wind –
hiesiges Volkskunstgewerbe mit bemalten Blechfiguren auf
dem letzten, dritten, Rang. Im ganzen sonstigen Erzgebirge
sind dies Engel mit gänseweis erhobenen Flügeln – gleich
werden sie zischen, schnurrbärtige Bergleute mit verbo-
genen angetrunkenen Profilen – gleich spucken sie aus, nebst
irgendwelchen Nußknackern unklarer Absicht. Hier, in Judenschlucht, beginnen – stößt man die Pyramide an – langsam, wankend und einander nicht einholend, ein Gnom, ein
Teufel und ein Jud zu kreisen, alle drei mit fahlgelben Spitz-
hüten und dunkelgrünen Gehröcken mit auseinanderflie-
genden Schößen. Das ist so eine ethnographische Eigenart
von hier. Heute nun aber sprengte *zwischen Tschech und
Teutscher*, wie es bei einem Chronisten heißt, der Zigeunerjunge Honza von Judenschlucht nach Židovská Úžlabina
und zurück, auf seinem breitkrempigen Künstlerhut hüpf-
ten seidigweiße Pulverhäufchen. Er hielt sich mit beiden
Händen an der brünierten Schreckpistole »Smith & Wes-
son« fest und streckte bei jedem Sprung die geschlossenen
Hände in die Richtung des jeweils verlassenen Staats. Die
Staatsgrenze war vormals gar eine dreifache gewesen: Ost-
deutschland stieß hier auf dem Drei-Rathäuser-Platz mit
Westdeutschland zusammen, dazu kam noch die Tschecho-
slowakische Sozialistische Republik. An den Basen der Keile
standen die drei Magistrate und in der neutralen Zone, ungefähr in der Mitte, die Kastanie. Seitherig haben sich die
beiden Deutschländer vereinigt, die Tschechoslowakei hat
sich geteilt (heutzutage vermehren sich die Slawen durch
Teilung), die große Grenze hat sich weit nach Osten verscho-

ben und an den Außenlinien breit ausgetuscht, die hiesigen ehem. kleinen aber legten sich als drei Strahlen um zu einem nach Osten geöffneten Mund. Bereits bei der ersten Wahl zur vereinigten Judenschluchter Stadtregierung erlitt der Bürgermeister des ehem. Westteils, Dr. Adolf Svoboda, eine vernichtende Niederlage, da sich die Wählerschaft der Christlich-Sozialen Union aus ihm selbst, aus dem einäugigen Doktor Marwan Shahidi, der sich als ehem. Leibarzt des ehem. persischen Schahs bezeichnete (sein linkes, jetzt mit einem schlaflos-kristallenen ersetztes, Auge hat ihm, seinen Worten nach, Ayatollah Khomeini eigenhändig herausgerissen), und noch aus der altersschwachen Freifrau von Judenschlucht-Dorofejeff vom Judenschluchter Schloß und zweien ihrer naturalisierten polnischen Putzfrauen zusammensetzte. Die restliche West-Judenschluchter Bevölkerung bestand aus Colorado-Gebirgsjägern und bis zur Schwärze verstrahlten türkischen Bergleuten. Herr Svoboda emigrierte gekränkt nach Karlovy Vary (Karlsbad). Der ehem. DDR-Magistrat, der, in vierfacher Verkleinerung, dem Oktober-Konzertsaal in Leningrad ähnelte, wurde, da kein Bedarf mehr bestand, mit vereinten Kräften der vereinten Nationen in das vereinte Stadt-Archiv umgewandelt, in dem ich mich mindestens einmal pro Woche bei den Archivarinnen, Pani Mařenka Tonova und Frau Irmgard Vondratschek, einzufinden habe: zur Herstellung der Evidenz von *mit dem dortigen Material betriebenen Forschungen* (doch ich gehe öfter hin, fast täglich). Im vereisten Diabas war damals noch die Spur der alten Grenzsperre erkennbar – der dreizackige Mercedes-Stern des Pazifismus. Der neue Zaun, anderthalb Meter hoch, pickelig-silbern-wellig, eine spitze Klammer, geöffnet zum Osten hin, wurde jetzt vorübergehend vom Platz geräumt, und die Grenzer, in sackartigem Grün und neuem aufgerauhtem Grau, wurden zu Vorstadt-Patrouillen und Kontrollposten fortgescheucht: wegen des hochherr-

lichen Besuchs werden nur Einwohner sowie Inhaber von
Sonderpassierscheinen Kennzeichen A, B und J (Journali-
sten) zugelassen auf den Judenschluchter Berg. Von der deutschen Seite wird unterhalb des Bergs, direkt hinter dem
Schloß, kontrolliert, von der tschechischen – vor dem Zi-
geuner-Trödel neben der Auffahrt zur *dálnice* (Autobahn)
Drážďany (Dresden) – *Karlovi Vary* (Karlsbad), dort, wo
die Vietnamesen polnische Gartenzwerge verkaufen. Auf
dem Drei-Rathäuser-Platz blieb nur die stählerne Zaun-
pforte stehen mit dem weißen Blechbogenstreifen oben. An
meiner Seite steht auf diesem Bogen in fluoreszierender, auf
altslawisch frisierter Schrift: Bud'te vitány!, an der Kehrseite
in pseudogotischer: Willkommen! Wo aber Willkommen –
ist auf beiden Seiten mit krummen roten Streifen über-
tüncht.

Unablässig beobachte ich durch den Beutefeldstecher meines Großvaters Nahum Jaklitsch, wie die Bürgermeister,
oder – wie man hier sagt – *Schofets*, beide in grünen Jäger-
hüten mit Federn an der Seite, an den Mädels entlanggehn,
die nach der Größe des Busenwinkels aufgereiht sind und
unter den Volkskunst-Handtüchern die Armkoteletts wie-
gen (eine Blonde – Braune, Blonde – Braune, Rothaarige ... –
sie stehen sowieso jeden Abend hier in ihren Stoffwesten,
Turnschuhen mit Ohren und Röcken ohne Slips darunter
gleich der Schottischen Garde – und sieh da, es kam zupaß).
Das kombinierte Úžlabinaer-Judenschluchter Orchester
bläht die behaarten Backen und die Ypsilons der Stirn auf,
müht sich, die Helikopter zu überpfeifen, die seit drei Uhr
nach Mitternacht über der Schlucht hängen – verschwommen sind in den Kabinen die glatten gleichmütig angespann-
ten Gesichter mit den vergrößerten Kaubeulen sichtbar. Ich
höre jedoch weder diese noch jene, an meine Ohren, die mein
Ohropax »Ohrschützer für jeden Tag, beiderseits verwend-

bar, hergestellt von der Genossenschaft ›Philharmonie‹, Leningrad, 1987« zuverlässig schützt, dringen nur die stump-
fen Wogen der Stille. Das tschechische Holz des Orchesters
überholt anscheinend das deutsche Blech, die Backen pum-
pen immer hastiger. *Janáček! 'ne dicke Schickse ist mein Ein
und Alles!* wie Jaroslav Hašek trefflich bemerkte. Zuerst
spielt der Judenschluchter Dr. Vondratschek den Princeps,
indem er allen Himmelsrichtungen wohlwollend zunickt,
dann Pan Jindřich Werner von Židovská Úžlabina, der mit
der nicht angezündeten Zigarre »Partagas« huldvoll winkt,
dann wieder Vondratschek, dann noch einmal Werner und
so ad infinitum oder, wie man in alten Regieanweisungen
schrieb, *das selbe Spiel.* Die Alten kommen ganz außer Atem
vom Aufrollen der Finger zum Händedruck aus den vorm
Bauch nach vorn gerückten Fäusten. Ich schaue und schaue
nach unten, schaue nach unten ad infinitum – ich will nicht,
daß sich meine Augen zum gegenüberliegenden Turm heben,
zu dem in ihm leuchtenden halbrunden vorhanglosen Fenster. Sie haben da auf der tschechischen Seite nämlich einen
echten antiquitätischen Turm, es kann nur der Bergfried der
Zwergburg des Freiherrn von Judenschlucht sein, die von
der gewissenhaften preußisch-königlichen Städteplanung
Anfang des XX. Jahrhunderts geschleift worden ist – der erste Freiherr war ein Mensch unbekannten Ursprungs und
Geblüts, wie der Chronist Johann der Böhme (*ein Blinder,
der zu sehen begann, ein Stummer, der redete)* zu verstehen
gibt, vielleicht gar ein getaufter Jude, der von Rudolf, Kaiser
des Heiligen Römischen Reichs Deutscher Nation, die Frei-
herrschaft und die Schlucht mit den *unverständigen* (wie
unser Puschkin meinte) *Chasaren* als Lehen erhielt, Beloh-
nung für einen wichtigen (in der Urkunde nicht näher be-
zeichneten) Dienst. Ein guter alter Turm, riecht gemüt-
lich-muffig nach altem Stein, altem Blut, altem Samen, nicht
wie der hier, neu fabriziert, in dem ich wohne: ein Betonbun-

ker aus der Zeit des letzten Kriegs. Weder die englischen
Doppelbomben (*der Brite, der die Freiheit liebt,* kettete die
Fabrikbomben aneinander, um demoralisierendes Heulen
und exponentiale Schlagkraftsteigerung zu erzeugen) noch
die sowjetischen *Katjuschas* (in den hiesigen Breiten als »Sta-
linorgeln« bekannt) schafften es, diesen Bunker zu zertrüm-
mern, und sieben westdeutschen Baufirmen nacheinander
gelang es nicht, ihn abzureißen, wie sie ihn auch schubsten
mit türkischer und jugoslawischer Schulter. So wurde er
zum Ausgleich dem Kulturfonds der Sudeten-Deutschen
Landsmannschaften übereignet. Dem Aussehen nach übrigens – versteckt unter dem nebelkrähigen Balg aus bereiftem
Moos und dem geborstenem Putz unter ihm – unterscheiden
sich die beiden Türme nicht voneinander. Zu beiden führen
Wendeltreppen mit je dreihundertneunzig Stufen vom Platz
hinauf, beide Türme sind mit dem Rücken in die Steilwände
des von der Schlucht gespaltenen Bergs gewachsen. Nur ihre
Spitzen ragen schwarz über die Bergkuppen, die jetzt mit
trübseligen Häuschen aus finnigen Montage-Platten (wahrscheinlich Flak-Stellungen für den Fall eines plötzlichen
Luftangriffs) und mit wie Matratzen gestreiften Fahnen
dem hohen Gast zu Ehren versehen. Der tschechische
Himmel ist dunkler als der deutsche, bitterer und fetter, wie
das tschechische Bier. Dort, in der Tiefe des Fensters, müßte
eigentlich Julien Goldstein aus Cincinnati, der Gast des Instituts für Mitteleuropa-und-Afrikastudien, das den Bergfried beim Židovsko-Úžlabinaer Magistrat gemietet hat,
schon zu Hause sein und vorsichtig sein karmesinrotes tail-
liertes Jäckchen ausziehen, wonach er sich in vergoldeter
Bluse mit hohem Kragen und engen, vom Knie ab trichter-
förmigen Hosen sehen ließe. Aber er ist nicht da, nicht zu
sehn. Wiedermal hat er sich die ganze Nacht herumgetrieben,
der Kater Baldrianowitsch, zwei Nächte am Stück bereits
übrigens! ... Da sei Gott vor, daß ihm vielleicht gar etwas

passiert ist! ... Von der ehem. westdeutschen Seite kommen
zwei gebückte farblose Jacken aus der Gasse heraus, eine
Männerjacke und eine Frauenjacke, und begeben sich zu der
Telefonzelle auf der ehem. ostdeutschen Seite. Mit ihren an-
gelaufenen gedunkelten Rücken verdecken sie den Apparat,
der noch derselbe ist. Zuerst wird dort das Licht ausgeschaltet. Vielleicht regnet es dort unten? – ich kann nicht feststellen, ob es regnet, wenn ich mich in bezug auf den Regen
außerhalb befinde. Der Zigeunerjunge Honza wird von drei
Prätorianern (solchen, die mit der *Hand am leeren Haupte*
salutieren, wie der Kommißjargon witzelnd für *barhaupt*
sagt) in den hängenden Helikoptern unten vom Platz gebla-
sen und pupt lautlos mit der taubenblauen Lippe. Wäre
Julien Goldstein daheim, hätte er kein Hemd mehr an – mager, daß man die Rippen sieht, doch vollbusig – und hätte
begonnen (nicht ohne Mühe, was man bei dem eingegipsten
Bein ja versteht) seine Hosen runterzurollen, um sich im ge-
stirnten und gestreiften Sportslip mit unmenschlich abste-
hendem Vorderteil zu erweisen. Jeden Morgen um 10.13
(10.09 kommt der Bus aus Hof an) passiert das gleiche: man
könnte die Stadtuhr daran überprüfen, wenn sie nur ginge
irgendwohin. Dann zieht er auch seinen Sportslip herunter
(mit den wadenlosen Beinen von einem Fuß auf den anderen
tretend), löst im Kreuz die Riemchen des gigantischen Hart-
gummipimmels, steht eine Weile vor dem Spiegel, nackt,
gebückt, hüftenlos, anderthalbbeinig, reibt müde das flie-
hende Schambein (die rasierte Spalte reicht fast bis zum
Nabel – ein böser Zaunkönig, der im Stehen pinkeln und im
Liegen schreiben kann), wirft sich dann auf die Liege unter
der Stehlampe, im Frotteebademantel mit dem billigen tschechischen Schmand auf Stirn und Wangen. Das Notebook
blinzelt bläulich von den geschlossenen Knien.

Soll ich vielleicht nach Židovská Úžlabina gehen, in die
ehem. Klement-Gottwald-Kantine, jetzt Café »Kafka« –
eine Palatschinke frühstücken, den dicken, bleichen, vier-
fach, mit Schlagsahne bestrichen, zusammengelegten und
ausgiebig mit Kakao bestäubten Pfannkuchen? Oder in das
durch den schrägen Park am Hang grau schimmernde Schloß
(auch es ein Überbleibsel der Freiherrnburg) am Anfang
der Serpentine zur Chaussee, um bei den flüchtigen sowjetischen Juden georgischen Tee zu trinken und moldauische
Kringel zu speisen? Oder gehe ich zum Platz hinunter, kostenlos (mit der durchbohrten deutschen Münze an der
Schnur) in New York anrufen: bei Mama und Papa, die traurig in der Küche am Fenster sitzen, dem mit roten Ziegeln
vermauerten? Man könnte auch im ehem. Leningrad anrufen, bei den wenigen, die noch nicht ausgereist sind und noch
nicht gestorben. Nein, besser nicht, bei jeder Bewegung
schmerzt mich nagend eine Sehne im rechten Schenkel, nicht
nur beim Treppensteigen (dreihundertneunzig Stufen!), ich
kann mich nicht einmal hinsetzen, nur stehen, das rechte
Bein ein wenig angewinkelt. Auch ist es nicht ungefährlich,
in der Zelle zu telefonieren: Um meinen Bariton zu verheim-
lichen, habe ich mich in der Bunkerverwaltung und überall
als Stumme vorgestellt und mich mit Zetteln verständigt, beschrieben in allen mir bekannten und unbekannten Sprachen. Zum Telefonieren und Rumhuren (wie jener *Schwein-
igel* aus dem Witz, den mir mein Cousin dritten Grades
Jascha Kapellmeister vor 35 Jahren im Kindergarten erzählt
hat: Der Hase nahm den Igel mit zu den Huren. Vor dem Puff
sagte der Hase zum Igel: »Hur 'n bißken rum, ich bin gleich
wieder da.« Und ging in den Puff. Am Morgen kommt der
Hase heraus und sieht den halberfrorenen Igel, wo er ihn
gelassen hatte – vor dem Puff. »Wie geht's«, fragt der Hase.
»G-g-gut«, antwortet der Igel, »ich h-h-h-ure noch ein halbes Stündchen rum und g-g-g-eh dann heim«) bin ich ge-

nötigt nach Karlsbad zu fahren, im Zug Hof – Karlovy Vary ziehe ich mich in einen Mann mit Schnurrbart um. Dr. K. Träger, als er von meiner Stummheit bei sich in Nürnberg erfuhr, kam vor Glück um darüber, daß ich ihm außer der Frauenquote auch noch die Behindertenquote erfülle, bei der der Fonds schon seit drei Jahren in Schulden stand. Im Überschwang der Gefühle bescherte er mir per Post einen hoffnungslos, besonders auf den Wangen, ungekämmten Beethoven, von der Art, wie man sie sich auf den Flügel stellt, rote Keramik. ... Doch ins Schloß kommt man ohnehin nicht: Josef Ton, Wohnheimhausmeister und -verwalter in einer – etwas gelblichen – Person, was auf tschechisch *domovník* oder so heißt, hat das Tor nach der Nacht noch nicht aufgemacht und auch die rostige Brücke über den Graben noch nicht hochgezogen: Vor drei Tagen sind die Verdienten Künstler Kabardino-Balkariens im Genre Sketch und Ansage, die Herren Korolstein und Halbrabinowitsch vor dem Schlaf *luftschnappen* und sich in südlichem Volksrussisch unterhalten gegangen und nicht zurückgekommen. Die Leichen hat man noch nicht gefunden. Es heißt, auf den Bergstraßen treiben die Deserteure der peu à peu nach Skythoparthien zurückgezogenen Truppe ihr Spiel, und ihr Anführer, munkelt man noch, sei ein ehem. Gefreiter bei den Baupionieren, ein sehr schwerer Junge mit einem eher unwahrscheinlichen Namen: Judaty oder so.

4. Zeit der Umbenennungen

Im nach außen geöffneten halbkreisköpfigen Fensterflügel meiner Schießscharte hier flimmert matt, sich mit dem Rotz der Dämmerung über dem Platz überschneidend – schräg, stumm und wütend –, die rhombische Spiegelung des Fernsehers »Stassfurt«, eines Erzeugnisses der ehem. DDR (er selbst steht hinter meinem Rücken, auf der Kommode – vorzeitlich, gigantisch, auf graugestreiften Nußbaum getrimmt, und auf ihm Beethoven, furchterregend mit seinem Backenbart). Auch er hätte geflimmert, wäre er eingeschaltet. Aber er schaltet sich ein und aus nach eigenem Gutdünken: die Taste »ein/aus« ist untergegangen und springt nicht mehr herauf, und eine Fernbedienung, anders auch *jüdisches Bandoneon* genannt, ist bei dem vorzeitlichen »Stassfurt« nicht vorgesehn. Am Tag nach meinem Einzug hat sich da vielleicht etwas verklemmt im Silber und Glas seiner Eingeweide, oder war er geistig nicht imstande, sich den vierundzwanzig deutschen Programmen des Pan-Imperium-Kabels anzupassen, sowie den fünf tschechischen Sendern, dem CNN, »Eurosport«, MTV und TRT – dem leidenschaftlich türkischen Sender mit seinem Schnurrbartsortiment: das Bild fing von einem Kanal zum anderen zu springen an, exakt alle dreizehn Sekunden. Ich bekam das Gesetz dieses Wechsels partout nicht heraus, obwohl ich stundenlang im Türkensitz davorsaß, dann tagelang, dann monatelang (ein Bastkörbchen mit Kasinaks, den sonnig staubigen levantinischen Festungsruinen ähnelnden Honignußriegeln aus dem ebenfalls türkischen Laden, im Schoß des von den Knien ausgespannten Rocks) auf dem mit Krümeln und Staubschlängelchen garnierten Teppichboden – Boẑena, die Putzfrau, weilte im Urlaub auf den Kanaren und heiratete dort

den Zigeunerbaron Vitalio, ein aus Leningrad repatriiertes
»Kind der Republik« (nämlich verwaist durch den Spa-
nischen Bürgerkrieg) –, ich saß und notierte in dem Anden-
kennotizbuch »700 Jahre Judenschlucht« unendliche Zah-
lenreihen. Etwa dreieinhalb Monate hindurch habe ich so
gesessen, vom zweiten Tag nach meiner Ankunft bis Mitte
April, dann aber fingen von diesem Türkensitz meine Menis-
ken an zu verrutschen und zu knirschen, und ich setzte mich
für zwei Wochen ab nach dem ehem. Leningrad – in einer
Archivangelegenheit.

Dort, im ehem. Leningrad, vor ungefähr zehn Jahren, hatte
mir halb im Spaß, halb sich stellend, als scherze er, B.B.
Wachtin, der Sohn der berühmten Schriftstellerin Wera Pa-
nowa, Übersetzer aus dem Chinesischen und – dem damaligen skythoparthischen Geschmack zufolge – ungedruckter
Prosaiker, erklärt – er bog dabei seinen platten, jedoch rot-
wangigen Kopf mit den edlen, sich von den Ohren abwärts
ausweitenden Locken zum Rücken zurück, einen Kopf, der
einem Stalinpreisträger wohl angestanden hätte (aber den
Stalinpreis hatte seine Mutter, nicht er) –, das einzige Buch,
das ein professioneller Literat wirklich brauche, sei ein Kalender für Gedenktage, möglichst dick und möglichst aus-
führlich. Das sei das einzige Geheimnis des literarischen
und journalistischen Handwerks, insbesondere bei Rundfunk und Fernsehen: *Merken Sie sich das, Julij, mein junger
Freund – ein Jubiläum ist jede Jahreszahl, die glatt durch
fünf geteilt werden kann!*

Nein, vor mehr als zehn Jahren, sogar mehr als zwölf, er
starb im Jahr einundachtzig. Wohl im Herbst.

Ich weiß aber bis jetzt nicht, ob es das einzige Geheimnis ist.
Habe meine Zweifel. Als ich hier ankam, lief in allen sieben

vereinigten deutschen Kanälen, gleichzeitig, aber um ein
paar Bilder verzögert, »Manche mögen's heiß«: Zum Neuen
Jahr (und einen Monat danach noch) zeigen sie immer »Manche mögen's heiß«, hat mir Irmgard, die Enkelin des Bürgermeisters, erzählt – so wie bei uns (»Eins-zwei-drei, nun
schnell, leuchte, Tanne, hell!«) – stets – »Die Ironie des
Schicksals«). Doch da war auch der, nach der Jubiläumswis-
senschaft, dreißigste Todestag Marilyns noch nicht ganz
überholt, etwa ein halbes Jahr nach meiner Einreise: ... die
Ukulele im Gang des Zuges, der Flachmann fällt klirrend aus
dem Strumpfgummi ... *I wonna be loved by you*, Zitzen wie
Honigmelonen unter der Gaze, unbeweglich an dem weißen
beweglichen Körper ... und plötzlich – Zitzen unter einer
Gaze, wie Honigmelonen, unbeweglich an dem weißen beweglichen Körper, *Happy birthday to you, happy birthday to
you, happy birthday, Mr. President, happy birthday to you* ...
und – im Pullover bis zum Kinn, stubsnasig, alt – das arme
alte jüdische Mädchen Marilyn, raucht, schaut nirgendwo-
hin, murmelt irgendwas – der Bildschirm sprang ein paarmal
auf der Stelle, ich verstand einige Worte der Stimme hinter
dem Bild: sie haben es also enthüllt, bitte sehr, nur ungeniert:
kein Selbstmord natürlich, sondern die Eunuchen aus der
Leibwache des damaligen Kaisers sind in das Engel-Gynö-
zeum gestürmt und haben sie, die arme, mit einem vergifteten Klistier getötet. Die des Kaisers oder seines Bruders?
Hab nicht verstanden, das Bild sprang.

Aber wie hätte der selige B. B. Wachtin mir das andere erklärt:
Warum ein verschiedenohriger Schauspieler, ein der Menschheit unbekannter, in einem sechzig Jahre alten und sechst-
rangigen Streifen nun zwischen den Kneipentischen mit
einem Kristalltablett auf drei Fingern über dem Kopf balan-
ciert und zwei Sprünge weiter dieselbe Figur, nur diesmal mit
Hut, ihren Kopf hinter einer Scheune hervorstreckt, um ihre

runzelige Nasenwurzel der »Smith-&-Wesson«-Kugel einer
vollbrillantinierten Revolverberühmtheit darzubieten? Und
weiter sieht man ihn dann nicht mehr, und wenn doch, dann
abermals im Doppelpack. Warum, wenn sich eine schlaffe
Blondine im Spiegel betrachtet, das dann drei Sprünge später
ein populärwissenschaftlicher Film über die Herstellung
venezianischer Spiegel (oder von Tel-Aviv-Blond oder der
Tarkowskische »Spiegel« im Kulturkanal) ist; und noch ein
paar Sprünge – ein sympathischer Vampir vorm Schlafenge-
hen konzentriert seine langen Zähne putzt. Kann auch Zahn-
pastawerbung sein. Warum ein künstlich dreckiger Western-
Hinterwäldler, *His Name is NOBODY*, im »Eurosport« als
Vorschau auf die Friseurweltmeisterschaft IS (International
Styling) fortgesetzt wird und im Fernseh-Englischunter-
richt endet (nun, Kinder, befassen wir uns mit der Zeit past
PERFECT)? – FINDE DAS VERSTECKTE SPRICH-
WORT UND SCHICKE ES AN DIE REDAKTION!
Oder es kann passieren, daß irgendein unbedeutendes Wort
steckenbleibt und sich durchschlägt, abspringend sich durch
alle Kasus und Genera schlägt (na ja, mit deren Kasus ist
es nicht weit her …). Wer hätte absichtlich diese unzähligen Wiederkehren programmiert, dieses Abwerfen und Auf-
greifen, diese verqueren dümmlichen Sujets? Allmählich
kam ich zu dem Schluß, es könne nicht anders sein, als daß
sich hinter den medialen Gittern irgendwelche minderjähri-
gen Dämonen festgesetzt haben – sie sind es, die diese Muster
modeln, zum eigenen Vergnügen, miteinander – oder gegeneinander – spielend, in einer eigenen – durchgängigen – Realität, die in die *persönliche (Sonder- und Lieblings-)*Realität
des einzelnen Fernsehzuschauers sickert durch die Kanäle
der Fernsehprogramme. Je mehr es von diesen Kanälen
gibt, desto näher kommt, desto dichter ist ihre kanalisierte
Realität der unseren verbunden … – so dachte ich und führte
sogar im Schilde, einen gewichtig-geistreichen Essay darüber

zu schreiben, nicht ohne den – unrussisch-hinterhältigen –
Hintergedanken, ihn den »Russischen Horen« zu verkaufen, einer in Paris erscheinenden Zeitung, in der Iwan Alexe-
jewitsch Bunin prinzipiell Ivan Andrejewitsch genannt wird
und Nachrufe immer in der Rubrik »Die Wege der russischen Kultur« erscheinen. Aber es stellte sich heraus, daß das
amerikanische Imperium nicht lange vor meiner Idee diesem antistalinistischen Organ den Geldhahn, der die Denare
spuckte, zugedreht hatte, so mußte es, das Organ, *von der
Sonne befeuert*, hinpilgern und den römischen Babest-Stie-
fel küssen. In der Folge kamen vier finster-liebenswürdige
Äbte aus der Finanzabteilung des Vatikans in die Rue du Fau-
bourg St. Honoré, prüften etwa vier Monate lang die Bilanz,
ab Jahr 1948. Gute Menschen flüsterten jenen Äbten jedoch
ein, daß ich es gewesen sei, der mündlich und schriftlich
vorgeschlagen habe, die »Russischen Horen« in »Römische
Huren« (eine Formulierung des Protopopen Awwakum, des
berühmten russischen Häretikers aus dem 17. Jahrhundert
nutzend) umzubenennen. Dieses zuchtlose Bonmot wurde
dem *Megapolen* persönlich mitgeteilt. Der behandelte die
Frage kardinal und setzte eigenhändig die Enzyklika auf:
»Julio Goldsteino prohibemus.« Also schrieb ich nicht über
die medialen Dämonen, lief nur vom Fernseher zum Fenster
und zurück, bis Mitte April, bis zu meiner Abreise nach
dem zurück-umbenannten St. Petersburg – in einer Archivangelegenheit. Dann, als ich von dort zurückkam und, ohne
Mutters abgetragene Ziegenlammjacke erst abzulegen, das
Notizbuch vom Teppichboden hob und die strubbeligen
Seiten noch einmal durchblätterte: Zahlen, Zahlen von 1 bis
33 – so viel Kanäle hat das Judenschluchter Fernsehen. So viel
Buchstaben auch das russische Alphabet – behüte es Gott in
dieser Zeit der Wirrnis – Zeit der Neuaufteilungen und Um-
benennungen. Und, wie *die russische Pianistin* (d. i. Funke-
rin) in dem Spionagefilm, setzte ich mich, so wie ich war,

im Ziegenlamm, an den Tisch und kombinierte beides. Es ergab sich ein Brief aus dem ehem. Leningrad – an mich, von
der Königin der Petersburger, d. h. russischen, d. h. europäischen, d. h. Welt-Dichtung, Jelena Andrejewna Schwarz.
Wieso bin ich nicht gleich darauf gekommen, als der »Stassfurt« anfing, von einem Kanal auf den anderen zu springen?!
Der Kopf ist doch kein Rathaus, sagte meine selige Amme,
Oma Katja, und lachte, grauhaarig verwehend.

Lieber Julij,
über Strelna: ein von Tod, Verwesung, Vermodern und Ge-
rüchten über Schätze und unterirdische Gänge übersättigter
Ort, zu alledem matt beleuchtet vom Meerbusen, von seiner
Strahlung. Im Krieg sind dort direkt am Strand unzählige
Landwehrleute umgekommen, sie wurden zur Landung di-
rekt ins Wasser geworfen, und die Deutschen haben sie vom
Strand aus mit Maschinengewehren umgelegt. Zwei oder
drei entkamen durch das Wasser in die Stadt. Das Massen-
grab war in unserer Straße, direkt hinter unserem Haus,
Mama zündete dort die Kerzen an. Und näher an der Bucht
steht eine kleine Kapelle des Hl. Nikolaus, die erste in Ruß-
land aus Stahlbeton. Wir hatten eine Datscha in der Porto-
waja Straße (im Ort sagen sie's polonisiert: Portóva) gemie-
tet. Ich bin dort einmal durchgefahren mit Ihnen. Sie ist die
Hauptstraße im Küstenteil des Orts. An einem Ende steht
ein hölzerner Palast Peters I., am anderen ein Jachtklub. Am
Ufer des zu unserer Straße parallelen Flusses Strelka hatten
wir eine Veranda und ein winziges Zimmer mit einem na-
hezu durchgebrochenen Boden und noch eine kleine Man-
sarde, in der Mama gewohnt hat und auch alles hochgradig
baufällig war. Eine Küche gab es nicht, dort hausten zehn
Katzen, von den Vermieterinnen beherbergt, der Geruch
war schrecklich. Dieses Haus, das allernächste zur Bucht hin,
ist das einzige nach dem Krieg erhalten gebliebene, es war

einmal groß und fest, diente den Deutschen als Hauptquar-
tier. Alle anderen Häuser wurden niedergebrannt. Die Ver-
mieterinnen waren zwei alte Frauchen, die ältere schon
neunzig. Ihr Mann war Parkwärter, er starb vor Kummer –
wenn er sich nicht gar das Leben genommen hat, als unter
Chruschtschow alle Bäume gefällt wurden im Park. Um der
Schönheit willen. In vielen Höfen zwischen der Strelka und
der Portowaja-Straße stehen noch die von Peter I. gepflanz-
ten Eichen oder deren Kinder. Ich hatte da eine Lieblings-
eiche, habe immer gelesen unter ihr. Als wir weggefahren
sind (ohne wiederzukommen), ob Sie glauben oder nicht,
aber unsere Freunde, die meine Sachen von dort abgeholt
haben, meldeten, da sei all ihr Laub schwarz geworden und
verdorrt. In demselben Hof ist auch einmal eine alte Ulme
umgestürzt und hat mich beinah erschlagen, es war wie das
Vorzeichen eines Unheils, Mama und ich haben das gleich
gespürt damals. Ihr Krachen war unheimlich, die ganze Por-
towaja lief zusammen, alles rief ach.

Die Vermieterinnen erzählten, daß einmal gegenüber ihrem
Haus unter einer Eisscholle hervor ein toter Kopf auftauchte.
Die Ermittler kamen. Aber sie haben nicht in Erfahrung
bringen können, wessen Kopf es war. Im Nachbarhaus hat
sich ein Alter erhängt. Dort ist alles derart. Und gegenüber
wohnten nicht recht geheure Zigeuner. Eine verrückte Alte
bei denen belästigte die Passanten mit der Frage »Wieviel
Zeit is?« Man antwortete ihr. Und sie fragte erneut. Der Sohn
bei ihnen lief im Morgengrauen heulend die Straße entlang.
Der zweijährige Enkel saß in der Gosse und rauchte »Belo-
mor«-Papirossas, die ihm die Großmutter spendierte.

Sie wissen sicherlich, daß Alexander Blok in seinem letzten
Sommer oft nach Strelna zum Baden kam. Nahe bei Peters
Palast hat der Fluß Strelka einen kleinen, aber bezaubern-

den Wasserfall, doch vom Palast aus sieht man ihn nicht, mit ihm beginnt die Strelka. Als wir dort die Datscha gemietet hatten, gab es Gerüchte im Ort, daß in den Kellern des Konstantinpalastes, unter der mit Muscheln ausgeschmückten Terrasse, Satanisten Hunde metzeln. Und womöglich nicht nur Hunde. Im Park wurden verunstaltete Hundekadaver gefunden. Insbesondere der des Hunds der Zigeuner. Aber einmal haben sie selbst ihren eigenen Hund mit dem Beil erschlagen. Und da wurde nun gleich im Petersburger Fernsehen der Konstantinpalast gezeigt und gesagt, dort haben sich in den Kellern Satanisten versammelt, aber konnten vertrieben werden. Ja, der Baum, der mich fast umgebracht hat, war keine Ulme, sondern eine Kastanie.

Na ja, vielleicht ist das erst mal genug von den Schrecken Strelnas? Ich weiß nicht, was in mir überwiegt – seine Schrecken oder meine Liebe zu diesem Ort. Alle diese halb Wälder halb Parks, die Wasserlinsen, verwilderten Apfelgärten … Der unterirdische Gang vom Orlowpark in den Konstantinpark … Und am Meerbusen, mitten im Riedgras, war eine Sandlichtung, am Ende der Eichenallee, dort flatterten immer, sogar bei Sonnenlicht, weiße Flämmchen umher. Die haben auch andere gesehen.

In Liebe,
Lena

In dem nach außen geöffneten halbkreisköpfigen Fensterflügel hat etwas geblitzt – er ist eingeschaltet! *Wieso plötzlich?!* Und wer ist dieser schwarzweiße, quadratische, auf Topfschnitt frisierte Götze dort? – kraxelt, Arme und Beine spreizend, die mit Stufen eingeschnittene Straße bergauf? Warum springt das Bild nicht, warum geht der Film weiter, warum laufen schwarzweiße Juden undeutlich schräg über den Judenschluchter Himmel, fuchteln mit den Armen, halb aufgelöst im gläsernen Flimmern, im Hubschrauberwind, in dem lichtstreif-geäderten Dunkel ... Abspann, »ENDE«. Und warum ist der Fernseher so ein wie ein gigantisches Segel bauchiger »Loewe«?« – gestern noch, meine ich, war das ein »Stassfurt«, sollten sie ihn mir vielleicht, während ich nachts unterwegs war, ausgetauscht haben?

5. Das Glatzenalphabet

Es ist gut, auf alles von oben zu blicken, vom Turm: Fast alle Frauen, die unten vorbeigehen, diese zweibeinigen Zentauren, erscheinen einem, von oben betrachtet, als Schönheiten – bis sie dann stehenbleiben, um ein Weilchen zu verweilen. Und die Männer, die Hüte tragen – wenn es windig ist auf dem Platz – und hier ist es immer windig auf dem Platz –, gehen, als ob sie unausgesetzt jemanden grüßten. Und: die wahre Formenvielfalt der menschlichen Glatzen siehst du wirklich nur von hier – es kommen fast alle Buchstaben des Alphabets vor, wie auf Schmetterlingsflügeln, in erster Linie O, H oder U, aber ich habe auch Y gesehen, und W! Überdies bekommt man die Enden fast aller Anfänge mit. Zum Beispiel, was mit dem weißen Regenschirm wurde, der aus einem silbernen »Audi« mit Münchener Kennzeichen und dem ovalen Aufkleber »PL« flog: Nach zwei Tagen hob ihn Dr. Heinz-Jörgen Vondratschek, der pausenlos-wache Judenschluchter Bürgermeister, auf, welcher im Morgengrauen seinen watschelnden Hund ausführte, und nahm ihn, ihn sorglos schwenkend, mit. Drei Stunden darauf marschierte (*Die erste Kolonne marschiert ... Die zweite Kolonne marschiert...*, wie es Leo Tolstoj in seinem »Krieg und Frieden« unmittelbar auf deutsch ausdrückte) die schöne Irmgard, die Enkelin des Bürgermeisters, Absolventin der Fachschule der Bibliothekare in Jaroslawl, mit einer Frisur, die an ein wirres Häufchen kalter Makkaroni erinnert, zum Archiv mit dem weißen Regenschirm am Oberschenkel. Wir sind Busenfreundinnen (obwohl sie noch und noch Busen hat, ich aber nur einen Büstenhalter) und tauschen uns aus (sie mündlich, ich schriftlich) von einer Bücherleiter zur andern im Gang zwischen den Aktenregalen – über unseren Weiberkram und die städtischen Merkwürdigkeiten. Gelegentlich übersetzt sie mir irgendein unnötiges Exzerpt: *Liebe Kameraden!* schreibt ein Gauleiter den Rekruten aus dem Erzgebirge, dem Vogtland und Egerland im Jahre neunzehnhunderteinundvierzig, ihnen fröhliche Weihnachten wünschend. *Was dem Deutschen frommt, das empfindet England als Feindschaft. Die in England regierende internationale Finanzclique empfindet ein Deutschland der Ruhe, der Ordnung und der Arbeit als Gegner. Vor allem aber in dem Deutschland der Volksgemeinschaft und des Sozialismus sieht diese Clique eine Gefahr für ihre Position als brutale Ausbeuter der halben Welt, eine Gefahr für ihr weiteres sattes Drohnendasein in der Zukunft. Das ist der eigentliche Grund, warum unser junges Reich überfallen wurde. Es hat einmal irgendwer gesagt: »England gewinnt alle Kriege bis auf den letzten.« Dies ist der letzte! In treuer Kameradschaft und Heil Hitler! Gauleiter Joachim Freiherr von Judenschlucht.* Die andere Archivarin, rosig-braun, wie ewig verbrannt (um die Augen und an den Handgelenken bis zur Verkohlung), Mařenka, ist dem Goldstein aus Cincinnati zugeteilt, sie bringt ihm vom Dachboden – die Stufen dabei mit der Turnschuhspitze ertastend – in von gelblichem Staub umwölkten Stapeln, die ihr vom Schamhügel bis zum Kinn reichen, Aktenordner herunter. Was das Übersetzen angeht, kann sie sich ausruhen, denn Goldsteins Großvater mütterlicherseits war *aus der hiesigen Gegend* gebürtig und brachte der langbeinigen July Deutsch und Tschechisch bei. Die Damals-noch-Enkel*in* kam in den Ferien aus Harvard, aß sich unter dem Christbaum satt an der wie ein Tischtennisschläger pickeligen Pute (nicht ohne die zyklopischen kanadischen Moosbeeren, versteht sich, übersüß und groß wie Party-Tomaten) und bat sittsam, sich von der Tafel entfernen zu dürfen: um in der Garage einen *Joint zu bauen.* Unter der Werkbank, wo sie die Kippe versteckte, entdeckte sie einen Karton mit gelbem Papier – im Verlaufe von zwei Semestern wurde aus diesem Papier das Buch »Jakob Kaganski – der Jude, der Juden ermordete. Erinnerungen eines jüdischen Schutzmanns aus dem Judenschluchter Getto« – die beste Zensur in *creative writing* (im Kursus der Pulitzerpreisträgerin Esperanza Kavallerist), Magister und Bakkalaureat in *Modern Jewish history* (Kursus von Prof. Benjamin Jihad), Jahresgrant aus dem von der Witwe Goddes gestifteten Fonds zur Förderung jüdischer Forschungen, hundertneunundsechzigtausend verkaufte Hardcover-Exemplare. Einmal, als Mařenka abbummelte (es war gürtelhoch Schnee gefallen, man mußte die Pfade ums Schloß ausgraben und die Brücke und die Vortreppe freistoßen, ihr Vater, der Hausmeister, hätte das allein nicht geschafft), haben Irmgard und ich mit bescheuertem Kichern unsere Nasen in ihre Tischschublade gesteckt und Goldsteins Stipendienunterlagen durchgeblättert (da hatte nun ich zu übersetzen, aus dem Imperialischen, so gut ich es vermochte): Beim neununddreißigsten Tausend hatte sich Großvater Jakob Kaganski in seiner Garage erdrosselt, wie »Cincinnati Christian Monitor« am 5. 4. 1985 berichtete, mit einem jüdischen Gebetsriemen, den er mit einem doppelten Schotstek an der Vorderachse seines blauen *Buick* befestigt hatte. Die Fastschon-nicht-mehr-July bekam nichtsdestoweniger keine Anstellung an der Uni – in einem der »New York Times Book Review« anläßlich des Erscheinens ihres Buches gegebenen Interview beschuldigte sie die Homosexuellen und Schwarzen, sich egoistisch abzusondern in ihren Gemeinden *(ein reaktionärer Irrtum, dem die Juden schon seit langem verfallen sind). Alle Grenzen müssen getilgt werden,* erklärte sie, jeder Mensch, *unabhängig von Alter, Geschlecht und Rasse, kann – und muß! – ein Homosexueller und Schwarzer werden, nicht nur der Homosexuelle und Schwarze. Und zwar nicht mit Hilfe plastischer Chirurgie*

oder chirurgischer Geschlechtsumwandlung, sondern aus-
schließlich nach dem außerbiologischen Recht auf den freien
Willen. Dann geht die Menschheit in eine neue Etappe hin-
über. Der westliche Mensch unserer neuen Zeit wird ein
roter grüner rosa schwarzer Jude-Christ-Moslem (The new
Playboy of the Western World should be a socialist ecologi-
cal homosexual Afro-American-Jewish-Christian-Islamic
one!)! Die bejahrten schwarzen und rosa Fundamentalisten,
die Bequemlichkeiten ihrer weiträumig karierten Sakkos
und traulichen Partys mit Gras und Jazz wahrend, ganz zu
schweigen von den per Senatsbeschluß festgelegten Quoten,
ließen die allzu feurige Miss durchfallen im Rat der Fakultät,
und ihr blieb nichts übrig, als sich dem Staatsdienst zu er-
geben.

Ich aber denke, daß der Mensch ein zweibeiniges Wesen mit
flachen breiten Nägeln ist. Und dies bleiben wird. Und ohne
Gefieder.

Ich begegne ihr, d.h. ihm, fast jeden Nachmittag, in der in
den hiesigen Tagen einzigen Stunde, in der die scharfe kalte
Sonne zuweilen durchbricht auf den mal von dem einen, mal
von dem anderen Felsen beschatteten Platz – da bin ich unterwegs in das preiswerte »Kafka«, die ehem. Kantine des
ehem. Klement-Gottwald-Schachts, und er ist auf dem Weg
zu dem Feinkostgeschäft »Heinrich Werner und Heinz-Jörgen Vondratschek seit 1934 – Französischer Käse und Spezialitäten vom Schwein aus eigener Aufzucht«, dem ehem.
Konsum der ehem. Landwirtschaftlichen Produktionsge-
nossenschaft »Judenschluchter Vorwärts«, welcher wiederum die ehem. »Kaganski Gastronomie und Kolonialwaren«
gewesen ist. Zehn bis hundertzwanzig Minuten stehen wir
neben der Grenzzaunpforte und tratschen, mal dies, mal das,
vom Hundertsten ins Tausendste – wie mit jedem richtigen

Amerikaner kann man sich mit ihm nach Herzenslust aus-
quasseln mit Hilfe von nur zwei kleinen Wörtern: *fine!* und
really? Die beiden für ein solches Gespräch benötigten Karteikarten habe ich immer bei der Hand, in der rechten Tasche
am Rock – sie glänzen schon, sind abgewetzt an den Rändern wie übrigens auch die ganze Tasche, die absteht, und der
Rock selbst; gottja, schon längst hätte ich mit einem von den
berittenen Juden, einem wie dem alten Golozwan mit seinem
Lada Serie 6 (und dritten Motor), in welchem er aus Chaba-
rowsk hierherkam, zum Flohmarkt in Karlovy Vary gemußt
und mir einen neuen Rock kaufen im selben Schnitt, nur
diesmal mit Rüschen vielleicht? Den alten Golozwan habe
ich ja wohl eine Woche nirgends mehr gesehn, ob er verreist
ist? Rund- und nacktköpfig, im Geschmack der 30er Jahre,
wie Berija oder Buddha, im grauen Leinenanzug (Hemdkra-
gen über dem Anzugskragen), ehem. Leiter des Sägewerks
»Karl Marx« in Birobidshan, Jüdisches Autonomes Gebiet,
Ferner Osten, ein Mensch mit einem Interesse für alles aus
Holz. Aber sein blauer *Lada* steht noch, wo er stand – bei der
Zoohandlung »Hamster-Paradies«, die vor kurzem in einem
ehem. Volkspolizeirevier von vier heiteren Orientalen eröffnet wurde. Neben ihm parkt schon den dritten Tag ein
silberner Van mit der Aufschrift *CNN.*

Julien Goldstein, *Der Held der westlichen Welt unserer Zeit*,
sympathisiert mit mir, denn er denkt, ich sei lesbisch und
also auf der Seite von allem Guten und Progressiven. Denn:
erstens, was sollte ich sein, wenn nicht lesbisch? Zweitens:
vorigen Mai, als wir – er zurückkommend, ich hingehend –
im Schatten der Zigeuner- und Slawen-Mädchen-Blüte von
Frühlingspickeln (ab der tschechischen Grenze stehen sie –
einen Fuß abstützend – anderthalbbeinig wie schwarze und
rosa Reiher an allen Wänden und warten auf die deutschen
Langstreckenrentner und die in der Beurlaubung gelandeten

Colorado-Gebirgsjäger) den Platz überquerten, hat Julien
Goldstein, aufmerksam, wie ihm zu sein obliegt, mich er-
tappt, wie ich dumme Gans in ein Dekolleté mit besonders aufgeregt bebenden Titten gaffte, sie schienen sich um
sich selbst zu drehn. Wie Mürbeteig in einem langsamen Mi-
xer. Er selbst schaut in solche Abgründe und Untiefen nicht,
nicht um ihretwillen ist er von den eigentlichen Tantchen
zu den uneigentlichen Onkelchen übergetreten und hat ein
schon bereitgestelltes »Kulturbunker«-Stipendium recht-
schaffen ehrlich-edel abgelehnt! So hat er nicht erfahren, daß
sich unter dem mit Micky-Maus-Applikationen verzierten
schwarzen Leder eine Waldmaus drehte und mühte mit
vor Schreck weißroten runden Äuglein – interessante Erfin-
dung, wenn man den Durchblick hat, vielleicht sollte ich mir
auch *so einen Gschaftlhuber* (wie die gabardinenen Halbrabinowitsch und Korolstein, nämlich die Kabardino-Balkarischen Verdienten Künstler, zu sagen pflegen – gepflegt
haben?) anschaffen. Honza vermietet den Mädels dressierte
Mäuse für drei Deutsche Mark je Mausetag und fünfzig
Mark Pfand, im Fall, die Maus erstickt unter der Tittenmasse.

Aus der Dunkelheit hinter der weit geöffneten Tür des meinem Fenster nächsten Hubschraubers ist ein doppeltes Ziel-
fernrohr direkt auf mich gerichtet: zwei senkrechte Linsen
in meine beiden waagerechten. Ein Eichhörnchen kriecht
den Kastanienstamm hinauf wie eine Eidechse mit zottigem
Schwanz. Im Zooladen beugen sich die vier Türken über
einen Käfig, in dem ein palästinensischer Goldhamster sitzt.
Kann es sein, daß ich, der einfache Petersburger Chasare
Julik Goldstein, heute noch, in einer Stunde, in zwei Stunden den Imperator des ganzen Westens, den Pantokrator der
freien Welt, Caesar Augustus Princeps – die Leuchte der
Zivilisation, das Perpetuum mobile des Fortschritts, den

mächtigsten Mann der Welt und so weiter und so weiter und
so fort, erblicke? Durch Großvaters Beutefeldstecher »Carl-
Zeiss-Jena« mit der Entfernungsskala, die wie ein umgekehrtes »T« aus winzigen Ziffern aussieht (über diesen Feldstecher hatte meine Amme Oma Katja, Gott hab sie selig,
geheimnisvoll gesagt, dort sei, irgendwo unter dem Justierrad, ein geheimer deutscher Knopf: du drückst ihn und alles,
was im Visier ist, raucht plötzlich auf, blitzt kurz und verschwindet auf immer – *daß du ihn nur ja nicht anrührst,
nicht einmal in Gedanken!*). Habe ich mir das vor fünfundzwanzig Jahren in Skythoparthien etwa träumen lassen, in
der steinernen Ex-Residenz seiner vom Alter entkräfteten
Khane, im Werkunterricht bei Timofej Michalytsch Sajaitschko, in dem ich (im blauen Satin-Kittel über der mausgrauen Schuljacke) aus Panzerstahl eine Kehrschaufel bog
und ausschnitt? Oder träume ich jetzt?

6. Der Krieg der Kinder und Greise (1)

In welchem Turm war im Jahre fünfundvierzig die SS-Sondergruppe »Bumerang« mit den Rabbinern und dem Stück Ton stationiert, in meinem neugemachten oder im echten, dem Goldsteinschen? Und in welchem die Selbstverwaltung des Judenschluchter Gettos? – das vereinte Archiv beantwortet die anstandshalber eingereichte Anfrage nicht. Die von drei einzelnen Aufbewahrungsorten zusammengetragenen Archivalien sind noch nicht vollständig katalogisiert. Unterschiedliche Markierungen, verschiedene Sprachen, eingeschlossen die toten – da zieht auch der Teufel den Schwanz ein. Die schöne Irmgard hat für mich irgendwelche (schon für Goldstein bereitgelegte) ganz belanglose Bagatellen gefunden: Der Brief des Oberfeldwebels der Gebirgsjägerdivision Alois-Wenzel Schwarzenegger vom 9. 11. 1943, geschickt an seinen Bruder in Ober-Wenden-Joch (in Kärnten, an der italienisch-slowenischen Grenze) kam am 13. 8. 1968 zurück mit dem Stempel »Empfänger verzogen«. *So ein Scheißort, Xaverl*, beklagte sich der Oberfeldwebel, *alles ist voll Ruß, es dämmert vom Morgen bis zum Abend, mal Schnee mit Regen, mal Regen mit Schnee, und so unfreundliche und wortkarge Bewohner sind mir weder in Frankreich noch im Kaukasus begegnet, nicht mal in Berlin.* Weiter folgen Mutmaßungen darüber, welcher Herkunft diese unfreundlichen und wortkargen Bewohner sind, Deutsche nicht, *das ist glasklar!* – nicht diese Schwejk-Tschechen, und keinesfalls Zigeuner. Die kennen wir ja. Eher Ungarn oder Türken oder – im Wuchs etwas aufgeholt habende – Nachkommen der böhmischen Gnomen, *weißt du noch, als wir klein waren, las uns unser Vater von dem unbekannten Verfasser der Lorelei etwas vor darüber, wie die sich bei einem ihrer Dorffeste da mit den Leuten verstritten haben, daß die Federn flogen?* Diese Einwohner hier werden in den umliegenden Gehöften stur als »die Juden« verunglimpft, ohne jeden Beweis. Kann sein, daß die mit ihnen so ihre Rechnungen haben: böses Blut, wegen einer Ziege oder eines Brunnens, *so wie, weißt du noch, unser Vater, der Herr Lehrer, mit den Slowenen aus Nieder-Wenden-Joch,* oder sie haben hier überhaupt die Blutrache noch seit Adam und Eva. Der Gauleiter hatte auf Partei-Ebene um eine wissenschaftliche Konsultation ersucht, angesichts des nicht zum Stillstand kommenden Stroms von Signalen aus der Bürgerschaft, in Berlin beorderten sie einen Professor für Rassenhygiene her, der ging herum, maß mit einem Stangenzirkel Ohren, Schädel und Nasen und äußerte sich schließlich dahingehend, daß zu entscheiden, ob sie Juden sind und was für Juden, wenn Juden, Schwierigkeiten bereitet. *Türkisch-mongolische Elemente und ein slawischer Einschlag sind offensichtlich vorhanden. Bei der Mehrheit der Männer ist das mongoloide Steißbein und der altaische Typ der Behaarung anzutreffen.* Berlin versprach den zur Zeit mit den Truppen aus der Krim zurückweichenden karäischen Dichter namens *Paris Baklashan,* wenn Irmgard und ich die lateinische Schrift Schwarzeneggers richtig entziffert haben, anzufordern, welcher bereits (bei sich auf der Krim) geholfen hatte, eine rassenkundliche Expertise zu erstellen, indem er die rabbinisch-orthodoxen Krim-Juden von denen der nicht-jüdischen Karäer-Sekte nach Rassenmerkmalen unterschied, womit er sich die Dankbarkeit des Führers und der vereinten Völker Europas verdiente, die die Ideale der Freiheit, der Kultur und des Rechts in die Welt und insbesondere deren Osten tragen, welche Mission sich nicht vertrüge mit dem kleinsten Fleck auch nur auf ihrem kollektiven Gewissen, *was, Bruderherz, unter uns gesagt, wieder die typische preußische Klugscheißerei und Penibilität ist.* Der sonderbare

Judenschluchter Stamm wurde bis zur endgültigen Klärung
als ethnische Gruppe unbestimmter Zugehörigkeit von der
Systematisierung ausgenommen, die Männer mit dem mon-
goloiden Steißbein wurden für die Verteidigungsindustrie
mobilisiert und weggebracht – *nicht weit, aber tief* (wie aus
allem zu schließen ist, war das Bergwerk gemeint, der künftige Klement-Gottwald-Schacht also), in Judenschlucht blieben nur die Frauen (*sehr unfreundlich, lassen einen ran, aber
ungern*), die Alten ab sechzig, die Kinder unter dreizehn,
die Gebirgsjäger und, wie der Oberfeldwebel elegant andeu-
tete, *die gelehrten Kollegen im schwarzen Anzug*, mit einem
Sonderschutz, je einem Zug der SS-Divisionen »Kaukasus«
(Tschetschenen) und »Charlemagne« (Franzmänner).

Warum eigentlich wurde seit Gaius Julius Kennedy kein ein-
ziger Imperator mehr ermordet, man hatte doch gewiß viele
im Auge?

Ich wäre ja mit Irmgard, der Kampfgefährtin, gut dran: sie ist
fröhlich, sie ist gutherzig, sie ist wohlbeleibt, übersetzt mir
alles, was mir einfällt, ihretwegen auch die Tageschronik der
»Judenschluchter Nachrichten« und »Židovskoúžlabinské
noviny« (*ein Marder hat das Zündkabel im Auto des Herrn
Bürgermeisters durchgebissen* und *das Städtische Arbeits-
amt benachrichtigt die Bürgerinnen der Tschechischen Republik, daß immer noch Einweisungen in die Betriebe für
individuellen Service erhältlich sind. Sich waschen und ärztliche Bescheinigung mitbringen*), sie hat mir sogar zum Geburtstag ein künstliches Glied geschenkt; wären nur nicht
diese ihre ewigen Geschichten, wo sie im Urlaub war (seit
dem Fall des Grenzzauns viermal bereits auf Mallorca) und
wie die dortigen Kanaken Schlange standen, um sie zu bumsen. Dieses Mädchen sondert eben laufend *Mädchen-Sekrete*
ab. Ich habe zum Unterhalt derartiger Gespräche Karten

vorrätig: *Und du zu ihm?*, *Und er zu Dir?* und *So ein Stink-bock aber auch!* Das Jaroslawler Studentenheim hat Irmgard (sie selbst nennt sich auf russische Art *Irka*) bis zu einer solchen Tiefe in den mystischen Hellenismus der russischen Sprache eingeweiht, daß sie sogar den Unterschied zwischen »Stinkbock« und »stinkender Bock« versteht, beide sind ja zwei ihrer Natur nach grundverschiedene Tiere – der Unterschied bleibt dem gemeinen Ausländer jedoch praktisch verschlossen. Es sei denn, er ist (kein Gemeiner, sondern) Major, so gesehn. Und ihr Mutterfluchmundwerk ist ungemein gediegen und essentiell, nicht so wie bei einem jüdischen Ingenieur, der sklavisch dieselben dreieinhalb Lexeme wiederholt, die er in einer Gemüselagerhalle einem Lastträger abgelauscht hat (der auch nur ein in den Suff abgetriebener Ingenieur ist, der sie vordem von einem andern Kuli aufgeschnappt hat, der auch nur ein zum Säufer verkommener Ingenieur war, der sie wieder einem anderen Lastträger abgelauscht hat …); nein, Irmgard hat die echte Jaroslawler Schule, und das Jaroslawler Schandmaul ist das prächtigste und schändlichste in ganz Rußland, Groß-, Klein- und Weiß-, allerdings weiß ich nicht, wie es in Rot-Rußland ist, in Galizien. Meine Amme Oma Katja, Gott hab sie selig, stammte aus dem Jaroslawler Gebiet und sie schmiß über meiner Wiege 72 Wörter lange Bögen, von Herrgott, Seele und Mutter angefangen bis *eicheläugiger Muschelschreck* und *eierlbetriebener Kondomflieger*, das, sagte sie, sei der *Kleine-Peter-Bogen*, d. h. der Peters des Großen, was natürlich so wohl nicht stimmt. »Du hast den Bogen raus, Katerina«, sagte Boris Petrowitsch Hornostahl – ehem. Seemann vom Kreuzer »Kirow«, nachmals unser Nachbar in der Gemeinschaftswohnung und KGB-Hauptmann bei der Versorgung und Logistik – in der Küche zu ihr und hielt ihr seinen zum Haken gekrümmten schwarzbehaarten Zeigefinger vor die Nase, »aber kriegst du den auch gerade?« Er hustete, lachte und ging mit dem dampfenden Kochtopf zu sich in seine dreimal anderthalb Quadratmeter mit dem quadratischen Fenster, das wild aus der Brandmauer heraussah. *Der Große-Peter-Bogen* zählt 213 Wörter und gilt als unwiederbringlich verschollen, aber nach Hornostahls Sondermeinung ist er zusammen mit dem Weißen und dem Roten Bogen irgendwo im verstohlenen Sibirien verwahrt oder vielleicht in den Wäldern um Tscherepowez. Am Ende der Zeiten aber kommt er zum Vorschein: Das Skythoparthische Heer zieht mit ihm in den letzten Kampf, eine Eigenbau-Kalaschnikow in der Hand, und, den Himmel zerreißend, werden ihn die aus dem Sewastopoler Verteidigungsmuseum weggekarrten *Katjuschas* brüllen, diese stählernen Orgeln, und die chasarische Reiterei wird ihn kreischen, vorgebeugt über die in Zöpfe geflochtenen Pferdemähnen – und der Feind erbebt und zerstreut sich. Übrigens irren sich die, die meinen, der jüdische Rücken sei krumm vom jahrtausendelangen Sich-Beugen über die heiligen Schriften – der jüdische krumme Rücken kommt von der Beugung über die Mähne des fliegenden chasarischen Rosses. Zumindest meiner. Daher auch der kleine Pimmel, der krumm auf den Eiern liegt und beim Galoppieren und Voltigieren nicht stört. Ich habe ihn unter dem Rock auf das warme Kunstmarmorfensterbrett gelegt, neben den Aschenbecher und den Avokado-Keimling im Glas – mag er ausruhen.

7. Amerika, das überall ist

An drei verschiedenen Stellen auf dem Platz beginnt ein laut-
loses bengalisches Geleucht. Das Orchester hat mit ein-
gezogenen Backen und langgezogenen Mündern sein über-
alles-loses Überalles ausgepustet und ist erstarrt, nur die
sumpfig gefleckten Hubschrauber – drei Stück – summen
gleichmäßig, knirschen gemessen, schlagen mit den Schrau-
benblättern, tauschen miteinander ihren runden Wind in der
Höhe. Die Mädels, sich mit den Hintern schubsend, verknit-
tern ihre Reihe, die Bürgermeister sind zusammengezuckt
und haben sich umgeblickt, der eine nach links, der andere
nach rechts, ihre zum Händedruck aufgerollten Finger hängen schlaff herunter. Proben sie dort ein Feuerwerk, wie?
Warum ist es so klein und so niedrig?

Die Funken zerstreuten sich, fielen ab, erloschen, sichtbar
wurden nun drei kleine Figuren mit fleckigen beschirmten
Helmen: in der Haltung kniender Ritter, an den vorgebeug-
ten Gesichtern die gelüfteten Helmgitter mit den Sehschlit-
zen, jede Figur in ihrem eigenen Qualm dunkler und dichter
als der allgemeine Nebel dort unten. Klar, was sie tun: Sie
schweißen die Gullis zu auf dem Platz, sowohl die tschechischen als auch die beiden deutschen. Über ihren Köpfen
schaukeln die Hubschrauber-Hängeleitern mit ihren Gelen-
ken und Enden. Sicherlich hat die imperiale Sicherheit herausbekommen, daß es dort drunten gewundene Höhlun-
gen gibt, verschlungene Gänge, geheimnisvolle Schächte im
Judenschluchter Berg, und Steinschleifer-Gnome mit gelben, grünen und roten Hüten, und daß sie unter dem Platz
hervorkrauchen können und sich mit ihren Hämmern,
Zahnhämmern und Beilen auf den Imperator stürzen, ze-

ternd. Ein altes, finsteres Geschlecht, das den Menschen
mit ihrer kindlichen Lebensfreude nicht wohlwill. Sie zu-
rückzuhalten ist mit keiner Umzingelung möglich, um so
weniger, als die Prätorianer-Garde aus zwei Meter langen
auberginen- und melonenkürbis-farbenen Freigelassenen
zusammengestellt ist, denn die Gnome, ein Meter ohne die
Quaste und wie Bälle springend, rollen dem Giganten unter
der Hand und zwischen den Knien durch und treiben ihm,
sich drehend im Sprung, den Zahnhammer ins Kreuz oder
auch in die Niere – mit einem einzigen Hammer-Schwung.
So wurde von ihnen in der Runen-Urzeit ein Riese oder womöglich sogar ein chthonischer Gott namens Riesenmaul-
karlchen (auf slawisch Karel Tolstomordik) ausgerottet, wie
»Erzgebirgisches Altertum« vom Juli-August-September
1881 vermeldet. ... Gleichzeitig, wie auf Befehl – aber eher
wohl doch *auf* Befehl – von oben?! –, schieben die Schweißer
ihre Schirme über die Gesichter, und aus dem Pflaster schlagen wieder die gleichzeitigen hellblauen Garben ... Auf dem
Sofa kein Goldstein. Sein aufgeklapptes Notebook liegt da,
blinkt hübsch blau über der angefangenen Zeile *Thereunder
it would be proposed*, aber Goldstein selbst ist nicht da, und
im ganzen Studio nicht, als hätte es ihn nie gegeben. Die Küche, eine vernickelte Ecknische, kann ich auch einsehen, aber
es gibt ihn auch dort nicht. Er ist ausgetreten, läßt sich ver-
muten, das Klosett – auf deutsch etwas befremdlich auch
Abort genannt –, es befindet sich dort in der Tiefe des Flurs,
kann ich nicht einsehen von hier. Nur ein Stück Türrahmen
mit einem Porzellanferkel an einer Schnur, mehr sieht man
nicht. Aber hätte ich es auch einsehen können, ich hätte
sowieso nicht hingeguckt – ich habe schon einmal gesehen,
wie Menschen kacken, vor etwa achtundzwanzig Jahren im
Pionierlager des Rotbanner-Orden-Werkes »Vibrator«, bei
Strelna: Ljusja Dreizun aus der Gruppe zwei hockte sich
in die bretterne Toilette des Salmonellen-Isolierraums und

kackte, ließ ihre schmalen Hände von den Knien herabhängen, neigte ihren klugen Kopf mit dem Pferdeschwanz zur Schulter und biß mit Duldermiene in das Pionierhalstuch – Null Komma nichts Interessantes, nur Gluckern und Seufzen. Der Mulm aus dem Spalt zwischen den Brettern flog mir in die Nase, ich nieste. Ljusja Dreizun zuckte zusammen (ihre ohnehin runden Hennenaugen wurden noch runder), aber sie konnte nicht aufhören.

In der grünlichen elektrischen Nacht, die durch die Schießscharte ins Studio fließt, in dem schaukelnden und widerhallend quietschenden Stipendiumbett, unter dem Zwitschern und Schnalzen der namenlosen Engel in den Wolkenlauben (welche dahingeschwommen waren, vom Südosten nach Nordwesten geschwommen, und auf einmal am Doppelgipfel des Judenschluchter Bergs feststaken), unter dem schrägen Gestrichel der Blitze (sind das nicht vielleicht Gott und Satan, dunkelbuschene Riesen, die sich über das unterhöhlte Herzstück Europas gebeugt haben und Messerwerfen spielen?) – denke ich an Amerika, das überall ist, und kann von dem Brennen im Nasensattel und dem Kitzeln im Herzen nicht einschlafen bis zum Morgenrot. Welch wundersame geschweifte Gedanken steigen auf in meinem Kopf! –

Schutzmaßnahmen der Russen gegen den Westen: 1. Keinesfalls dem Westen die Zigeunerlieder vorsingen, wie z. B. »Hinter der Insel hervor in die Strömung…«, natürlich auch die »Katjuscha« nicht, die sie ohnehin für den »Kasatschok« halten, und nimmermehr »Weit liegt das Meer hingebreitet«, 2. unter keinen Umständen die Ambivalenz der russischen Seele zeigen, darunter auch und vor allem nicht zwei Ab-

gründe gleichzeitig umfangen, 3. keinen Wodka trin-
ken, sich nicht erhängen und sich nicht küssen unter
Tränen bei Frost, 4. all das verstohlen tun, wenn es der
Westen nicht sieht.

* * *

Hätten die Hofeunuchen Marilyn Monroe nicht mit
einem vergifteten Klistier getötet, hätte sie sich der
Reihe nach allen Caesaren hingeben müssen, die es nur
gab, eingeschlossen den aktuellen. Die hünenhaften
nubischen Freigelassenen hätten sie in den *oval room*
gefahren, die ovalen Wände entlang hätte die Garde ge-
standen, sie wäre auf einem vergoldeten und mit allerlei Edelsteinen überschütteten Rollstuhl hineingefah-
ren worden; der Princeps, die scharfen Zähne zu einem
Lächeln zusammenbeißend, die linienlosen Handflächen an seine zementene Frisur gelegt, wäre rasch zu
dem lachenden betrunkenen alten Weib hingeschrit-
ten. Der weiße Mull wäre in einem vom Rollstuhlfuß-
teil springenden pneumatischen Strahl hochgeflogen
und hätte die mehlweißen Lenden, die leidend um die
Gummibänder der fleischfarbenen Strümpfe ange-
schwollenen, freigelegt.

* * *

Die Literatur eines Volkes, z. B. des russischen, in ihren ausgesuchten Ausformungen – in den Gogols,
Dostojewskis, Tolstojs –, erzeugt bei diesem Volk eine
besondere Art Paranoia, weil in ihren Kollisionen und
Gestalten sich alles konzentriert, was für dieses Volk
am untypischsten ist, das heißt, der durchschnitt-
lichen Masse dieses Volkes und seinem durchschnitt-
lichen Leben am wenigsten eigen, aber das Volk selbst
wird im Laufe der Zeit von der Überzeugung durch-

drungen, daß es so eben ist, in seinen ausgesuchten,
oder, sagen wir: seinen extremen Ausformungen. Das
heißt, es sieht sich so, wie es nicht ist, nie war und nicht
sein konnte. Die Amerikaner sind anders – sie haben
keine Paranoia.

* * *

Perversion: ich liebe Coca Cola so, wie die restliche
Menschheit sie haßt – warm und abgestanden. Ich lebe
unter ihnen, ich zerknittere ihre Zeitungen, ich sehe
die Kaleidoskope ihrer quer verkabelten Teufelchen
im Fernsehen, trinke Coca Cola, trage Strumpfhosen
und die Büstenhalter ihrer Firmen – ich bin bei ihnen doppelt *ein Kleinvolk,* wie Augusten Cochin das
nennt: als Jude und als Russin. Dreifach: als roßloser
Chasare außerdem.

* * *

*Kolumbus fuhr nach Amerika, widewidewit bumm-
bumm, Amerika war gar nicht da, Refr., deutsches
Kinderlied.*

* * *

Den Übergang Amerikas von der späten Republik
zum frühen Imperium markiert in etwa der Übergang
von der Wehrpflicht zur Berufsarmee.

* * *

Die Amerikaner haben kein Unterbewußtsein. Sie hatten es nie. Die Europäer hatten es, Ende des 19. Jahrhunderts bis Mitte der 20er Jahre. Danach war es
restlos ausgeheilt. Die Psychoanalytiker in der ganzen
Welt sind nur damit beschäftigt, Unterbewußtseine
zu konstruieren und den Patienten zu implantieren.

Im Grunde genommen handelt es sich um plastische
Chirurgie.

* * *

Früher dachte ich: Amerikaner – das sind Außerirdische, und hinter dem Okeanos, hinter dem kreisrun-
den Strom gibt es gar kein Amerika (freilich, wenn wir
mit Geklingel in den Ohren die feuchten Sesselrücken
zurückklappen, die Sicherheitsgürtel abschnallen und
seitwärts, wie es Hunde tun, hinschielen auf den von
der pneumatischen Kraft der mit Stärke gesteiften Stewardeßtitten vorangeschobenen Wagen mit den vaku-
umverschweißten Proviantportionen, heben die Flugzeuge ab – unmerklich sowohl für uns als auch für die
an den gehörnten Lenkrädern schlafenden Piloten und
die im Gang ihre Hüften schwenkenden Stewardes-
sen –, heben sie ab in den von den Sputnik-Hunden
Belka und Strelka sowie von Gagarin eröffneten Kos-
mos, ins Geflimmer der großen amerikanischen Sterne
und Geschimmer der blassen amerikanischen Streifen,
und landen werden sie dann dort, *auf dem fremden
Gestirn.* Jetzt aber denke ich anders: Sie sind keines-
wegs Außerirdische, sondern Kinder, genauer gesagt,
Halbwüchsige. Aber nicht im übertragenen Sinn,
sondern ganz konkret – ihr Alter bleibt einfach stehen
bei 14 bis 16 Jahren. Sie haben die Lehrer und Eltern
besiegt und leben – bereits zwei Jahrhunderte und etwas – allein, mit Straßenselbstverwaltung. Das beweisen alle Grundlagen ihrer nationalen Kultur und
Psychologie: die Selbstorganisation der Gesellschaft,
gegründet auf das Gesetz der Straße (wer einmal im
Leningrader Vorort Wesjoly Posjolok gewohnt hat,
kennt dieses Gesetz); ihre Vorliebe für Spaziergänge
mit Fähnchen und Luftballons, für Paraden und Mili-

tärspiele; ihr Hang zu Gruselgeschichten und Kriegs-
filmen; ihre Lust auf Süßes und Scharfes ohne Kern
und Knochen (das am liebsten ohne Messer und Ga-
bel gegessen wird, mit den rauhen, zerkratzten Händ-
chen); die Begierde, erwachsene nackte Frauen zu
betrachten; ihre fast schluchzende Ergriffenheit bei
der Frage »Wer ist besser: Jungen oder Mädchen«; ihr
hemmungsloser Kampf gegen Pickel und für das Mus-
kulös- und Schlanksein sowie ihre Verklärung sport-
licher Leistungen allgemein und der Rolle des *Gewan-
des* für den gesellschaftlichen Status der Person.

* * *

Und vieles, vieles andere.

Zweite Satire.
April dreiundneunzig

Seit langem ist Petersburg von Rußland überschwemmt.

Jelena Schwarz. Schwarze Ostern

8. Trauer um die Kaiserin von China

»Christ ist erstanden«, sagte der Grenzbeamte im Flughafen Pulkowo und erhob sich ein wenig aus seinem über und über mit Mimosen geschmückten Büdchen, sein Gesicht zum Osterkuß dem meinen nähernd. Seine Dienstmütze war in den Nacken gerückt, offenbar, um diesem Osterngruß nicht im Wege zu sein, unter dem Schirm schwänzelte eine dürre Schmachtlocke hervor, auf Kosakenart. Sein Schnurrbart, der nach etwas Kompliziert-Männlichem, Halbwollenem und Kasernenem roch, stach mich in die Wange, und ich sagte »Danke, gleichfalls«. Der Grenzer senkte sich wieder nach innen ins Büdchen, schob meinen Paß, mit dem ehem. Wappen nach unten, heraus und salutierte in einer dem Auge kaum noch faßlichen Blitzesschnelle mit der freigewordenen Hand. Und er bemerkte unerwartet trocken: »Schon lange waren Sie nicht daheim, Julij Jakowlewitsch. Schon anderthalb Jahre nicht.« Ich nickte, trat hinaus nach Rußland, atmete seine dumpfe, frostige, schnalzende und schmatzende Luft (an den Mandeln kondensierte sie zu länglichen zottelig-zähen Gerinnseln) und erblickte sein Volk: Die Tanten in den aufgeknöpften Mänteln; die in den vernickelten Gepäckkutschen mit der Aufschrift »Samsung« schlafenden Kinder; die Loch-Pupillen der Männer; die verweinten Jochbeine der Soldaten; die in allen Richtungen von Schals umstrickten Schwarzen, die Polen mit den über ihr khakifarbenes Sack und Pack gehängten Schnurrbärten, die rauchenden Frauen unbekannter Herkunft (einige widernatürlich elegant gekleidet) und den Amerikaner Carlchen. Sollte er mich etwa abholen wollen? Wir haben uns lediglich einmal im Leben gesehen, damals noch, das ist jetzt zehn Jahre her wohl. Carlchen studierte zu der Zeit im Studentenaustausch Ge-

schichte an der Leningrader Schdanow-Universität – er
schrieb an einer Jahresarbeit über das Thema »War Lenin ho-
mosexuell?«. Und kam nach der Auswertung unterschied-
licher Quellen und sorgfältigem Abwägen aller pro et contra
zu dem Schluß: nein, war er nicht. Aber, wie sich dann erwies, die Uni-Obrigkeit lehnte schon die Fragestellung ab.
Und Carlchen bekam keine Zensur auf seine Jahresarbeit.
So verlor er das Semester und mußte heimfahren mit der
Schlappe, in das Städtchen Fifthrome, Connecticut, wo man
samstags die Straße vor dem Lebkuchenhaus mit Erdbeer-
seife putzt und keinen Spaß versteht in solchen Dingen. Er
beklagte sich bitter darüber und fügte hinzu, daß man mit
diesem Scheiß-Beruf ohnehin keine Aussicht auf eine auch
nur einigermaßen angemessene Stelle hat, auf gar keine, besser gesagt, und nun noch das. »Da bleibt einem ja nichts
übrig als zur CIA. Die nehmen jeden.« Die Hauswirtin
nickte erschüttert-ironisch mit ihren ergrauten Halbmon-
den über den glatten Wangen und sagte, wie man es sich
damals angewöhnt hatte, alles verstehend: »Kafka! Kafka!«
Gott hatte Carlchen zwei Dinge entzogen – Grips und Gesicht, alles andere war vorhanden, in erster Linie Profil, er
bestand aus nichts als Profil. In den zehn Jahren hat er an
Gesicht nicht zugenommen, dafür aber hat sein Profil tüch-
tig zugelegt, wurde zwar stumpfer, aber auch wuchtiger –
keine Rasierklinge mehr, ein Beil. Nichtsdestoweniger kam
er nicht mich abholen. »Meine Dame, halten Sie den Verkehr
nicht auf«, tönte es hinter meinem Rücken. »Wenn Sie eine
Dame sind, küssen Sie und gehen Sie weiter, und wenn Sie ein
Mann sind, dann ist das nicht Ihr Paß. Ich sage Ihnen auf gut
russisch, hier steht klar: *female*.« Ich blickte mich rasch um:
Julien Goldstein, blaß, im Dreispitz, in weißer Paradejacke
mit goldenen Schulterstücken und Tressen an den unerwar-
tetsten Stellen, in enger schwarzer Lederhose und Peters I.
Kanonenstiefeln mit ungeheuer gezackten Sporenrädern,

die auf den Fliesen kratzten. Er betrieb *gender studies* mit der Grenzbeamtin in dem Nebenbüdchen. Das zum Durchschneiden von Menschenmengen gut geeignete Carlchen stürzte ihm zu Hilfe mit dem Schrei *Amerikanisches Konsulat!*

Aber auch ich wurde abgeholt. Mit ihrer großen eisernen Brille auf dem vollen quadratischen Gesicht, in einem veilchenblauen knielangen Mantel aus gutem Vorkriegsdrapé, in einer rosa Strickmütze, aus deren Maschen überall das dünne weiße Haar kroch, aber barfuß: für diese von der Elefantiasis geschwollenen Beine sind noch keine Stiefel genäht. Oder schon nicht mehr genäht. »Oma Katja, wie denn das? Du bist doch längst tot.« – »Tot oder nicht …«, sagte Oma Katja und erwog kurz, ob sie mich mit dem Ende ihres Scherzwortes beglücken wollte oder es für mich auch so reichte. – »Tot oder nicht, die Zeit hab ich verbracht«. Volkspoesie sprach sie ausschließlich in Jaroslawler Lautung, ansonsten beschränkte sie sich hochmütig auf die Schnellsprache der alten Leningrader Unterschicht, halb *Echt*-Dorf, halb Michail Michailowitsch Soschtschenkos Roman-Volk. »Anderthalb Jahre fast!« staunte der jüdische Schwarztaxifahrer, während er im dämmernden Abend mit seinem »Saporoschez« über den Moskauer Prospekt raste, durch die flammenden Kolonnaden stalinistischen Abendrots. »Und, wie haben Sie die Stadt gefunden? Ein Spuk des Schreckens, nicht wahr?« Aber sie zu finden war nicht weiter schwer. Mit dem Aeroflot-Flieger einfach, einem, wie es sich gehört, schneeweißen, nur an seinen Konturen – äußeren wie inneren – gleichsam von einem Schmutzrändchen behutsam umsäumt. Die Stadt hat sich nicht geändert, jedenfalls nicht verschlimmert. Vielleicht sogar etwas verbessert, hier und da an den Fassaden etwas gereinigt, geflickt und nachgestrichen. Doch ihre Konturen, die äußeren wie die inneren, sind gleichsam von einem Schmutzrändchen behutsam umsäumt. Gleich dem unter meinen Nägeln: Oma Katja nannte es, bevor sie tot war, ironisch *Trauer um die Kaiserin von China* und empfahl, es mit einem harten kurzborstigen Bürstchen zu tilgen. In Rußland kriecht dieser schwarzbraune Sandlehm zehnmal schneller unter die Nägel als irgendwo sonst an den mir bekannten Orten, doch »in Rußland« übrigens war ich hier ja nicht und wußte nicht, ob ich dorthin zu fahren gedenke. Meine Angelegenheiten begrenzten sich auf – wie man es *nun* nennt, und warum auch nicht? – Petersburg. *Petersburg oder nicht* ... Diese Stadt interessiert sich nicht für die Menschen, die sie bewohnen, sie stellt ihnen frei, sich für sie zu interessieren – oder auch nicht. Sie wurde nicht für die Menschen gebaut, so lebt sie nicht für die Menschen, und wenn sie sie auch quält – dann allein mit ihrer Gleichgültigkeit. Im Grunde ist es ihr gleich, wie wir sie nennen, wahrscheinlich hat sie – wie T. S. Eliots Katzen – einen eigenen unaussprechlichen Namen für sich, und wir – wir können sie nennen, wie wir wollen. Ich fürchte, sie empfindet ihre in drei Vierteln des Jahrhunderts dreimal zu drei Vierteln ausgewechselte Bevölkerung wie irgendein Nilpferd seine Parasiten – unter oder auf der Haut. Sie fressen dich nicht weg – also laß sie. Werden die einen abgeschüttelt, erscheinen andere. Oder soll ich es ihm, diesem jüdischen Schwarz-Taxi-Kosaken-Saporoscher, auch mit anderen Worten nicht sagen: Wir sind für sie gleichsam unausmerzbarer Schmutz unter den Nägeln, *Trauer um die Kaiserin von China.* »Fahr zu, mach hin, du Schwatz-Schabe!« fuhr Oma Katja den Fahrer von hinten an. – Aber er hörte sie wohl kaum, in Sorge, weil ein Stoßtrupp nacktäugiger Bengel sich daranmachte, seine Windschutzscheibe zu waschen. An der Ampel beim Park des Sieges, mit Pfützenwasser in Ein-Liter-Coca-Cola-Flaschen. Über seinem schütteren Scheitel schimmerte in einem kleinen stehenden Halbkreis rot-anthrazitener Glanz wie ein Kranz aus schwarzem, glänzendem Wasser. *Die Optik hat sich etwas geändert*, dachte ich. *Die Spiegelungen und Schatten spielen anders. Das Abendrot ist dichter und reiner.*

Oma Katja patschte, ohne nasse Spuren zu hinterlassen, durch die Küche, rumpelte gereizt mit dem Geschirrschrank, weil sie nachsah, ob der Symbolist Zimbalist (er hatte für hundert Dollar den Monat »einstweilen dableiben« dürfen) die Beutevase mit Cupido und Venus hatte mitgehen lassen, den Kusnezow-Porzellan-Teller mit dem kleinen Riß und die vier ungemusterten grünen Weingläser mit Großvaters Monogramm NJG. Ich setzte mich inzwischen vorsichtig auf das Sofa mit den Flecken von vertrocknetem Zimbalist-Samen (Irmgard nennt das *Anna Panna Pickemus*) und blätterte alte Adreßbücher durch, eins nach dem anderen. Ich mußte über meine Bekannten jemanden finden, der im Völkerkundemuseum oder im Institut für Orientalistik oder in der Kunstkammer arbeitete, um in die Archive zu gelangen. Vor vier Monaten hatte Konstantin Walerianowitsch, der Prager Kulturattaché, während er mich mit einem Abendessen regalierte, am Kamin bei Kerzenlicht in seiner Botschafts-Wohnung, die mit ihrer Eichentäfelung und ihrer Größe an das Hauptquartier des Obersten Befehlshabers erinnerte, mir zwischen dem Stör auf Klosterart und dem Rhabarberkompott erzählt, daß *laut den Überlieferungen in unserer Botschaft* man das Stück Ton aus der Dachkammer der Altneusynagoge im Jahre achtundvierzig oder neunundvierzig, auf persönliche Anordnung von Staatssicherheitsminister Berija, nach Leningrad verbracht und vom Staatssicherheitsdienst mobilisierten Kabbala-Spezialisten übergeben hat: zur Prüfung der Perspektiven seiner Belebung und weiteren Nutzung in der Abwehr und der Volkswirtschaft. Aber dann war, *wissen Sie ja selber, Julij*

*Jakowlewitsch, die Zeitschrift »Flämmchen« hatte darüber
berichtet, im Jahr dreiundfünfzig Stalin gestorben, »in Tbi-
lissi der Schlehdorn blüht« und pipapo, Umorganisation
der Staatssicherheit,* das Projekt wurde als aussichtslos
fallengelassen, und alle Materialien kamen in Verwahrung...
ins Völkerkundemuseum wohl, oder in die Kunstkammer...
Oma Katja trat ins Zimmer, in hochgeschlossenem schwarzen sparsam schwarz-paillettierten Kleid, der Kragen unterm Kinn von einer Plastikbrosche zusammengehalten, auf
der die Ballerina Ulanova ihr Bein von sich streckte. »Willst
du was essen, du feiner Pinkel von Ausländer?« fragte Oma
Katja unparteiisch. »Ich hab hier bei deinem Mieter Erdäppel
gefunden.«

9. Es weht kein Wind auf dem Mond

Drei Tage nacheinander begegnete mir auf dem Newski Prospekt oder dort in der Nähe das Mädchen in der bunten Strickjacke und den bis zum Nabel reichenden Sumpfstiefeln. In welchen Kiosk ich auch meinen Kopf schiebe mit meinem bescheidenen Verlangen nach der blaß geäderten Papirossaschachtel »Belomor«, überall ist wie bestellt auch sie zur Stelle, drängt sich mit der schmalen abgeschrägten Schulter vor und hält an mir vorbei ein gläsernes Entlein hinein in ihrem wie verbrüht roten, brüchigen Handbötchen: »Chefin, nehmen Sie vielleicht ein Dutzend davon, zu zweitausend das Stück?« Die Chefin, ein verschlafener Kaukasier mit ergrautem Schnurrbart, nuschelt *Mußsch mer beschlafen* und verspricht, beim Boß daheim wegen der Entlein nachzufragen. Überhaupt war das Volk von früh bis spät nur damit beschäftigt, die Kioske und Läden abzuklappern nach einer Chance, etwas zu ergattern oder abzusetzen. Wo ist diese von Kindesbeinen an gewohnte sowjetische Trägheit nur geblieben, dieser eingefrorene Gang, dieser angefaulte, auf das Pflaster starrende Blick? Alle liefen hin und her, warfen Blicke nach allen Seiten, über den Köpfen etlicher schienen Kränze aus schwarzem, glänzendem Wasser zu schimmern. Unter der Überschrift *Die Russen schachern gern* habe ich in des gelehrten Dänen Peder von Havens »Reise in Rußland« gelesen: *Keine Nation in der Welt mag grössere Neigung zur Handlung haben als die Russen, [...]* Die deutsche Übersetzung, erschienen 1744 und dem *Hochwohlgebohrnen Herrn Johann Ludewig von Holstein* gewidmet, hat mir die unermüdliche Irmgard herbeigebracht aus der Rathaus-Bibliothek (mit den Worten: »Lies mal, Goldstück, da steht was über Nutten, zum Piepen«). *[...] sie hat in dem*

*Stücke alle die Eigenschafften, als die Jüdische [Nation], und
das zwar in einem noch höhern Grad, deswegen sie auch
am meisten gesucht die Handlung übers Land zu treiben;
diß beweisen die vielen Rußischen Caravanen.* Vor dem ka-
pitalistischen Enthusiasmus des einfachen Volkes wirkten
die Mafiastrukturen ausgesprochen verknöchert, bürokra-
tisch und unheilbar sowjetisch. Also wirklich, das kann doch
nicht wahr sein – in Grosny nachfragen, ob man einem armen Mädchen Entlein abkauft! Und noch dazu haben sie
eine Stadtvoll neuer Gastarbeiter in die Stadt gepackt. Natürlich, jeder Kiosk erfordert klarerweise mindestens zwei aus
Tambow, die ihn schützen, dann zwei aus Rostow, die diese
zwei angreifen, und einen aus Kasan, der über die vier ersteren nach allen Regeln der schwarzen Gerechtigkeit richtet.
Aber übertrieben korrekt *im Dienst*, frönten *die Typen* in
ihrer Freizeit ein wenig zu frenetisch ihrer kindlichen Fröh-
lichkeit. Die entsetzlich leblos lebhaften Spiele der verirrten
Kinder ohne Hinterkopf.

Ich ging früh am Morgen los, Oma Katja in der Wohnung
zurücklassend – sie hatte die ganze Zeit nicht gesagt, weswegen sie gekommen war, und ich hatte auch nicht gefragt und
ihr damit ein unverkennbares, wenn auch verhohlenes Miß-
vergnügen bereitet. »Freilich, worüber kann man sich auch
unterhalten mit einer toten Amme!« – sprach sie in die hohl-
tönende Tiefe des Kühlschranks »Jurjusan«, der sie mit
seinen Ausmaßen und seinen Anfällen wütenden Bebens
verblüffte, denn sie ging von dieser Welt, als man draußen ans
Fenster die Netze hängte mit den in alle Richtungen aus
den Maschen ragenden krummen Hühnerkrallen. »Wir sind
ja jetzt derart nobel, da trifft man uns mit keinem Stück
Scheiße mehr. So ein Schriftsteller-Pimmel! Im ganzen Ausland herumschmarotzen – du Allerweltsmichel!« Unter der
Schuhsohle platzte knisternd das Frühlings-Eis, in der Kehle

brannte der pfeifende Wind in Tateinheit mit dem beißend-
grämlichen »Belomor«-Rauch. Der Fluß glitzerte, durchsichtig geworden und fast hellblau, wie er nach dem Krieg
gewesen sein mußte – so hatte ich ihn nie gesehen. Ich ging
den Newski Prospekt entlang an allem vorbei, was es nicht
mehr gab, selbst wenn es es *an sich* noch gab: vorbei an der
Mendelejew-Apotheke (wo ich vor gut dreißig Jahren die
Röllchen mit Vitamin-C-Tabletten kaufte, die sich sandig
zwischen den Zähnen auflösten, zehn Stück für fünf Kope-
ken in durchsichtig-rotem Zellophan); vorbei an dem Pre-
stige-Eiscafé »Lächeln« (die Fermente des Amerikanismus
unter uns nannten es bedeutsam *Smile*), in dem der süß-saure
Cocktail mit »Krimsekt« und einer Kirsche, für 1,05 Rubel
das Glas, serviert wurde; vorbei an dem Kino »Filmkunst«,
in dem ich meine unsicheren Finger legte auf knochige Knie
in warmen Wollrippen (*Manche mochten's* wie immer *heiß*).
Vorbei an »Elektrogeräte«, »Obst & Gemüse« und dem Laden für Säuglingsbedarf, im Volksmund genannt »Die vier
Mosesse« (in seinen vier Schaufenstern hingen in vier Körb-
chen vier pausbäckige Plastikbabys); vorbei an der Uhrma-
cherei, in der vier alte Juden Urgroßvaters Uhr »Moser«
reparierten und sich über die Natur der Räder nicht einigen
konnten (Oma Katja hatte die Uhr zusammen mit der auf
dem Hängeboden der Strelnaer Datscha gefundenen baum-
wollsamtenen Anzugweste auf ihrem Wellblechwaschbrett
gewaschen); vorbei an dem Hotel »Baltika«, in das ich einmal
ein aus Moskau angerolltes Mädchen besuchen ging, das *von
hinten dem Meere glich* (heute würden die dort, im Newa-
Palast, mich nicht auf Schußweite heranlassen, Beretta mit
Schalldämpfer) – ging ich zum Café »Saigon« an der Ecke
Newski/Wladimirski-Prospekt, weil ich in dieser Stadt keinen anderen Treffpunkt wußte. Lilja aus dem Judenschluchter Schloß hatte mir aufgetragen, ihrem jüngeren Bruder,
einem *Dösbattel* und *Einfaltspinsel*, einen Brief und hundert

Mark zu überbringen. Ich habe mich ihm telefonisch als den
redenden Bruder der stummen Schwester mit Stipendium
vorgestellt, und wir machten den Ort aus.

»Na, und gehts ihr gut dort im Westen?« fragte Liljas Bruder
bemüht, ein bis zu den Augen unrasierter Jüngling, vom
Wladimirski hertänzelnd, von dem Schaufenster mit italienischen Wannen & Waschbecken, welche die gebeugten Rük-
ken in der farblosen skythoparthischen Bekleidung ersetzt
hatten (in einer der vier zu Ljudmila Prokofjewna – einer
Kaffee kochenden majestätischen Dame mit riesigen quadratischen Brillengläsern und fliederfarbenem Haar – hinstre-
benden Warteschlangen des damaligen »Saigon« stehe auch
ich) – »Hat es Ihnen Ihre Schwester nicht gesagt? Pardon,
geschrieben vielleicht? Oder sprechen Sie miteinander in der
taubstummen Sprache?«

Ich erklärte, daß meine Schwester die Gabe der Rede erst
vor kurzem verloren habe, wegen eines Nervenschocks in
ihrem persönlichen Leben: als sie in einer Hamburger Wo-
chenzeitung las, die Amerikaner seien auf keinerlei Mond
gelandet, sondern hätten das ganze Ding in einem unterirdischen Studio der CIA gefilmt. So habe sie keine Ausbildung
in Taubstummensprache erhalten, und sie wolle sie auch
nicht lernen, weil sie jederzeit ihr Entstummen erwarte. Die
Ärzte hätten gesagt, sie müsse nur von etwas Positivem er-
schüttert werden. »Wie – nicht gelandet?« Liljas Bruder
schien im Begriff, ebenfalls die Gabe der Rede zu verlieren.
»Das waren die unseren, die nirgends gelandet sind, die
Amerikaner sind gelandet, habe ich selbst gesehen, im Fernsehen, im ›Blick‹!« Ich erläuterte ihm, daß bei den Amis die
Fahne weht dort, aber woher soll der Wind kommen auf dem
Mond? Und die Sterne sind astronomisch falsch am Himmel
plaziert. Aber seiner Schwester Lilja und Permanent, Jakow

Markowitsch, ihrem Mann, gehe es ganz gut im Schloß, es fehle ihnen an nichts, sie lernen die Sprache von Goethe und Goebbels, Permanent verfaßt außerdem in seiner Freizeit eine künstlerische Biographie Nadeschda Jakowlewna Mandelstams, der Witwe Ossips, unter dem Titel »Nadeschda stirbt als letzte«. Er hat meiner Schwester, von Kollege zu Kollegin, einzelne Passagen gezeigt – eine äußerst vielversprechende Arbeit. »Na, das wissen wir ja«, murmelte der Jüngling, immer noch nicht imstande, die Sache mit der *Riesenschiebung*, wie er sich ausdrückte, zu verkraften.

»Jakow Markowitsch bittet noch, ihm die Akathisten Innozenz des Gerechten von Tauris mitzubringen, so ein rotes Buch mit buntem, gold-rot-fliederfarbenem Schnitt, steht bei ihm am Maurice-Thorez-Prospekt, im siebten Regal vom Fenster, drittes Brett von unten, zwischen Kafka und Soschtschenko. Meine Schwester fliegt in einer Woche zurück, vielleicht bringen Sie es zu uns, wenn es geht, unsere Amme ist immer zu Haus … Ja, warum an diesem seltsamen Platz? Ich kannte einmal einen Schriftsteller aus Moskau, der hatte beschlossen, Kafka und Soschtschenko zu vereinigen, natürlich im künstlerischen Sinn. Und wissen Sie, was herauskam? – Kaschtschenko!«

Der Jüngling, der, da er nicht aus Moskau war, den Namen des berühmten Irrenhauses nicht kannte, bekam den Witz nicht mit und erklärte mir zerstreut, in seinen Gedanken immer noch auf dem wind- und amerikanerlosen Mond, sein Schwager ordne die Bücher nach dem Preis ein. Nun schickte er sich an, Abschied zu nehmen – mit seiner flachen, unrasierten, an dem ein wenig an mir vorbeigestreckten Arm hängenden Hand. Ich nahm die Hand (sie war etwas feucht und blieb schlaff), aber fragte ihn noch, ob er zufällig wen kenne aus der Kunstkammer oder dem Völkerkundemuseum, ich sei schon seit drei Tagen auf der Suche, könne niemanden erreichen, alle seien entweder tot oder ausgereist. Liljas Bruder blickte mich an, doch ebenso ein wenig an mir vorbei, mit seinen unrasierten buschigen Brauen, dafür aber – wahrscheinlich kam er nach Lilja – jedoch Rehaugen auch, nickte und teilte mit, daß er in der Kunstkammer als Aufsicht arbeite und zugleich dort seine Diplomarbeit schreibe, als Fernstudent an der historischen Fakultät. – »Worum geht es denn?«

10. Das Schicksal der russischen Intelligenz

Als ich um halb eins nachts den Hof der berühmten Ruine in der Puschkinskaja Straße 10 verließ – eines von finsteren Künstlern, geschäftstüchtigen Musikern und halbkulturellen Büros mit in der politischen Geographie unbekannten Staatsangehörigkeiten eingenommenen Squatter-Hauses –, bemerkte ich schon von weitem, hinter den Kisten und Leitern des ersten Hinterhofs in der Öffnung des Torbogens einen sonderbaren Schatten, der wie der Tod mit der Sense aussah. Aber es gab nur den einen Ausgang, und ich wollte doch nicht übernachten in dem nach Ratten, Farben und Windeln riechenden Haus und über einer Tasse verdünnten schaumig-blauen Sprits mit den Bärten, Brillen und Stirnfalten das Schicksal der russischen Intelligenz diskutieren. Alle sagen *das Schicksal der russischen Intelligenz, das Schicksal der russischen Intelligenz*, aber was ist das Schicksal der russischen Intelligenz? Das Schicksal der russischen Intelligenz ist ihr lebenslanger, sinnloser und unerbittlicher Kampf mit dem Genus maskulinum des Wortes *kofe*, das seinem Aussehen nach zum Genus neutrum gehören sollte, wie es das vernünftige Volk schon längst behandelt: *heißes kofe*. Wenn in den Lexika endlich »kofe, n.« steht, wird auch das Schicksal der russischen Intelligenz beendet sein. Dann komme ich für immer heim.

Der spitzige Schatten, der schräg auf dem Asphalt lag – ein Schatten von einem Schatten sozusagen –, vollführte gleichmäßige Halbkreis-Bewegungen, als mähe er tatsächlich, aber das scheinbare Skelett (oder wie die Polizeichronik im Fernsehen bei Oma Katja neuerdings sagt, der *skelettierte Leichnam*) erwies sich, da es bei meinem Herannahen den Kopf

hob, als ein Penner mit Besen (und Zopf im Nacken – dieser
ehemals heraldischen Ähre, die sich unter dem vom giftigen
Laternenlicht durchbeizten Kunstlederhut hervorreckte).
»Hallo, Julij, alter Schwede«, sagte der Skelettierte, »ich bin
dir ja noch zwei oder drei Hunni WE Miete schuldig, die
erarbeite ich gerade, siehst du mal!« Und er fuhr fort, seine
W(ährungs)E(inheiten) (Dollars) aus dem ihm anvertrauten
Stück Bürgersteig zu kehren, mit zur Schau gestelltem Eifer,
aber anscheinend echtem. Nein, die neue Ordnung ist doch
nicht gar so schwach, wie die westlichen Medien meinen, immerhin ist es ihr gelungen, selbst den Symbolisten Zimbalist
dazu zu bringen zu arbeiten. Wie auch immer die Sowjetmacht sich mühte, die ganze Stärke ihrer interkontinenta-
len Flugkörper einsetzend, ihrer zehntausend Schriftsteller-
members, ihrer zweieinhalb Fernsehsender, ihrer über die
nächtlichen Prospekte blauäugig flackernden Streifenwagen
und schaukelnd marschierenden freiwilligen Hilfspatrouil-
len – sie schaffte es dennoch nicht, dem Symbolisten Zimbalist abzuringen, was sie wollte – deshalb ist sie schließlich
auch zusammengebrochen. Und dabei wäre, wie ja jetzt klar
zutage trat, weiter nichts nötig gewesen, als das Café »Saigon« zu schließen, in dem sich unausbleiblich ein Bekannter
fand (oder Halb- bzw. Un-), bei dem man was abstaubte –
Pfennge, Alter! –, einen doppelten Ljudmila-Prokofjewna-
Espresso, eine Fleischpastete, man behauptete abschreckend,
es sei Nutria-Fleisch (oder das einer mysteriösen Kreuzung
von Marder und Frettchen, erschaffen von Züchtern der
Grenzregion auf der Kurilen-Insel Iturup, von den Selektie-
rern talentiert Marfretti getauft), eine wellige Schillerlocke
mit steifem Eischnee, vielleicht auch fünfzig Gramm *georgischen Drei-Sterne-Kognak* in dem dunklen Kabuff links
vorn, mit Blick auf den Newski, das den Bücherspekulanten
vom Litejny Prospekt, trinkenden Literaturwissenschaft-
lern mit Aktentasche und vom Dienst heimtrottenden gradu-

ierten wissenschaftlichen Mitarbeitern des Lengortop (Leningrader Städtischen Instituts für Heiztechnik) und Lenoblchlop (Leningrader Baumwoll-Instituts) vorbehalten war. Nun sind sie alle tot oder ausgereist, oder kaufen italienische Wannen & Waschbecken für harte WEs.

Oma Katja, aufrecht, die geschwollenen Hände auf den unbeweglichen Knien, die bloßen Füße auf dem nachlässig gereinigten Boden – saß in der Mitte des Zimmers auf dem vom Speicher geholten *eigenen* Klappschemel und sah von oben herab eine Fernsehschau mit der Verdienten Schauspielerin des Volkes Gogolewa, die einer alten, genialen Bulldogge glich. Hatte Oma Katja damals noch den Fernseher »KWN« erlebt, seine mit grünlichem Wasser gefüllte Linse? Jedenfalls kam sie zurecht damit, unseren »Regenbogen« mit seiner Neigung zu *acid*-Tönungen ein- und auszuschalten, ohne eine Frage – vielleicht zeigt man ihnen dort alles, wo auch immer sie ist, und hält sie überhaupt auf dem laufenden Fortschritt? »Es war einer hier, wollte zu dir ... so ein Wollener ... hat ein Päckchen dagelassen, in der Garderobe. Willst du was essen?« »Danke, Oma Katja, ich habe bei Freunden gegessen.« »Und getrunken«, ergänzte sie, ohne Vorwurf, aber bitter, als sei wirklich *ein Saufaus* aus mir geworden. Naja, ein, zwei Gläschen, diesen abscheulich nach nassem Heu riechenden Becherovka (auf den die Judenschluchter Irmgard scharf ist – *Na, Mädels, wolln wir nicht einen zwitschern zur Feier des Feierabends?* Mařenka seufzt und schmiegt die braune Wange in ihre wie von eingezeichneten Flüssen hell liniierte Handhöhlung). Naja, ein Glas Bier zu den bleichen Knödeln im »Kafka«, in dem man die fleckigen blaßkarierten Tischdecken auf den runden einbeinigen Tischen und die Kantinenküche des braven Soldaten Schwejk vorerst noch beibehält. Naja, ein Schluck mit sibirischem Edelhirschhorn angesetzter Sprit im Schloß, mit

dem alten Golozwan (»Für den Blutdruck, meine Schöne,
ein Fingerhütchen … auch gut gegen Potenz.« – »Das ist
für Julija Jakowlewna gewiß hochgradig lebensnotwendig.
Du solltest mal selber hören, Semjon, was du für ein Zeug
schwatzt …!«). Hätte mich Oma Katja vor zwanzig oder
fünfzehn Jahren gesehen – mit dem »777«er oder »33«er
Portwein auf den bespienen Treppen unbekannter Häuser,
auf Schulklo-Fensterbrettern, in Parks und Gärten, im
Schatten schläfrig sich umblätternder Bäume, oder im Kirow-Stadion mit einer bulgarischen Korbflasche in der
Schulmappe (»Zenit« hat wieder verloren – *Es gibt keinen
Lewin-Kohen mehr*, seufzten die alten Handwerker auf
dem oberen Rang und husteten ohrenzerreißend: *Wäre er
hier, der Kahlkopf, oder Burtschalkin Ljowa*, aber es gab weder Lewin-Kohen noch Burtschalkin, auf dem Spielfeld gingen auf und ab, sich im Kreuz mit den Händen stützend:
Hinkebein, Dünnbart und Fadenschein, Namen, die ich mir
nicht ausgedacht habe und auch Gogol nicht), und später in
den schiefwinkligen Studentenheimbuden, wie ich hinterher
Gemüsebrühe trank, die im Weißkrautdampf erstickte, und
nach den mit *acid*-Farben bedruckten Kattunkitteln schielte,
die sich lasch von Schenkeln, in denen ukrainische Milch und
baschkirischer Honig flossen, schoben … Aber vielleicht hat
sie mich ja doch gesehen, wer kann das wissen bei ihr?

Lautlos an mir vorbei schritt sie vom Zimmer in die Küche.
Hielt an, als wollte sie was sagen – sagte es nicht, ging weiter.
Wohnt hier mit mir, geht hin und her, vom Zimmer in die
Küche, ohne ein Lächeln, wolkig-weißhaarig rings um das
dürftige Düttchen, streng und gedrungen, dickbauchig, auf-
recht, wie sie immer war, aber unbekannt, wie eine Fremde.
Vielleicht ist sie gar keine Oma Katja, sondern wer anders?
Was weiß ich noch von ihr? – verwischte Bruchstückchen,
Überschichtungen in der getrübten Zeitlupe, die dem Ohr

verlorenen Scherzworte, und es war zudem eher nacherzählt als selbst gesehen oder gehört: Man nimmt mich, unter die Achseln gefaßt, aus der Wanne heraus, ich strample wie ein Radfahrer – *Husaren können reiten, den Säbel an der Seiten*, bemerkt Oma Katja trocken, den Spritzern und Fußtritten ausweichend, ich aber höre *Chasaren können reiten*, und ich bin beleidigt. Oder sie heißt mich den Matrosenanzug anziehen, kämmt mir mit ihrem eigenen dickzinkigen Kamm die Locken heraus um die Matrosenmütze »Kreuzer Aurora«, damit sie schön groß werden und sich nach oben drehn, und führt mich über den Litejny Prospekt zum Kinderfotoatelier in der Nekrassow-Straße, mit ihrem Blick die Straßenbahnen anhaltend. Oder wie man sie weggebracht hat zur Beerdigung.

Sehr geehrter Julij Jakowlewitsch,
Ihrer Bitte entsprechend, habe ich versucht, Auskünfte über das 1953 aus dem Institut für Orientalistik eingegangene Exponat einzuholen. In der Tat, der Eingang ist registriert worden und die Chiffre des Exponats verzeichnet. Aber freuen Sie sich bitte nicht zu früh: In den Magazinen hat sich kein der Chiffre entsprechender Gegenstand finden lassen, obwohl ich meine Schicht gegen die Nachtschicht getauscht und noch fast die ganze Nacht hindurch gesucht habe, in allen möglichen und unmöglichen Ecken und Winkeln, bis ich nicht mehr wußte, ob ich Weibchen oder Männchen bin. Und die Archiv-Akte ist auch irgendwohin verschwunden. Aber ärgern Sie sich bitte nicht zu früh, wenn alles schlecht ausgeht, heißt das noch lange nicht, daß aller Tage Abend ist, es kann immer noch schlimmer kommen, wie in einem alten Trickfilm gesagt worden ist. Am Morgen habe ich mit Hilfe der deutschen Schokolade »Aeroluft« (vom Typ unserer ehem. Luftschokolade, aber die war besser – schaumiger und bitterer) und einer Unterhaltung mit der Sekretärin des

*Wissenschaftlichen Stellvertreters, Ida Martowna, über ihre
Enkelkinder in Neuseeland (stellen Sie sich vor, sie schneiden
dort den Kühen die Schwänze ab, damit sie sich nicht aufhalten mit der Abwehr der Fliegen, die es in Neuseeland ohnehin nicht gibt, und die so gesparte Energie in die Fleisch- und
Milch-Erzeugung investieren) – habe ich also erfahren, wo
sich das Sie interessierende Objekt und seine Archiv-Akte
befinden. Vor nicht mehr als zwei Tagen, vorgestern also, hat
sich herausgestellt, sprachen im Museum zwei Amerikaner
vor, in Begleitung einer Dame im Büro-Look vom städtischen Kulturdezernat. Sie haben sich mit dem Wissenschaftlichen Stellvertreter in dessen Arbeitszimmer eingeschlossen
und ein Papier über eine Spende der unabhängigen Stiftung
der Witwe Goddes (New York) zur Wiederbelebung des Mu-
seumswesens in Sankt Petersburg in Höhe 10 000 am. Dollars unterzeichnet, wieviel noch in bar hingeblättert wurde,
hat Ida Martowna hinter der Tür nicht authentisch gehört.
Dann unterzeichnete der Wissenschaftliche Stellvertreter im
Gegenzug eigenhändig die Ausleihe »Ihres« Exponats an
die Mitarbeiterin des Instituts für Mitteleuropa-und-Afrikastudien (Cincinnati, USA) Frau J. Goldstein (obwohl gar
keine Mitarbeiterinnen dabeiwaren außer der Dame vom
Kulturdezernat, nur Mitarbeiter) zu wissenschaftlichen Forschungen auf unbestimmte Zeit. Zur Festigung der russisch-
amerikanischen wissenschaftlichen Beziehungen und der
Völkerverständigung.*

*Ich weiß nicht, inwieweit ich Ihnen geholfen habe, lieber
Julij Jakowlewitsch, aber das ist alles, was ich zu klären vermochte.*

*In der Anlage finden Sie: a) einen Brief an meine Schwester,
b) die Akathisten Innozenz des Gerechten von Tauris (aber
es sind auch Kondake darin!) für ihren Gatten, c) die Fahnen meines Artikels über den Kapitän zur See Wosnizin, er-*

schienen in dem Universitätssammelband »Die religiösen
und nationalen Verhältnisse in Rußland im XVIII. Jahrhundert« für Ihren Onkel, Jakow Nikolajewitsch Goldstein,
dessen Arbeiten zu meinem Thema ich reichlich und weid-
lich genutzt habe, d) dasselbe noch einmal für Sie mit Dank
dafür, daß Sie mich auf die Erwähnung der Hinrichtung
Wosnizins und »seines Anstifters«, Baruch Leibowitsch, in
Peder von Havens Werk »Reise in Rußland« hingewiesen
haben. Ich werde das Werk in der endgültigen Fassung meiner Diplomarbeit unbedingt verwerten, insbesondere die
unten folgende hochinteressante Überlegung des Autors
(man hat sie mir nicht aus der deutschen Ausgabe übersetzt,
die Sie gesehen haben, sondern aus der dänischen Erstaus-
gabe, die sie haben in der Universitätsbibliothek) [Hier
folgt die Stelle im deutschen Text]: »Kayser Petrus der Erste
hat pflegen zu sagen, man solle die Juden aus einem Lande,
worin sie waren, nicht verjagen, wo aber keine wären, da
solte man auch keine einnehmen. Man hat desto grössere Ur-
sach in Rußland diß zu observieren, weil man wahrgenom-
men hat, daß unterschiedene Russen in ein und andern
Dingen gut Jüdisch gesinnet sind. Zu Anfange dess 1726ten
Jahres fand man, daß unterschiedene Russen in unterirdischen Gewölben heimliche Zusammenkünffte hielten, um
daselbst des Sonnabends den Sabbath zu halten, und den
Gottesdienst zu verrichten, ja wer sie beyde recht kennet,
wird leicht ersehen können, wie eine grosse Gleichheit die
Rußische Nation mit der Jüdischen hat [...].«

Ich hoffe, daß wir miteinander in Verbindung bleiben, auch
nachdem Ihre Schwester zu ihrem Stipendium zurückgekehrt ist. Grüßen Sie sie bitte.

Hochachtungsvoll
Ihr Weniamin J. Jasytschnik

P. S. Seit unserem Treffen beim ehem. »Saigon« läßt mich das vage Gefühl nicht los, daß ich Sie schon einmal gesehen habe (oder vielleicht Ihre Schwester, ähneln Sie einander?). Kann es sein?

W. J.

11. Die Verschwörung der Ammen (1)

»Na, was hockst du zerflossen wie ein Häufchen Scheiße auf
der Korndarre, quengelst und heulst wie ein Schloßhund,
mein Jäckchen ist dreckig, mein Schwänzchen klein und
mickrig – es widert einen an«, sagte Oma Katja grob, ohne
den Blick vom Fernseher zu wenden, in dem aus den lila
getönten Kolonnaden des Großen Kremlpalastes (wie mir
schien) zu den Mikrophonen zwei Sängerinnen hervor-
trippelten, die tief dekolletierten Enten glichen. Es lief das
feierliche Osterkonzert, und ohne »Auf freiem Felde freut
sich und jubelt das Volk«, das Eisenbahnlied, Musik von
Glinka, Text von Kukolnik, kam es natürlich nicht aus. »Mit
deinem Klumpen Lehm ist gar nichts passiert, da sei unbe-
sorgt. Fahren wir nach Strelna, zu Petrowitsch. Dort liegt er
seit genau neunzehnhundertpaarenfünfzig.« »Woher weißt
du das?«, fragte ich den weißen Spinnwebnacken, den ihr
breiter Schildpattkamm eggte, aber auf dumme Fragen hatte
er auch früher nicht geantwortet.

»In unserer Datscha?« wagte ich in der Tram 36, die vom
U-Bahnhof »Awtowskaja« abgeht, nachzufragen, doch Oma
Katja schaute aus dem Fenster, Surrogat für den Fernseher, und reagierte nicht. Ihr kleines Ohr hielt sich dunkel
hinter dem zausigen Flaum, ihr zweites Kinn war bedeutend energischer als das erste, die gerade Stirn stand grau und
streng. Die Trambahn fuhr, fuhr und fuhr, fuhr hinaus aus
den mit goldenen Spinnweben umsponnenen und mit Trauer
um die Kaiserin von China eingefaßten Neubauvierteln,
und blieb mitten im freien Felde stehen. Die Tür quietschte,
in den Gang stapften Zigeuner im Takt zu ihrem Gesang,
aber ihr erstaunlich taktfestes und klangvolles *Was für Zeiten*

sind das heute, keine Reichen mehr noch sonstwer fiel für
Oma Katjas Ohr gegen den Fernseh-Zigeuner Nikolaj Sli-
tschenko, aufgenommen 1985, wohl entschieden ab – sie
drehte sich nicht um nach ihnen. Die anderen Fahrgäste
schienen derselben Meinung – sie schauten noch aufmerksa-
mer aus den Fenstern. So schaute auch ich aus dem Fenster:
Unten in ihm schimmerte dünn der Glimmer, in seiner Mitte
stand schwarz und schweigend der Wald, oben blaute es kalt
und durchdringend. Unsere Datscha war gar nicht mehr
unsere, sondern an unseren einstigen Nachbarn in der Gemeinschaftswohnung Boris Petrowitsch Hornostahl verkauft worden, als Großvater Nahum Jaklitsch, in Anbe-
tracht gewisser Unannehmlichkeiten im Dienst und der aus
ihnen entspringenden unabwendbaren Verhaftung, aus dem
Haus ging, unbekannt wohin. Zehn Jahre darauf (so alt
wurde ich da gerade auch) kam er zurück – um die Wäsche zu
wechseln, in die Synagoge zu gehen zum allgemeinen Erstaunen und zu sterben. Ich bin mit den Eltern einmal dort
gewesen, zu Hornostahls Siebzigstem, *Guck mal, Julilein,
hier hast du laufen gelernt.* Warum in den Melonenkürbis-
sen? Die Zigeuner hatten, müder werdend, bis zu uns heran
mit den Fingern geschnippt, plötzlich verstummten sie alle
und blieben stehn, jeder dort, wo er schnippte, stampften
dumpf und kratzend und schauten durchdringend auf Oma
Katja und mich mit ihren glatten glänzenden Augen – wie
die ausgestopften Zweibinden-Waldfalken und Habichtad-
ler vom Schrank im Biologieraum –, schließlich wandte Oma
Katja doch den Kopf vom Fenster ab: »Soll ich wahrsagen? –
Und womit werdet ihr zahlen, Ägüpeter? Was umsonst war,
trifft nicht ein, wie ihr selber wißt.« Der Ober-Zigeuner, in
himbeerrotem glänzenden Anzug zu seinem schwarzen at-
lasseidenen – mit »Chypre« parfümierten und bis zur Gas-
förmigkeit aufgebauschten – Halstuch, sprach sich in dem
Sinne aus, daß das Bezirkskulturdezernat schon den vierten

Monat kein Gehalt auszahle, und man im öffentlichen Verkehr so gut wie nichts kriege. »Da waren sie ja nach dem
Kriege weniger knickrig«, mischte sich hinter seiner Schulter
hervor eine Alte ein, Bärtchen aus jedem Wärzchen und einen Schal um den Kopf wie ein Rabbiner. »Warten Sie bitte,
Rachel Solomonowna«, stoppte sie der Zigeunerhäuptling.
»Vielleicht, daß wir Ihnen etwas singen dafür? Möchten Sie
›Eisenbahnlied auf der Reise‹, Musik von Glinka?« – und
das Volk war schon im Begriff, sich zu freun und zu jubeln,
mit den geschminkten und den schnurrbärtigen und den
geschminkten schnurrbärtigen Mündern, aber Oma Katja
straffte ihre Wange ein wenig zum Jochbein hoch – und die
Zigeunermünder klappten augenblicklich zu. »Das Röckle
da, das blutrote, mit den Taschen, für meinen Buben« … sie
plinkerte mich ironisch an … »für seine Frau.« Eine der Sängerinnen schwang das Blutrote keß von den Hüften und
stand in verblichener blauer an den Knien ausgebeulter Steg-
hose da, die Stege in ihren schnabelspitzen Bühnenschuhen.
Das angewärmte Blutrote hing, nach trockener Hefe rie-
chend, auf meinem Gesicht. »Ach, hm, verstehe« – sagte der
Anführer, in Oma Katjas Augenwinkel blickend. »Verstehe.
Na, da beißt die Maus keinen Faden ab. Und dann?« Er
blickte noch einmal hin. »Ja? Ach, Gott sei Dank. Gehen
wir, Genossen. Nein, warten Sie, wieso denn?« Aber der aus-
gelassene Chor mit seinem »Auf freiem Felde freut sich
und jubelt das Volk« in den schnurrbärtigen Mündern trieb
schon weiter durch den Gang zum vorderen Ausgang und
zog ihn mit. »Na? Weißt du jetzt nicht selbst, woher?« –
fragte mich Oma Katja und schaute wieder aus dem Fenster.
Nun wußte ich es wirklich. *Aber zuerst die dreißiger Jahre*,
sprach's in meinem Kopf.

Was taucht auf, wenn es heißt: *die dreißiger Jahre?* Grelle
Sonne auf breiten Prospekten? Die widernatürliche Weite

der Stauseen (aber die haben auch heute – gleich, wann und
wo sie gebaut worden sind, und belanglos, in welchem be-
langlosen Land, und sei es in den sanften provenzalischen
Bergen – einen Anflug von etwas Monumentalem, Stalini-
stischem, etwas von Lager und Helden der Arbeit)? Was
noch? – Der Verkehrspolizist in weißer Uniform, an der leeren Kreuzung seinen Stab schwenkend? Die vielfarbenen
Brauselimonaden im altgriechischen Pavillon? Panamahüte,
Koffer, Fahrräder? Die große Schauspielerin Ranewskaja
sagt: *Mulja, du machst mich nervös!* Kino, mit einem Wort.
Und hinter diesem Mit-einem-Wort-Kino, hinter dem aus-
getrockneten Gips der Leinwand – ja, sicher, U-Haft, Ver-
höre, Arbeitslager, das wissen wir, haben es gehört, nur die
Bilder, sie werden wohl kaum auftauchen: da gibt es keinen
Film, man hat ihn nicht gedreht – und wird ihn nun nie mehr
drehn. Aber einen Schritt vom Ligowski Prospekt – in eine
der dunklen Gassen, in den Teergestank der Gemeinschafts-
wohnungen, in den Heringsgeruch eines Durchgangshofs
und in die Bahnhofshalle mit ihrem Schnapsgeruch und
dem bespienen Schachmusterboden, wo die Irren lungern,
die Penner sowie mickrige Präpotente mit Käppis, die alten
Flaschenweiber, die jungen, mit Alkohol durchtränkten armen Dinger, die Angela heißen und Eva, mein Großvater
stand zehn Jahre unter ihnen, abgewendet vom Fenster – das
könnten wir uns alles noch vorstellen, in unserer Zeit sah das
nicht viel anders aus. Oma Katja, als sie im Jahre 1932 von
Uglitsch in einem Waggon mit Antonow-Äpfeln für den
Kolchosmarkt auf der Wassiljewinsel kam, nächtigte etwa
zwei Monate auf dem Smolensker Friedhof, annähernd in
dem Teil, wo das damalige Grab von Alexander Blok war,
dann ging sie, auf eine Anzeige in der »Roten Zeitung« hin,
meines Vaters kleinen Bruder *aufziehn*. Meinen Vater hatte
mein Großvater, nach dem Genossen Swerdlow, Jakow genannt und meinen Onkel, gegen alle Proteste meiner Groß-

mutter – Jahud, nach dem Kommandeur der jüdischen Schwadron des Gebiets Buchara, welche die Wanderdünen gegen die Basmatschen-Guerillas verteidigte. Die Basmatschen warfen den Reiterhauptmann, nachdem sie ihm die Haut abgezogen und die Eier in die Augenhöhlen gestopft hatten, auf den Markt in Samarkand. Mein Großvater war vor seiner Aspirantur bei der orientalischen Fakultät ein halbes Jahr Kommissar bei ihm, weil er sich außer auf das Hebräische und Arabische auch auf das Persische und das MG »Maxim« verstand. Mein Onkel war immer unzufrieden mit seinem Namen, beklagte sich, daß sie ihn in der Schule *Jakute* riefen (er ist freilich schmaläugig und etwas gelbhäutig, und seine Ohrläppchen stehen auch etwas maulaffig ab – die finnischen Lappen-Samen an der Universität Rovaniemi, wo er jetzt einen Lehrstuhl innehat, halten ihn vermutlich für einen ihrer eigenen Kader), und als er nach dem Studium eine Vortragstätigkeit in der Gesellschaft »Wissen« aufnahm, kehrte er den Jahud Nahumowitsch um in Jakow Nikolajewitsch (und nachfolgend auch im Personalausweis), *nämlich sonst*, erklärte er, *könnte keine Wicklerin und keine Zwirnerin im Kunstfaserwerk der (*nordrussischen*) Stadt Lodejnoje Pole ihn ohne zu lachen anreden mit seinem Vor- und Vatersnamen, weil sie ihn so komisch finden. Und wie sollen sie dann ihre Fragen zur internationalen Lage stellen? Lachend?*

»Jaschka-Virus!« – bemerkte Oma Katja mit einer gottweißwoher genommenen Beschlagenheit in der *Ganovenmusik*, wo das Wort Virus einen seine jüdische Herkunft verheimlichenden Juden bezeichnet. – »Das ist alles meine Schuld – dieser verdrehte Mensch, der verkehrte.«

Als Großvater Nahum Jaklitsch aus Asien zurückkam, bekam er von der Akademie der Wissenschaften im Kammer-

herrenhaus in der Kolokolnaja 11 ein 33 m² großes Zimmer
mit zwei Öfen und einem mit einem Buchara-Teppich ab-
geteilten Kabuff für Oma Katja. Das Haus war (und ist es
noch, ich war es anschaun) mit einer solchen Menge gelber,
grüner und blauer Kacheln verkleidet, daß es in der öffentlichen Umgangssprache nicht anders als »das schöne Haus«
genannt wurde: »Als sei ich nicht aus Samarkand zurück«,
sagte Großvater und zog vor dieser Pracht die immer noch
mit rötlichem Sand gepudert scheinenden Brauen hoch.
Mit dem späteren umgedrehten Professor in Rovaniemi,
dem *Jaschka-Virus*, war Oma Katja *an der Luft* gewesen. Sie
saß im Wladimirgarten und reagierte nicht auf die Anbände-
leien der Rotarmisten, denn sie hielt sie für *dünnschwänzi-
ges Kroppzeug in verwichsten Hosen.* Aber mit ihren älte-
ren Kolleginnen, den kultivierten Ammen, welche die von
ihren Brotgeberinnen abgelegten Panamahüte auftrugen
oder wenn sie schon Kopftücher umbanden, dann aber nicht
mehr solche aus der mausgrauen Wolle vom Dorf, sondern
solche aus der Fabrik, haarig-paarig gestreift, wie Katzen-
fell (und die jüngeren barhäuptig-strohblond, auf neumo-
disch frisiert in den Frisiersalons für Offiziere oder solche
für Wissenschaftler) – besprach sie gern berufliche Themen.
»Warum furzt dein Jüdlein nicht, Katerina Semjonowna. Es
rülpst, das ja, aber furzt nicht.« »Es wird furzen«, erwiderte
Oma Katja mit der ihr angeborenen Autorität. »Wenn es sich
naßmacht, furzt es auch. Pissen ohne furzen ist wie eine
Hochzeit ohne Ziehharmonika.« An die Stadt mit ihrer
übermäßigen, dem menschlichen Körper unangemessenen
Breite, die ihre Höhe wegfraß, und mit ihrer für geborene
Binnenländler tückischen allseitigen und plötzlichen End-
lichkeit (wo du auch hingehst, du stößt auf irgendein
schnell-langsam und dunkel-quecksilbern fließendes Wasser) – gewöhnte sie sich rasch, oder erlaubte sich nicht,
sich nicht an sie zu gewöhnen, nur der Geruch irritierte sie

noch lange: der nasse salzige Wind unter dem süßlichen Petroleumfilm, unterfüttert mit dem bitteren Rauch von verbranntem Müll. Schwärmte der Stint, wurde Oma Katja fast krank und schloß sich zum Ärger der Wohnungsnachbarn für Stunden im Bad ein, um den Gestank wegzuwaschen. Die Nachbarn beriefen eine Versammlung in die Küche ein, stellten aber nicht Oma Katja in Frage – denn sie scheuten ihre hochgezogene Wange und ihren hochmütig über sie gleitenden Blick –, sondern hielten sich an meine Großeltern. Die beiden verteidigte einzig und allein Boris Hornostahl, dafür war er ja auch der Wohnungsvorstand und jemand von den Organen: »Die Frauen«, erklärte er, »müssen sich öfter waschen als die Männer, denn die Frauen riechen nach Fisch. Und die Männer – nach Fleisch.« Aber all das war natürlich später. Viel später, nach dem Krieg. Nach dem Finnischen, nach dem Vaterländischen und auch dem Japanischen.

Dort, im Wladimirgarten, wurde Oma Katja in den Geheimbund der Ammen aufgenommen, dessen Zweck die Taufe aller ihnen anvertrauten Jüdlein war. Taufen gingen sie abends in die St.-Wladimir-Kirche, genauer, in den Kohlenkeller unter dem Glockenturm. Da war ein Priester, Vater Mark, ein braunäugiger hübscher Mann um die dreißig (man tuschelte, er sei ein unehelicher Sohn von Politbüro-Mitglied und Eisenbahn-Minister Kaganowitsch), er ließ die eingeweihten Diakone mit Papirossas Schmiere stehn und vollzog das Sakrament verkürzt. Nachdem das zähflüssige Salböl auf die runzelige Hutzelstirn oder die noch nicht geschlossene Fontanelle getropft war, stieg aus ihm ein dunkel schimmernder Glanz auf und bildete einen lebenslangen Halbkreis über der Stirn, wie ein Kranz aus schwarzem, glänzendem Wasser, niemandem sichtbar, außer mir jetzt und natürlich Oma Katja. »Ihr führtet da einen Kampf, Oma Katja, nicht? Gegen die Sowjetmacht oder nur gegen die Ju-

den? So gehaßt habt ihr sie?«»Bist du so dumm oder tust du
nur so?« Oma Katja schaute mich mit einem Mitleid an, das
eher unerwünscht war. »Wir Ammen hätten für die Sowjetmacht einen jeglichen zu Scheißküttel zerstreut – sie war
unsere Macht, die der Ammen, die eigene, die Volksmacht.
Und bei der waren die Juden« – sie schaute mich von der
Seite an und verbesserte sich: »die *Jüden* die Staatlichen, wie
die Adligen bei Hofe. Aber der Brotherr ist eine Sache für
sich – ein guter Brotgeber ist für eine anständige Amme wie
die eigene Familie, da kann er ein wissenschaftlicher Jude sein
wie dein Großvater, oder ein Staatlicher mit Pistole, oder sogar ein Wurstdeutscher. Da kann er auch, Gott verzeih mir,
ein böser Lette sein oder ein Pole – die Hose brennt, der
Hintern friert. Lebst du in der Familie, wirst du selbst, was
dein Brotherr ist. Uns tat einfach der Säugling leid – stirbt
er ungetauft, an Scharlach oder Masern, oder die Trambahn
überfährt ihn, kommt er nimmer ins Himmelreich, umsonst
wars unschuldig, das arme Scheißerchen. Und die Ammen
kommen ja auf jeden Fall in den Himmel, bei ihnen zählen
die kleinen alltäglichen Sünden nicht, nur eine Todsünde
freilich – also siehst du ihn nicht wieder, den Wonneprop-
pen. Dachten wir Ammen uns.« »Und? hattet ihr recht?«
Oma Katja stand auf, strich ihren Mantel glatt und ging mit
ihrem schwerfälligen, den Fuß nachziehenden Gang zur Tür.
Ich verstand, daß sie nicht befugt war, die Ordnung des jen-
seitigen Lebens zu erhellen. »Komm, Schluß im Dom. Was
hockst du dort wie bestellt und nicht abgeholt? … Wenigstens sind wir dann zusammen mit ihnen …«

12. Die Verschwörung der Ammen (2)

»TRINKEN WIR GEMEINSAM MIT GANZ STRELNA AUF DICH, DEN STOLZ UND DEN RUHM DER RUSSISCHEN LITERATUR!« – Der alte Hornostahl blitzte mit seiner goldenen Brille und zwinkerte gleichzeitig mit den beiden runden Lidern, mit dem linken – mir zu, mit dem rechten – Oma Katja. Und an uns vorbei in der dunklen luftleeren Luft schwebte schräg, fast waagerecht ein facettiertes Glas (da er mit den Fingerspitzen leicht an seinen Boden tippte, wie man es in Asien mit einer Teeschale tut). Das Glas wurde sanft an der Brennstoffschleuse in der unteren Halbkugel des Hornostahlschen Kopfes angedockt, der regelmäßig, wenn auch spärlich, mit kurzen Steppstichen von weißem Flachs benäht war. Abgerechnet natürlich die vom Gefunkel geblendeten Pupillen, der zweigeteilte Nasenknorpel und die, wie bei einem Baby, blutroten und glatten, jetzt verstärkt vorgestülpten Lippen. Und er war einmal ein schöner Mann mit schwarzem Schnurrbart, und Wohnungsvorstand, und Matrose des Kreuzers »Kirow«, und Geheimdienstler beim Versorgungsdienst! Das Transport-Raumschiff, der grün und gelb blinkende »Progreß«, trug sich mit seinem glatten – nicht facettierten – Rand in den Radkranz der Lippen ein, drehte sich langsam in der Schwebe samt allen seinen zwanzig Facetten und beschlug in dem Grad, in dem es sich leerte, von innen sowohl wie von außen (poröse Funken glommen noch in wenigen Strudelbläschen). Als es endgültig leer und in seiner Leere fleckig und fast undurchsichtig war, wurde es mit einem forschen Plopp auf seiner Raumfahrtbase »Baikonur« mit ihren *acid*-farbenen Wachstuchrhomben abgesetzt. »Uff«, sagte Hornostahl. Die Russen haben dieses zwanzigfach längs-facet-

tierte Glas erfunden, was auf den Facettenreichtum der
russischen Natur deutet. Beträgt er zwanzig Facetten? – das
wäre zu überdenken, – später, in dem Úžlabinaer Turmbunker vor dem stummen Fernsehgeriesel, wäre das nachzurech-
nen. Die Veranda leuchtete grün und gelb durch die zusam-
mengesetzten grünen und gelben Fensterscheiben, aber es
wurde nicht heller davon – von den Mauern zwischen den
Fenstern her war sie vollkommen zugewachsen mit pneu-
matisch-stacheligen Aloen, die ihrerseits glänzten, doch tief
und fett. Von der Decke hingen krampfig Taue und Strick-
leitern, in der Ecke lag (ohne Lafette) eine kurze dicke Kanone, an den Wänden entlang waren die Dielen mit großen,
glattgeschliffenen Kieseln von der Bucht bedeckt. Es erinnerte an die Cocktailhall »Grotte«, Ende der 70er Jahre, nur
der Cocktail »Hauptstädtischer« (halb Krimsekt, halb geor-
gischer Drei-Sterne-Kognak) und das westdeutsche Lied
»Tschin, Tschin, Tschingis Khan« fehlten. Als wir hier
wohnten, natürlich, gab es so etwas nicht – da war der kleine
Tisch mit der gestreiften (beige – durchsichtig – beige) Ka-
raffe (ein silberner Teelöffel stand, vom Licht angebrochen,
auf ihrem Grunde), und da war Oma Katjas wackeliger
Hocker mit seinem Greifloch im Sitz, da war der Geschirrschrank aus einfachen Brettern und darin dieses Beute-
Meißner mit Sprung, oder weiß der Kuckuck, was es war; die
Fensterscheiben klirrten bei jedem Windzug, von überall sah
man das Meer. Ich weiß noch, es war immer naß und kalt
dort, bei gleißender Sonne. Und es roch anders: nicht nach
Gas, sondern nach Petroleum. Und immer (den Erinnerungen der Töchter des Großfürsten Konstantin nach – schon
im 19. Jahrhundert, und so auch heute – ich schnaufte) – nach
Sauerkraut. »Der Kleine ist dir aber herangewachsen, Katerina, Donnerlüttchen! Man erkennt ihn nicht – ein Gardist,
ein Adler! Marineinfanterie! Wir haben dich, haben dich gehört im ehem. Feindsender, Gruß und Kuß – dein Julius.

Hörst dich gut an, Julius Cäsar!« Oma Katja lächelte kalt.
Für ihren Geschmack war Hornostahl auf seine alten Jahre
allzu lebenslustig geworden.

Nach dem Krieg mußte man die jüdischen Säuglinge bei
Vater Innokentij Bloch taufen, auf der Petrograder Seite, am
anderen Ufer, das hieß: den halben Newski hoch mit dem
Kinderwagen durch den braunen Märzmatsch, der sich in
die geknöpften Filzschuhe ätzte, dann noch die beiden Brük-
ken, wo dich der Wind durchbläst, die große und die über
den Nebenarm, und – das endlose L bis zur St.-Wladimir-
Kathedrale, welche die Macht der Ammen, *die ihrige*, nicht
hatte schließen lassen. Oma Katja wollte sich unter der Rost-
rum-Säule verschnaufen, und zwar trotz des Risikos, daß
mein Großvater aus den Hinterhöfen zwischen der Kunstkammer und dem Puschkinhaus, die damals noch kahl standen – mit den schiefen Gerten der neugepflanzten Pappeln,
die erst zwei oder drei Winter hinter sich hatten –, zufällig
herauskommt und sich wundert, was sie zu suchen hat hier,
weswegen sie mich so weit forttransportiert von der Kolokolnaja Straße, der mit den roten hölzernen Straßenbahnen
rasselnden, die in die Powarskaja Straße biegen oder auch
nicht, so weit fort von dem *schönen Haus* Nummer 11. Der
Fluß war so breit hier, daß er quadratisch schien, sein stäh-
lerner Pelz war hier und dort golden durchrieben, die stummen Leningrader Möwen hingen über ihm, die Schwingen
ausgespannt, du denkst an Fledermäuse, den dreieckigen
Kopf nach unten, gegen den niedrigen Wind. Aus den Aka-
demie-Kolonnaden, aus den Gassen der Universität, trat
ein Mensch in langem Oberstenmantel mit den Spuren der
Schulterstücke, die silbrige Oberstenpelzmütze schief auf
dem Kopf, ohne eine Spur der Kokarde. Er schritt über die
Bordsteinkante, sah nicht nach rechts und links – und kam
schräg über den Fahrdamm auf Oma Katjas Fußweggeländer

zu, er setzte die Sohlen der nie geputzten Offiziersstiefel aus bestem obrigkeitlichen Juchtenleder in ganzer Länge auf, die Beine in gemessenem Fließen ausstreckend und ruckhaft vom Boden ziehend, wie ein Hahn. »Nahum Jaklitsch!« – erkannte Oma Katja an Mantel, Stiefeln und Mütze – nicht, daß sie wirklich erschrak, aber es wurde ihr heiß in der Herzgrube, und ihr trat Schweiß aufs Kreuz. Aber das war nicht Nahum Jaklitsch.

»Weib«, sagte der nicht-Großvater in Großvaters Mantel und Mütze, grauslich und gelb wie ein Toter, mit zweigeteiltem Schnurrbart, so ein *Asiener,* und nicht Nahum Jaklitsch, »tu das nicht. Sonst töte ich dich. Willst du noch sechzehn Jahre, vier Monate und achtzehn Tage leben?«

»Ich will« – sagte Oma Katja, weil sie es noch wollte.

»Dann tu das nie. Geh besser nach Hause. Sonst töte ich dich.«

Oma Katja, die nicht loskam von den hervorstehenden schwelenden Augäpfeln auf seinem flachen Gesicht, bewegte den Bauch, den von den *Nachkriegserdäppeln* riesigen und von den *Lendlease*-Schmorfleischbüchsen jenseits der Haltbarkeit steinern gewordenen, und schob auf diese Weise den Goldsteinschen Familienstolz an – den erbeuteten »Škoda-Kindervolkswagen-DeLuxe«, gefertigt aus Resten von bis zum Blauschimmern poliertem Panzerstahl (der schachtelförmigen »Tigerpanzer«) und aus dem Fossilienholz der altsächsischen Esche »Yggdrasil«, die Charlemagne / Karl der Große im Laufe einer der vormaligen Einigungen Europas hatte abholzen lassen und die im Laufe der damals neuesten und, wie es schien, endgültigen Einigung von der Gesellschaft für Forschung und Lehre »Ahnenerbe e. V.« unter dem Reichsführer der SS, Heinrich Himmler, ausgegraben wurde. Der Kinderwagen war schon dabei, sich auf den Befehl *volle Fahrt zurück* umzudrehen, aber ich Sechswöchiger erwachte nun zwar nicht, sondern bekam von einem unverständlichen Schreck den Schluckauf, machte heftig Bäuerchen und *ging*, wie sich hernach erwies, *aus mir heraus*, wo nur ein Loch war, fest verpackt in Hornostahls Matrosenwinterhemd und Großmutters Orenburger Wolltuch.

»Sag der Fanja: Sie werden vorerst nicht in den Fernen Osten verschickt, das Klavier und die Silberlöffelchen soll sie erstmal lassen, die Datscha aber trotzdem verkaufen. Vielleicht diesem Hornostahl ... Davon werdet ihr leben, denn die zwei, Jakow und Jahud, können vorerst mit keiner Anstellung rechnen. Drei Jahre noch. Und ihren Nahum Jaklitsch soll Fanja nicht suchen lassen. Er findet sich selbst.«

Ich, im Inneren des Bündels, ganz bepißt und beschissen, schlief halb im Stehen auf den beiden Hinterrädern des halb angehobenen und halb umgedrehten »Škoda«, der Mensch aber knöpfte langsam Großvaters Mantel auf, Stern für Stern, Stern um Stern. Knöpfte ihn vollends auf, war unter dem Mantel gerade, hart, rötlich-gelb, über und über mit Grübchen und Huckelchen bedeckt, wie gepreßt, zerknittert und, außer einem rentierledernen Beutel an einem Riemen um den Hals, nackt und bloß. Aber ohne die männliche Vorrichtung unten, und ohne die weibliche gleichfalls. Und ohne Nabel natürlich.

»Also, Weib, mach dich heim nun. Habe keine Zeit mehr für dich. Muß zum Hauptquartier, zum Großen Khan, muß noch nach Moskau fliegen, im Auftrag von Nahum Jaklitsch, überdringlich. Hätte er bloß nicht zusammen mit den Grossmanns und den Botwinniks diese Gesuche an den

Khan unterschrieben – *Wir bitten uns zu verschicken, und zwar möglichst weit weg und möglichst fernöstlich* –, dann wäre jetzt auch die Eile nicht. Der Kleine – er wies auf mich mit seinem zum Adamsapfel fliehenden Kinn – wird nach mir fragen, dann fahre ihn nach Strelna zur Datscha – mag er sich umschaun dort.«

Mit den gleich langen, nagel- und knöchellosen Fingern stieß er aus dem Brustbeutel eine Rolle aus rostigem, fransigen Leder hervor, atmete auf sie, die sich aufrollte, ohne Hauchlaut und Atemdampf – und verschwand ins Nirgendshin.

»Und hier, da haben wir nun auch ein Schwitzbad, hat Onkel Borja selber gebaut. Zaregorodzew, Wowka aus der Dritten Abteilung, ein Goldkerl, mein Kumpel seit dreiundvierzig, hat mir Ziegel und Schiefer besorgt – so hab ich's gebaut...« Hornostahl lachte, blinzelte uns zu und stakste mit hochgezogenen Hosenbeinen über die Beete. Ab und zu schwenkte er den runden kurzen Arm und stellte vor: »Johannisbeeren, rote.«

»Boris Petrowitsch, zeigen Sie mir vielleicht den Dachboden? Ja?«

Als hätte er mich nicht gehört. »Die Gürkchen, Tomätchen und Möhrchen, Stalin hat Kirow erschossen – im Korridörchen.« (Das Liedel durfte ja nicht fehlen!). »Mein Staketenzaun, guck mal, Katerina, was für ein prima Staketenzaun! Brettchen an Brettchen, auserlesene baltische, von der Flotte, karelische Schiffsbaukiefer – 1990 angeschleppt mit einem Panzerschiff, aus Kronstadt, ich habe einen feinen Kerl dort in der Wirtschaftsabteilung der baltischen Flotte, Sohn eines Kriegskameraden, Brawoschiwotowski, Fregattenkapitän beim Versorgungsdienst, ein gewisser Jakow Isaakytsch – kennst du ihn, Julius Caesar?«

»Woher denn, Boris Petrowitsch?«

»Ist doch einer von euch. ... So, da wärn wir – das ist meine Volkskunst. Bitte sehr, eine Rasur!« Und der alte Hornostahl rollte wie abgeschossen auf Tippelschrittchen seitwärts den Zaun entlang und warf die Tannentatzen hinter sich. Die Tatzen flogen weg wie von einer Heckenschere und deckten unten am Zaun eine Linie dicht aneinander gestellter Büsten auf, im Profil, Gips, Bronze, Keramik – nach je vier Leninen ein keilbärtiger Dserschinskij, nach vier Dserschinskijs – ein Beethoven *für aufs Klavier*. »Ich gieße sie im Schwitzbad, hübsch langsam, oder knete auch und brenne dann«, japste Hornostahl bescheiden. »Da habe ich einen Tiegel auf Dieselöl und auch ein Muffelöfchen und alles, was du willst. Unter den Sowjets war das hoch geheim, ich hatte Schiß, daß mich die Nachbarn beim Finanzamt verpfeifen, Onkel Borja verletzt das Staatsmonopol auf Führerbilder. Aber jetzt haben wir Freiheit, leck mich, und Demokratie – mach Lenine und Dserschinskijs so viel, wie du Lust hast. Hier auf dem Trödelmarkt am Bahnhof gehen sie wie Zwiebelpasteten, für drei- bis viertausend Rubel das Stück. Die aus Bronze sind teurer. Unsere Zigeunerweiber verkloppen sie. Na, gefallen sie dir?«

»Sehr sympathisch«, sagte ich etwas heuchlerisch. In seiner angeborenen Großzügigkeit gab Hornostahl zu viel Guß und in seiner Weitsichtigkeit schliff er den Grat nicht überall ab, so daß die Büsten eine gewisse avantgardistische Zottigkeit und Höckerigkeit gewannen, stellenweise auch Rippeligkeit, an Lenins Glatze besonders unangebracht. Manche Lenin-Exemplare sahen da aus wie tatarisch-mongolische Gorgonen mit auf dem Schädel eingeschlafenen schlaffen Schlängelchen. »Und was ist nun, Boris Petrowitsch, mit dem Dachboden, zeigen Sie ihn mir?«

»Was willst du auf dem Dachboden, mein Lieber? Was für
Schätze sollen dort sein? Da ist gar nichts, altes Gerümpel.
Ich komm da sowieso nicht hoch, also habe ich dort auch
nichts hingepackt.«

»Ein Stück Ton, so groß ungefähr, rostfarbener Ton, einge-
trocknet, alt, haben Sie ihn dort nicht zufällig bemerkt?«

Hornostahl kratzte sich nachdenklich mit dem rosigen
kleinen Finger an der braunen Lichtung in der schlohweißen
Wolle unter dem Matrosenhemd. »Ja freilich, so ein Material gab es schon, aber, pardon, das haben nicht Sie hier hinterlassen, nicht Nahum Jaklitsch und Fanja Jakowna. Ich
habe es eigenhändig hergeschleppt, vom Dienst, als ich den
Monat Arbeit abarbeitete, der einem zusätzlich zur Rente
zusteht, wie du vielleicht weißt, im Jahre fünfundachtzig, in
der Kunstkammer und nebenamtlich im Völkerkundemuseum, wo ich die Zeit über, die sich der festangestellte Kollege Desjatischnikow, Kolka im Urlaub vergnügte, die Erste
Abteilung geleitet hab. Nimm ihn, dachte ich, ist guter Ton,
roter, und hat sowieso keine Inventarnummer, das heißt keinen künstlerisch-geschichtlichen Wert ...«

»Und wo ist er, Onkel Borja?«

»Wie – wo? Dort ist er, und dort noch, hinter den Erdbeeren.
Habe ihn ordentlich eingeweicht und geknetet und dann in
den Tiegel bei zweitausend Celsius. Und guck mal, wie schön
unser Ludwig Vanytsch geworden ist! Hm? Ein Löwe,
kein Komponist! Aber weißt du, was? Ich schenke ihn dir!
Zum ewigen Andenken an den alten Hornostahl!« Und er
schluchzte kurz auf, gerührt.

13. Wo nicht mehr Rußland ist

Meine Angelegenheit fand sich beendet, ehe sie angefangen hatte (hol sie der Teufel, die *Golem-Legenden*, so überaus nötig waren sie auch nicht, hätte ja sowieso nicht über sie geschrieben, schon dem »Kulturbunker« zum Trotz nicht; aber dafür kann mir meinen »Krieg der Kinder und Greise« ja niemand wegschleppen, alle Judenschluchter Archivordner sind im Turmbunker auf dem Dachboden versteckt, in einer Truhe, und der Schlüssel befindet sich in Irmgards Unterhose), meine Bekannten (die noch nicht tot sind und noch nicht ausgereist) habe ich alle getroffen, mit zweien oder dreien – wenn es eine Bekannte war – habe ich sogar auf die Schnelle übernachtet – am Tag, so wie jener Rabinowitsch, der *am hellen Tag übernachten* konnte! – (ihre Haut war an Ellenbögen und Schlüsselbeinen etwas rauher geworden, zu den Brustwarzen liefen neue kleine Risse, die Bläschen an den Gesäßbacken waren blauer und größer, und vor allem: sie schlossen die Augen nicht mehr, denn sie verbargen es nicht mehr, daß sich ihre Augen ironisch verengten beim Beben; sonst waren sie noch dieselben; nein, sie rochen anders – trockener, schwerer, ungelüfteter – nach Hefe? nach Krabbenkonserven? oder war ich es, der roch, nackt und bloß, aus der Leistengegend, unbekleidet?) Am Sonntag flog ich – mit der Aeroflot-Abendmaschine nach Prag: die beiden restlichen Drittel meines weiblichen Schicksals absitzen im Judenschluchter Kulturbunker. So nahm ich den Bus vom Altnewski Prospekt und fuhr zum Alexanderfarm Prospekt, zum jüdischen Friedhof. Oma Katja blieb daheim, um fernzusehen und die Anrufe von Liljas haarreichem jüngeren Bruder Weniamin zu beantworten. Der Jüngling machte sich Sorgen, ob ich seine Fahnen dem Onkel Jahud auch nach

Finnland weiterschicke und wann. Und ob ich für ihn ein
gutes Wort einlege, damit der Onkel, der Professor in Lappland (»Professor für Kohlsuppe«, brummelte Oma Katja,
die Lippen, als blase sie Oboe, zusammenziehend und von
der Sprechmuschel wendend), ihn in die Aspirantur nimmt,
sonst stellt ihn sein Stiefvater ein, der alte neurussisch-Rei-
che, in seiner »LandwirtschaftsExportTransit GmbH«, die
nach Deutschland, Holland und Belgien Bologneser Elite-
hündchen liefert, die beim Zoll als japanische Zwergschafe
deklariert werden sollen. Der Jüngling, als der polyglotte In-
tellektuelle in der Familie, hätte dort monatelang Hündchen
für Hündchen zu entzollen gehabt. Das Hauptproblem: wie
gewöhnst du sie, nicht zu bellen, sondern zu blöken? Mit
Sprüchen wie *Gott ist nicht Jaschka, sapperlot, nimmt armen
Leuten nicht ihr Brot* und ähnlichem aus ihrem Repertoir
fertigte Oma Katja den armen Stiefsohn des reichen Stief-
vaters rasch ab und kehrte zum Fernseher zurück, in der
Eile vergessend, die Türe zu öffnen und mit den Fußsohlen
den Boden zu berühren. Von den Darstellern im Fernsehen
gefiel ihr am besten Jelzin, *unserm Kolchosvorsitzenden,
Grigorij Pjatrowitsch, wie aus dem Gesicht geschnitten.*
Aber er war ihr auch selbst zum Teil ähnlich, wenn er nicht
lachte. Den neuen Präsidenten des Amerikanischen Imperiums, der, den ohrlosen Kopf erhoben, über die fliederlila-
nen Pfade irgendwelcher europäischer Paläste zog, ich weiß
nicht, in direkter Übertragung oder aufgezeichnet, fand sie
überhaupt nicht gut: »Der hergelaufene Komsomolze, Ha-
derlump der. Schielt auf das Hab und Gut, der rotznäsige
Bumser – als käme er zu enteignen. Oder seine Kumpane
darauf zu bringen, wo was zu holen ist nachts.« Ich weiß
nicht, stürbe ich heute und käme in dreißig Jahren kurz auf
Urlaub von dort, täte ich vielleicht auch nichts anderes als
ganze Tage lang fernsehen. Oder was werden sie dort haben
statt dessen? Höhlenmalerei?

Der Symbolist Zimbalist hängte sich an mich, er hatte sich ausgerechnet, daß er *bei den heutigen Lohnsätzen* seine Mietschulden bei mir bedeutend vermindern könnte. »Alter«, sagte er, bei jedem Busholpern seinen Zopf auffangend und auf die jeweils andere Schulter legend – »das kostet alles, bei den heutigen Lohnsätzen! Habe ich dir einen Eimer gebracht – boing! ein Hunni, das Laub abgefegt – zwei! Das Gitter gestrichen – vier!« Eine derartige Pedanterie war mir früher nicht aufgefallen an ihm, eher im Gegenteil, aber höchstwahrscheinlich hatte sich in diesem von der Schließung des »Saigon« erschütterten Gehirn die Idee verankert, daß ich ihm *den Zinsfuß steigen lasse* und ein glühendes Bügeleisen auf seinen unebenen Körper setze.

Auf dem Friedhof war, wenn man so sagen darf, keine lebende Seele. Unterirdisch ohnehin nicht – wer mich irgendwann gelesen hat, weiß, daß die jüdischen Seelen am dreißigsten Tag nach der Beerdigung die Gräber verlassen – wie Quecksilberkügelchen rollen sie fort durch das Gewirr von Spalten und durch die Maulwurfsgänge im Erdinnern, fließen zu Tümpeln und Teichlein zusammen in den Grotten unter den Friedhöfen – solche gibt es unter Warschau, Prag, Addis Abeba, unter Babylon und hier und dort noch – und verlassen die Grotten als matt schimmernde unterirdische Flüsse, um langsam weiterzufließen – bis unter Jerusalem. Dort teilen sie sich in einzelne Tropfen, sondern sich nach den Stämmen und Zweigen, schweben schwerelos als zwölf Trauben, zwölf lebendige Schwärme in der tiefsten Höhle unter dem Ölberg und warten, daß sich die Erde auftut und sie beim Namen gerufen werden. Wenn unter dem Berg und über dem Berg alle fünfhunderttausend Seelen versammelt sein werden, die dabei waren, als Moses die Gesetzestafeln empfing, ertönt über Jerusalem ein heiseres Horngekrächz. So werden wir gerufen. Aber die jüdische Zeit wird immer langsamer, und die nichtjüdische immer schneller; mit immer höherer Geschwindigkeit zerkleinern sich die jüdischen Seelen: in Hälften, Viertel, Achtel, Sechzehntel, in einigen Ländern – und nicht nur in Edom! – kommt aus vielen Tausenden Leibern kaum eine sieche Seele zusammen, die sich nur mit Mühe an den Empfang der Gesetzestafeln erinnert, deshalb wird die Sammlung Israels langsamer und langsamer komplett.

Aber auf dem Preobrashenski-Friedhof war auch auf der Erde kein Mensch, außer Zimbalist und mir. Wir gingen die Herzen-Allee entlang, auf einem rostroten Pfad, der knisterte mit seinem brüchigen Eis, und sahen weder die sonntäglichen Ingenieursfamilien in ihrer geflickten Datscha-Kleidung (und die Kinderchen, deren Bernstein-Augen schon für das ganze Leben mit sinnlosem Glanz zu leuchten angefangen haben und die, stolpernd mit ihren – roten, blauen und gelben – Eimerchen voll kaltem Samarkand-Sand vom Haufen der Friedhofsverwaltung, zu den Gräbern laufen), noch die Zahnärzte mit ihren Exquisit-Gießkannen in den dicken Folterer-Händen, noch die adlernasigen Kunstwissenschaftler, von Kopf bis Fuß im US-Dress, noch die Frauen mit den Panamahüten (und jede Frau mit Panamahut sieht unweigerlich aus wie die Schauspielerin Ljubow Orlowa, der Ruhm der dreißiger Jahre), noch die Friedhofsarbeiterinnen mit ihren von den Kippen entstellten Gesichtern und mit Gummistiefeln an den nackten Füßen. Niemand war da, weder im Büro noch in der Synagoge; nicht einmal die hundertjährige Zigeunerin mit den Blumen hatten wir gesehen, die doch nun aber immer am Tor stand. Vielleicht sind alle Juden entweder tot oder ausgereist, und die Russen sind bei ihren eigenen Leuten? Aber wo ist dann die Zigeunerin? Zimbalist schwieg, schaute sich um und überschlug offenbar, ob die eben von mir gewonnenen Kenntnisse sich

in einen Sonettenkranz abgießen ließen, einen mit azurenem
Geleucht, mit goldenen Fluten, mit Wetterleuchten, Augen-
sternen und Sternen, mit Edom, und Adam (dem alten), mit
den kirchenslawischen Wörtern in falschem Fall oder Genus
und mit dem übrigen symbolistischen Brimborium; es wäre
natürlich allerhand Arbeit gewesen, aber dann ja auch wieder
gewissermaßen erleichtert insofern, als sich in seinen Sonet-
ten nur von Fall zu Fall Reime fanden und sie, in der Regel,
nicht mehr als elf Zeilen betrugen. Die Kanne schwenkend
und eifersüchtig zurückblickend (ob ich nicht selbst den
Moder vom vorigen Herbst vom Stein fege oder, Gott be-
wahre, gar das Gitter streiche), lief Zimbalist nach Wasser.
Ich lehnte das Gitterpförtchen von innen an und setzte mich,
die Knie zum Kinn hochziehend, mit der Papirossa, die
nicht anging, auf die Bank. Hier, und nur hier, zwischen den
Kiefern, die sich wiegten von der Stille, zwischen den unter
schwarz-grauer Streu halb begrabenen Grabplatten (abge-
fallenes Laub, kleine, tote Fledermäuse mit durchweichten
Flügelhäutchen, für immer verflattert), nur in diesem etwas
schiefen, aus dem Gußeisenabfall der »Vereinigten Metall-
werke« nachlässig zusammengeschweißten Gittergeviert –
hätte ich mich zu Hause fühlen können, konnte es aber nicht,
weil ich darüber schon vor sieben Jahren ein Gedicht verfaßt
hatte (... *hier, und nur hier, wo nicht mehr Rußland ist, wo
nur Verwestes liegt im Käfig ohne Dach ...*). Von einem gewissen Alter an wird es einem peinlich, nach Geschriebenem
zu denken und zu fühlen, auch dann, wenn du es selbst geschrieben hast. So schaute ich nur auf die verblichenen Inschriften der Holztafeln, die mit dem Gesicht nach innen an
das Gitter geschraubt waren (Zimbalist versprach, sie mit
Bronzefarbe zu vergolden), auf die ovalen Fotos der Verwandten zweiten Grades in bräunlichen *acid*-Tönungen und
auf Großvaters vertrautes Gesicht unter ihnen mit seinen
starken Brauen, seiner nach hinten fliehenden chasarischen

Halbglatze und der verschmitzten Verdickung der Nasenwurzel und dachte, Gott sei Dank ist auch er nicht hier. Hat
er es in den dreißig Jahren bis Jerusalem geschafft durch die
Spalten und Poren der Erde? Ich kann in vier Stunden hin-
fliegen und im Flughafen Ben Gurion eine zugeschweißte
Tüte kaufen mit der Aufschrift »Jerusalemer Luft« in drei
Sprachen: Englisch, Hebräisch und wer weiß warum Alt-
norwegisch, aber was bringt das? Nichts. Treffen werden wir
uns ohnehin erst an einem einzigen Tag, dem letzten. Interessant, zu welchem Zweig werden sich die Chasaren stellen?
Ich weiß nicht wieso, aber mir scheint, zum aufbegehrenden,
zum Benjaminschen.

Zimbalist kam zurückgelaufen mit der Nachricht, im Hy-
dranten sei kein Wasser. Das amüsierte ihn aus irgendeinem
Grund. »Na, da wissen wir, wer es getrunken hat – *wenn
der Hahn kein Wasser spuckt, hat der Jud ihn leergeschluckt*,
was, Alter? Ich sause mal zu einem weiter weg, für'n Hunni.«

Ich schaute durch die Kiefern den wolkenlos-trüben Himmel an. Er erleuchtete sich. Woran sollte ich denken, wenn
doch hier niemand war? Ich dachte,

> das Alter hat begonnen, wenn dir dein eigener Geruch
> nicht mehr gefällt.
>
> * * *
>
> Und wenn dir das Haar auf Frauenarmen zu gefallen
> anfängt.
>
> * * *
>
> Das Geheimnis des Alters: wenn man lange mit einem
> Finger, der am Niednagel eitert, auf eine harte Oberflä-
> che klopft, zum Beispiel auf einen Tisch, dann entsteht

nach einiger Zeit in der Fingerbeere jenes schmerzlich-
süße Gefühl, das man anderswo und auf andere Weise
schon nicht mehr erlangt.

* * *

Sogar um der Rettung der Welt willen wäre ein Mensch
nicht imstande, sich der Verletzung einer als Bedingung in diesem Zusammenhang akzeptierten kleinen
Pflicht zu enthalten – zum Beispiel, nicht in der Nase
zu bohren. Oder dieser oder jener Art von Begat-
tung.

* * *

Sollte ich solange leben, bis das Leben ans Ende
kommt, werde ich ein Buch schreiben mit dem Titel
»Kürze, du meine Schwester«.

»Schluß, Ljowa. Es reicht. In Ordnung, genug nun.« Ich erhob mich von der Bank, um Zimbalist zu stoppen, sein Fleiß
drohte, seine Schulden in meine zu verwandeln, und ehe ich
mich versehe, hat er mir *den Zinsfuß steigen lassen* und ein
kleines glühendes Bügeleisen mit der erhabenen Aufschrift
BÜGLER am Heck auf meinen unter den Frauenkleidern
weich gewordenen Körper gesetzt. Der Stein tauchte herauf
aus dem Herbstlaub, porös, weißlich, fleckig (es gab nirgends Wasser), das Gitter blinkte und tropfte schwarz, die
Inschriften standen golden und beinahe schmuck: »Es reicht,
wir sind quitt. Gehen wir zum Ausgang.«

»Alter, sag mal, hast du da in Deutschland auch eine Deutsche gepimpert schon oder nicht? Mal ehrlich! Ist es wahr,
daß es mordsschwer ist, eine Deutsche zu pimpern? Viele
gute Jungs sind da vorbeigeschossen, ins Blaue. Für die
Katz.« Und, ohne die Antwort abzuwarten, die es ohne-

hin nicht gab, begann er hüpfend, sich umblickend und die plötzlich funkelnd und blau gewordene Luft schöpfend mit seinem löcherigen Hut, sich den Alexanderfarm-Prospekt entlang zu entfernen, aus irgendeinem Grund in Richtung Alexanderfarm. »Federfuchser«, sagte Oma Katja, mit Verachtung von der Mauer vortretend. »Na, fahren wir zum Flughafen, oder ? – das Taxi dort hat schon gehupt. Und für mich ist's auch Zeit.«

Zweite Einführung.
Dezember zweiundneunzig

14. Über das Auseinanderrücken des Zeitspalts

Nur wenige mögen ihre Geburtstage – und nicht allein deshalb, weil nur wenige keine Angst vor dem Alter haben. Wäre es das allein, feierte man gar keine Geburtstage. Dieses zwiespältige – wenn auch unsymmetrisch zwiespältige – Gefühl unliebsamer Freude, dieses *sowohl hüh wie hott*, mit welchem wir diesen Tagen entgegensehen, sagt uns vor (*Mit dem eigenen Kopf muß man denken, nicht hoffen, daß jemand vorsagt, noch dazu von der Eselsbank! Gerade von dir, Goldstein, hätte ich das nicht erwartet. Und dabei ... ein Junge aus guter Familie!*): Es geht um die Haltung des Menschen zum individuellen Tod. Der Geburtstag paukt den Tod ein, die Abpackung des individuellen Lebens (zumindest, wie wir es kennen – hier und jetzt) in ganze Zahlen: dreizehn Jahre, einundzwanzig, vierzig, einundneunzig; die dritte Null, die fünfte, toi, toi, toi, die zwölfte; – das alljährliche Einpauken der endgültigen Abpackung in den Einer – die einfachste aller Zahlen.

Aber die Menschheit, oder genauer gesagt, ihr siegreicher Teil, der mit der fortschreitenden Form der Zeit umgeht, sträubt sich im Grunde gegen die kalendarischen Neujahre – und nicht allein deshalb, weil er vor der eroberten Zukunft abergläubisch auf der Hut ist. Nur einmal im Jahr wird der Spalt zwischen zwei Sekunden zum Gegenstand des Massenkonsums und man kann – ja, muß sogar – einen Blick werfen in diese zeitlose Finsternis, in welche das restliche Jahr hindurch nur die Dichter blicken (was, übrigens, Teil ihres Berufs ist). Das Neue Jahr paukt jedes Jahr neu die Aufnahme der Welt in den Himmel ein, deshalb wird es so fleißig mit Feuerwerk bekämpft und mit dem Zischen schwangerer Schlangen aus Champagnerflaschen gedämpft.

Die christliche Zivilisation hat den Lebensrhythmus der
Menschheit mit dem Lebensrhythmus des Menschen verbunden, oder, wenn man so will, des Gottmenschen, und
alles oben Gesagte, nicht ohne lokale Abweichungen natürlich, gilt in erster Linie für sie, für diese Zivilisation mit
doppeltem Zügel, die das römische Kalenderrad mit den
eisernen Händen der unduldsamen jüdischen Propheten
geradegebogen und so eine gerade (auf horizontaler Ebene)
eingleisige Schmalspurbahn gewonnen hat, deren Schienen
über einem Abgrund abzubrechen haben. Wer weiter will,
muß fliegen, wenn er kann.

Aber auch in den christlichen Ländern (und gerade auch in
denen des Westens, die ihren Kalender den übrigen, den
östlichen Schismatikern und den südlichen Muselmännern –
und bist du nicht willig, so brauch ich Gewalt – aufgedrängt
haben) ist das Neue Jahr ein unerkannt aufgenötigtes Fest,
ein erzwungenes, im direkten Sinn unumgängliches: die
christliche Begrenzung der unendlichen Reihe heidnischer
Schicksale. Die christliche Menschheit feiert Christi Ge-
burt – eine Ankunft, nicht ein Weggehn, und zudem so, als
sei es bereits eine zweite Ankunft, nicht die erste. Das heißt:
den Anfang der messianischen Zeit in ihrer Vorstellung,
nicht das Ende, nicht die endgültig aufklaffende zeitlose Finsternis. Innerhalb des Kalenderjahres geht ihr Ostern ihrem
Weihnachten voran, ihre Hoffnung auf eine zweite Ankunft
bezeichnend, und das Neue Jahr ist ihr Schwarzes Ostern,
ein Ostern mit einem unbekannten Auferstehungs-Ende.
Die Menschheit (und nicht nur die christliche) ahnt, was Jakow Druskin – Mathematiklehrer und Amateur-Musikwis-
senschaftler in Leningrad und vom Schicksal in der Einsam-
keit verlassener Freund, nämlich einer der *Freunde, vom
Schicksal verlassen*, des Daniil Charms und des Kreises der
Freien – beschrieben hatte im Jahre 1939 – mit seiner sehni-

gen, damals noch festen Hand (er war ein Seher, ehe er mit
der Zeit der Freiheit müde und zu einem auf marxistische
Art in der christlich-theologischen Kasuistik verschlammten
Getauften wurde). Der Text heißt, der Sache entsprechend,
»Der Weltuntergang«: *Vielleicht naht er sich ein jahr lang,
und es wird unbedingt die heiße zeit sein: er beginnt im juli
und er endet im juli. Womöglich beginnt er so: durchs fenster
oder auf der straße sehe ich einen menschen, der mit nichts
von den anderen absticht, außer seinem gang – er geht etwas
langsamer und konzentrierter als die anderen ... Nachdem
man ihm einige male begegnet ist, wird irgendwo, wo viele
leute versammelt sein werden, vielleicht auch in jedem haus,
jemand, sich an irgendeinen vorfall erinnernd, auf einmal
sagen: »Das war damals, als dieser mensch, der langsam geht,
erschien.« Und das wird dann angst sein. Der mensch, der es
sagen wird, wird stocken, und alle begreifen, daß etwas un-
heimliches und nicht wiedergutzumachendes geschehen ist
und daß alle schon wissen davon ... Und der ganze juni wird
heiß und sonnig sein, und sollte es doch regnen, dann nur,
damit die menschen nicht vor der zeit sterben. Und im juli
geschieht die aufnahme der welt in den himmel.*

Das Ende der Welt ist nicht ein Moment, sondern ein Prozeß. Ein Prozeß mit seinem Anfang und seinem – wie
vermutlich auch unserem – Ende, mit einer komplizierten
Struktur aus wechselndem Aufstieg und Fall, eine besondere
Zeit, unheimlich zugleich und erwünscht, denn ihr Anfang
hebt die gewohnte Bitternis auf, ein Einer in der unglück-
lichen Menschheit zu sein, und ihr Ende hebt die Menschheit
selbst auf, zumindest die, als die wir sie kennen – hier und
jetzt.

Im Deutschen wird die Zeit zwischen Weihnachten und Neujahr *zwischen den Jahren* genannt, aus der allgemeinen Folge der Tage also gleichsam ausgenommen, sie ist selbst wie dieser zwischenzeitliche, zwischen den Zeiten weilende, wenn ihr so wollt – dieser außerzeitliche Spalt: eine siebentägige taube Unzeit, wo man nicht weiß, was man tun soll, wie leben, mit welchen Götterfunken ihre Kälte und Finsternis, ihre Stille und ihren Stillstand bekämpfen, mit welcher Lustbarkeit dämpfen. Dieses Zwischenstück *zwischen den Jahren* ist die alljährliche Portion einer Feinfrost-Lotosblume, die Vergessen schenkt nicht mit ihrem Festtagsfieber, sondern mit der Ursache dieses Fiebers, mit der unerklärlichen Kälte, die aus dem Spalt zwischen den Sekunden zieht. Man ist noch bemüht, den Kindern Freude einzutrichtern: mit Geschenken, Vergnügungen, mit der Befreiung vom Unterricht, und die Kinder freuen sich auch, ehe sie groß und erwachsen werden (falls sie erwachsen werden, natürlich), sie freuen sich wie an ihren Geburtstagen – und mit demselben früher oder später eintretenden Resultat. Deshalb wollen die westlichen Menschen ewig Kinder bleiben. Nun ja, wenigstens Halbwüchsige. Das Erwachsenwerden verbieten. Das ist ihr Glücksrezept, für sich, für ihre Kinder – und für alle übrigen. Einige haben dieses Glück schon erreicht. … Interessant, wie wird man sie wohl nennen, diese beginnenden (oder in einem Jahr beginnenden) sieben Jahre zwischen den Jahrhunderten, zwischen den Jahrtausenden, zwischen Nachkriegs- und Vorkriegszeit, diese siebenjährige taube Unzeit – *zwischen den Zeitaltern, zwischen den Epochen*? Geben wir uns erstmal zufrieden mit *zwischen den Jahrhunderten*.

Im Großen Amerikanischen Imperium, in der Westlichen Welt, die erstickt an den Feiern der von auf jugendlich getrimmten Caesaren erklärten Siege (Arterienverstopfung –

unendliche Ketten neuer Sklaven und besonders Sklavinnen, vom Osten und Süden auf den alten Römerstraßen nach Westen und Norden wandernd oder mit vorgeschobener, straff und matt glänzender Hüfte an den nassen Straßengräben stehend; Herzverfettung – von Beutegold, billiger Ambra, teuren Zins-Pelzen, die die Caesarischen Schatzkammern überfüllen und deren Überschuß umgegossen wird in die Senatoren-Scheckbücher, auf die Schweizer Konten der Mercedesse und Lincolns reitenden Equites, doch auch in die Geldbeutel der kindlich beglückten Plebejer, die jubelnd auf den Stadionbänken tanzen, in der Hand ihr Hundewürstchen im Schlafrock – *some dogs like it hot, sometimes*), in der Zivilisierten Welt, die vergessen hat – und im Grunde nie zu wissen wünschte –, daß alle Siege Pyrrhussiege sind, daß man keinen Rubikon zweimal überschreiten kann, daß Varus' Legionen schlicht übergelaufen sind, in dem Imperium, das SIEGT UNTER ALLEN UMSTÄNDEN, wird von Jahr zu Jahr die Dauer der sogenannten *Vorweihnachten* immer länger. Bereits im Oktober, von Mitte, wenn nicht schon Anfang Oktober an, fängt diese vorfestliche, naß und matt glänzende Zeit sachte an zu beginnen. Irgendwo, irgendwann und peu à peu, dann öfter und öfter begegnen Schaufenster, Reklamen, aus dem Fernseher fliegende Gedanken an Geschenke und Ferienreisen – Anfälle der festlich erstickenden Leichtigkeit des Kindseins. Es heißt, die Ursache dafür sei die Politik der Handelsmagnaten, ihr Interesse an einem immer größeren Spielraum für die weihnachtliche Wahnsinns-Verschwendung. Dem ist freilich so, aber hindert es, daß man sieht: der Spalt zwischen den Zeiten rückt von selbst auseinander, langsam wird das Ufer des Ein-Ufer-Flusses unterspült, die eingleisige Strecke bergab, zum Fuß der Steilwand verlängert sich?

Nicht die messianische Zeit selbst, sondern der Platz für die messianische Zeit wird langsam und unaufhaltsam breiter, und vielleicht (wie es Jakow Druskin, einer der *Freunde, vom Schicksal verlassen*, sah, ehe er vor dem Gesehenem erschrak) – *wird sie irgendwann im juli beginnen.*

Dritte Satire.
Dezember dreiundneunzig

Nikdy neoschla krev na stěně této síně,
jen někdy zčernala, ale jindy zase, za časů
zlých, nabyla barvy červeně.

Niemals trocknete das Blut an der Wand
dieses Saales ein, es schwärzte sich nur
zuweilen, aber dann, in bösen Zeiten, nahm
es wieder die rote Färbung an.

Jiří Weil. Leben mit dem Stern.
Aus dem Tschechischen von Gustav Just.

15. Die Kastanie Adolf Hitler

Ich schaue auf den schleimig-geschwollenen, engkehligen Himmel, den drei gelb-grüne Helikopter versperren, die einstimmig tuckern und ungleichstimmig pfeifen (sie hätten getuckert und gepfiffen, gäbe es die *Ohrenschützer für jeden Tag, beiderseits verwendbar* nicht, mit ihnen sind nur Wellen in den Ohren: dumpf heran- und zurückrollende, wie das Blut im Katzenjammer). Auf den gespreizten Skiern der Hubschrauber könnten Vögel ihre Nester winden, bislang haben sie es noch nicht getan: Zwischen den Jahren ist nicht die Saison für den Nestbau, zwischen den Jahren wird der Himmel gestriegelt-schurigelt. Der mir nächste Hubschrauberpilot dreht-sich-im-Innern-des-Helms-rückt-auf-mich-zu-mit-seinem-glatten-malmenden-Kaumuskel, droht hinter dem Panzerglas (mit dem Mittelfinger in blau-rotem unechten Gummiarabikum), und ich senke den Feldstecher gehorsam (die fügsame jüdische alte Jungfer) – hinunter auf den schmalsterzigen halslosen Vogel, der, ein weiteres, ein schwarzes Helikopterchen, immer noch hin und her läuft auf dem zurückgebogenen Kastanienzweig – er wird an eins der Enden gelangen, hüpfen und sich umdrehn. Auch das Eichhörnchen kriecht noch den Stamm hinauf wie eine Eidechse mit zottigem Schwanz – oder ist das ein anderes Eichhörnchen, geschwänzter und aufgebrachter als das frühere? Im verschwitzten Aquarium der Bushaltestelle auf der tschechischen Seite hinter der Kastanie liegt auf der Bank ein Fahrradhelm, einem lackierten Wolfsschädel ähnelnd. Honza hat ihn irgendwoher gebracht und liegenlassen, als er genug hatte vom Anprobieren. Gepflanzt wurde die Kastanie (Eichen, ganz zu schweigen von Eschen, schlagen keine Wurzeln in dem *zu Tode verjudeten Boden*) am zwan-

zigsten April neununddreißig (der Platz hieß damals einfach *Rathausplatz*) und (bei einer feierlichen Kundgebung
mit Orchester und *speeches*) »ADOLF HITLER« getauft,
aber das bleibt geheim – damit *der unschuldige Baum nicht
verkommt zum Objekt eines ausgearteten Kults.* Nur die
Duumviri, die Schofets Dr. Heinz-Jörgen Vondratschek
und Pan Jindřich Werner, wissen es, und nun auch ich, dank
des Packens »Judenschluchter Volksnachrichten« vom April
neununddreißig und der Goldsteinschen Magisterarbeit aus
der Fernleihe. Und auch Irka, natürlich: ich habe ihr die
ganze Geschichte auf sechseinhalb Visitenkarten des Zahn-
arzts Hoffmann-Stahlen von Judenschlucht verklickert. Dieser ist bei jeder Begegnung auf dem Platz darauf bedacht,
seine Visitenkarte mit aufgeprägter Goldzahnkrone, dem
Zeichen seiner Freiherren-Würde, so, als sollte es keiner
sehen, in die Tasche an meinem Rock gleiten zu lassen
(»Miezele, in welcher Beziehung penetriert dich das? Oder
braucht du es für deinen Roman? Armes Miezele!«). ...
Und Josef Ton, Mařenkas Vater, der Hausmeister im Judenschluchter Schloß? – muß es wohl auch wissen, er war auch
damals Hausmeister hier, nicht nur im Schloß, sondern auch
im Turm, dem damals einzigen. Aber wie haben *die* vom
Namen der Kastanie erfahren, die mit den keltischen Lederschürzen und den Bergsteigerschuhen und den Pickeln
auf der Brust, die Jünglinge beiderlei Geschlechts, die sich
jedes Jahr einfinden hier auf den mit blutroten, grünen
und schwarzen Bändern umwickelten Motorrädern, Panzer-
knacker-Grütze mit Krähengrieben zu kochen in Kesseln
und die ganze Nacht, bis es dämmert – und ihre Anderthalb-
meter-Hunde immer dabei –, über die Lagerfeuer zu springen, die in der Kontur der »Odal«-Rune angelegt sind (ein
kleiner Rhombus, aus dessen unterer Spitze sich zwei auf
den Hacken stehende Vogelbeinchen spreizen), das *Zusam-
menbringen von Menschen gleichen Blutes* symbolisierend

und als Emblem der SS, der Aufklärungs-Abteilung sowie
der siebten SS »Freiwilligen Gebirgs-Division – Prinz Eugen« verwendet (*Prinz Eugenius, der edle Ritter, wollt' dem
Kaiser wiedrum kriegen Stadt und Festung Belegrad*) ebenso
wie, Gott weiß warum, als Ornament auf meinen Kindergar-
tenhandschuhen. Es ist eine Roßkastanie, ihr ist es wurscht.
Es heißt, sie kamen das erste Mal neunundachtzig angerat-
tert, akkurat zum geheimen fünfzigsten Jahrestag der Kastanie. Aus jeder Himmelsrichtung je vier Motorräder, Heil,
es waren ja hier und da Grenzen schon einen Spalt geöffnet
für die Zwischen-den-Jahrhunderten-Zeit – das haben mir
die gabardinenen Halbrabinowitsch und Korolstein, nämlich die kabardino-balkarischen Verdienten Künstler zugeflüstert an der Pessach-Tafel im Schloß, vielleicht deckt sie
der grüne Rasen bereits: »Und dies Jahr kommen Tausende
von ihnen angetuckert – von Norden und Osten – auf ›Javas‹
und ›ISH-Planeten‹, von Westen und Süden – auf ›Harleys‹
und ›Hondas‹.« Ich war damals gerade im Begriff, mich nach
dem ehem. Leningrad – in einer Archivangelegenheit und
noch in einer anderen, unbedeutenden – abzusetzen, und
hörte nicht sonderlich auf das erschrockene Greisengeflü-
ster. Doch ehegestern (oder, um sie zu ehren, auf volksrussisch, *vorgestern*), als bekannt wurde, daß Halbrabinowitsch und Korolstein vor dem Schlaf *luftschnappen* waren
(in dem verwilderten Park: unendliche Reihen krummer
halbaufgelöster Besen stecken in grauen porösen schräg auf-
getauten Eislöchern) und seitdem nie zurückgekommen
sind, habe ich mich daran erinnert. Sie waren wie zwei Zwillingsbrüder des letzten abessinischen Negus – gerade, mager,
die gebogene Nase, der nach oben auseinanderstrebende
rauhe Strauchkopf, nur ist Halbrabinowitschs Gesicht etwas
heller und Korolsteins etwas dunkler als der selige Haile Selassie; der alte Golozwan nannte sie *Klapsbrüder*. »Ein Blö-
dian heißt Conférencier, zwei Blödiane – das ist schon eine

Konferenz« – scherzten sie den berühmten Scherz der 30er Jahre. *Auf diesen Scherz stand Sibirien.*

Die Einladung zum Pessach (*Sehr geehrte Frau Goldstein! Das Sozialamt der Stadt Judenschlucht, die vereinte Gemeinde der Úžlabinaer-Judenschluchter Bürger mosaischen Glaubens und der Judenschluchter Bund der Veteranen des Zweiten Weltkriegs (von unserer Seite) laden Sie herzlich auf den 15. Nissan 5753 (6. 4. 1993) zum ökumenischen Seder ein ...*) fand sich in der nach mehr als drei Monaten ersten Post, nicht eingerechnet natürlich der Brief von Jelena Andrejewna Schwarz, den der DDR-Fernseher übertragen hatte in seiner Güte. Ich hatte schwer und preiswert im »Kafka« zu Mittag gegessen und drehte – mit dem Nachgeschmack des pelzigen »Weißkraut Auflauf nach südmährischer Art« unter der Zunge, mit dem Vorgeschmack der dreihundertneunzig Stufen in den Sprunggelenken und Waden – (eigentlich ohne jede Hoffnung, nur aus Gewohnheit) die gerippte kupferne Kurbel am Schloß des in den Bunker-Sockel vor der Biegung zur Treppe eingebauten Posttresors, auf den Kode G. O. L. 9. 3. und zog – nicht ohne Kraftaufwand – die Tür zu mir (die 25 mm dicke vordere Panzerplatte eines tschechoslowakischen, ab 1939 deutschen bei »Škoda« produzierten Panzers, eines zwar leichten, 35 Tonnen, aber immer noch Panzers): Ach, du liebes bißchen, zwei unrussisch lange Kuverts, und in über drei Monaten Null Komma nichts! Das zweite Kuvert, silbrig-blau mit fliederfarbenem etwas geknitterten Futter, von Hand und in russischer Schrift »Zu Frau Julia Goldstein« adressiert und mit dem krongoldenen Freiherrenzahn geschmückt, um den sich ein im Zickzack gefaltetes trauerbandschmales Halstuch schlang, auf welchem in Fraktur stand »Zahnarzt Dr. med. dent. Julius von Hoffmann-Stahlen Freiherr von Judenschlucht. Alle Krankenkassen«.

Judenschlucht, den 3. April 1993

Frau J. Goldstein
z. Z. wohnhaft:
Drei-Rathäuser-Platz 1 a
Judenschlucht, Bundesrepublik Deutschland

Liebe Frau Goldstein,
Ich würde mich sehr über Ihren Besuch in meiner zahnärzt-
lichen Praxis freuen. Wie ich mich beiläufig bei unseren
angenehmen, wenn auch flüchtigen Begegnungen vergewis-
sern konnte,

– ich bin stumm, aber mache den Mund auf wie ein Fisch.
Idiotin! –

wird die Arbeit an Ihrer Behandlung nicht einfach sein, doch
ich werde sie sorgfältig und mit Liebe ausführen. Ich möchte
Ihnen dringend empfehlen, sich des Verzehrs von Lebens-
mitteln, die Zucker (auch in verdeckter Form) enthalten, zu
enthalten. Bitte, beachten Sie in dieser Hinsicht auch das
Weizenmehl samt allen aus ihm hergestellten Produkten. Er-
innern Sie sich unserer Vorfahren, deren Zähne sich ohne alle
Anzeichen von Karies bis ins hohe Alter erhielten. Infolge des
Auftretens derartiger Nahrungsmittel sind Krankheiten
wie Karies und Parodontose erst entstanden, und viele, viele
andere.

– Nein, das ist schon antiwissenschaftlicher Unfug. Als ich
im mausgrauen Säckchen der Schul-Uniform in die fünfte
Klasse ging, zeigte mir mein Vater im Völkerkundemuseum
einen vorgeschichtlichen Kiefer, einen kleinen, krummen
und braunen. In die vier Zähne hätte er sieben Plomben *ge-*
pfriemelt, mehr Zähne gab es da nicht. –

Nun ein paar Worte zur finanziellen Seite der Sache:

Die Gesamtsumme des Honorars wird sich auf 1093,20 DM belaufen, diesen Betrag berechne ich auf der Basis des normalen Tarifs, der in der Bundesgebührenordnung vorgesehen ist. Nach diesem Tarif richte ich mich seit Jahren ohne jede Abweichung, und alle meine Patienten wissen mir Dank dafür. Nur allein die hier einschließlichen Ausgaben für die Ausstattung meiner zahnärztlichen Praxiskosten betragen bereits 617 DM! Sie aber möchte ich ohne jedes Honorar behandeln, das ist für mich eine Sache der Ehre.
Denn:
Ich gehöre noch zu der Generation, die Ihrem Volk in der Zeit der Kriegsgreuel unglaubliches Leid angetan hat. Ich bitte um Verzeihung dafür, und deshalb wird Ihre Behandlung vollkommen gratis sein. Auch in Erinnerung an die 4 glücklichen Jahre, die ich in meiner Jugend in der russischen Gefangenschaft verbringen konnte (1945-49, in Strelna, bei Leningrad), an Ihr großes und wunderbares Heimatland, an die Güte der russischen Frauen und das große Herz des russischen Volkes.
Ich gehe jedoch sicherlich nicht fehl in der Annahme, daß der Kulturfonds der Sudetendeutschen Landsmannschaften »Kulturbunker e. V.«, dessen Gast Sie sind, auch eine Krankenversicherung für Sie abgeschlossen hat,

– Hat er in der Tat, und zieht sie mir vom Stipendium ab –

und wenn demnach der Versicherungsbeitrag sowieso bezahlt wird, sehe ich nicht ein, warum wir der Krankenkasse die Summe zur Vergütung der medizinischen Auslagen schenken sollten, die sie nach ihren Regeln zu zahlen hat?! Bitte teilen Sie mir mit, ob meine Annahme der Realität entspricht. In diesem Fall wird Ihnen nach Abschluß der

Behandlung die Rechnung über die Gebühren von mir zu-
geschickt. Sie werden lediglich den Betrag zu zahlen haben,
den Ihnen die Kasse aufgrund des Versicherungsvertrages
erstattet. Im übrigen aber bleibt es bei dem, was ich Ihnen
oben zugesagt habe – nämlich unentgeltlich.

Mit wärmstem Gruß und in freudiger Erwartung,
Doktor Julius von Hofmann-Stahlen Freiherr von Juden-
schlucht

Hiermit bestätige ich, daß die russische Übersetzung mit
dem mir vorliegenden deutschen Original vollinhaltlich
übereinstimmt. Vereidigter Übersetzer und Dolmetscher
Jakow Dzurdzu, 4. April 1993, Hof.

Aber ich ging nicht zu dem edelmütigen Doktor, obwohl
meine Zähne unten vom kalten Pilsner (aus dem Kühl-
schrank im Archiv) und die oben vom warmen Budweiser
(aus dem Kupferhahn im »Kafka«) weh taten. Und wenn er –
zu Irmgards Freude! – ein Auge auf mich geworfen hat? –
was mache ich dann?, war die Frage. Und ich wußte zudem
nicht, ob männliche Zähne sich von weiblichen unterscheiden und der Freiherr Hofmann-Stahlen aufdeckt, daß ich ein
Herr bin und keine Dame und überdies gegen die Imperiale
Quotensatzung verstoßen habe, sobald ich meinen blutig-
perlmutternen Mund etwas weiter auftue. Und daß ich rau-
che. Wenn ich, dachte ich mir, mit der Münze an der Schnur
in den USA anrufe, frage ich dabei gleich meinen Vater: kann
ein Dentist generell einen Mann von einer Frau unterscheiden, nur nach den Zähnen? Nicht umsonst hat er dreißig
Jahre und drei neben der Bohrmaschine in der Poliklinik
der Brotfabrik abgestanden mit den Worten *Jetzt wird es ein*
kleines bißchen unangenehm auf dem vom Jahr zu Jahr
graueren und dichteren Schnurrbart. Aber ich fragte nicht –

ich vergaß es, wie man den Tod vergißt. Einesteils hatte ich
auch Schiß, aus der DDR-Gratis-Telefonzelle zu telefonieren, selbst nachts – wenn der Platz auf den ersten Blick auch
leer ist, wird er doch rund um die Uhr von diversen aufmerk-
samen Augen überwacht, das weiß ich sehr wohl. Und im
Juli und August, als ich bei meinen Eltern zu Besuch war,
sprach ich *wiederum* nicht mit meinem Vater darüber – es
war mir dann nicht danach in der strahlenden und spiralig
kreisenden schwarzspiegeligen Hitze, vor der man sich nur
ins *American Museum of Natural History* retten konnte,
zu den skelettierten, offen zugänglichen Dinosauriern und
den angemalten ausgestopften Indianern in den Glasvitrinen.
Ich wanderte lange durch die völkerkundlichen Säle, auf
der Suche auch nach den Juden. Nicht, daß ich sie zu etwas
gebraucht hätte, aber es gab sie einfach nicht. Alle anderen waren vorhanden, ausgeweidet, ausgetrocknet, angemalt,
versehen mit verschiedenfarbenen Glasaugen und Natur-
haar – sowohl die Urmenschen, die ihr Glied geschickt mit
der Axt verbargen, wie die Sumerer-Akkader mit den zu
Zöpfchen geflochtenen Bärtchen, wie die halbnackten Alt-
ägypter, die, wie die Pioniere in Reihe, aufs Abendrot und
die Pyramiden zu schreiten, wie auch der Deutsche in den
Krachledernen mit den bestickten Hosenträgern, der, die
Hände in die Seiten gestemmt, dem Heidelberger Riesen-
Faß zur Seite steht, wie auch der Tscheche mit dem Karel-
Gott-Gesicht, wie auch der Chinese im gelben Chalat mit
goldenen Drachen darauf, wie auch der Russe, der, am hohen
Wolga-Ufer, den Kopf so zurückgeworfen hat, daß die Pelzmütze zu den Bastschuhen gefallen ist, und selbstvergessen
in die Flasche mit dem Bildnis des Genossen Stalin und der
Aufschrift *spirit* (in altrussischer Kursiv) trötet. Doch die
Juden waren und waren nun mal nicht da. Ich regte mich
auf, Papa drängte, er sagte, in einer halben Stunde wird die
subway gefährlich. Ich war schon (im Geiste) dabei, an einer

Beschwerde zu feilen in dem mir halbbekannten amerikanischen Latein, um sie bei der unter der Klimaanlage im Stehen dösenden Aufsicht anzubringen, einem halbnackten rundbäuchigen und breitbrüstigen Schwarzen mit einem Ohrring im rechten Ohr (ein Afroamerikaner gehobener Korpulenz und nicht-traditioneller sexueller Orientierung – oder war auch er ein Exponat?), als ich fern an der letzten Stellwand – aber immerhin! – eine Aufschrift in kleinen kupfernen Kapitälchen bemerkte: JEWS, und darunter einen bläulichen Bildschirm mit der Weltkarte, deren Konturen unscharf waren und voll glimmender Funken saßen. Ich rührte an China mit dem Finger – der Strom zuckte leicht, und das Foto einer Synagoge sprang heraus, die einer Pagode glich; ich rührte an das obere Afrika – ein Alter in weißem Laken, der Haile Selassie glich; ich berührte das Erzgebirge an der deutsch-tschechischen Grenze, in der Tiefe des deutschen, gen Osten aufgerissenen Rachens – auf den Bildschirm schwamm (langsam von oben nach unten) ein flaches, volles Gesicht mit hinter der schiefen Brille gerundeten Brauen und schwarz-grauer, hart-kleinwelliger, zum Nacken zusammengezogener Frisur ... *Julik, bist du noch zu retten? Vergaffst dich im Spiegel wie ein Backfisch beim Garnisonsball aufm Klo? Wir verspäten uns – in sechzehn Minuten ist in den Harlemer Schulen die letzte Stunde aus!*

16. Der Krieg der Kinder und Greise (2)

Das kombinierte Orchester setzte sich auf die Stoffstühlchen, um den Kaffee aus den Thermosflaschen zu suckeln und sich die Tränen von der Stirn zu wischen (die Tschechen mit karierten Stoff-, die Deutschen mit Zellstoff-Taschentüchern). Die Mädels – weiße, rosa und schwarze Reiher in blutroten und weißen Schürzen – wechselten auf den Befehl *Rührt euch!* das Standbein, ließen den Rücken sich etwas buckeln und stützten von beiden Seiten ihre Titten, sie mit den Daumen zur Mitte stupsend. Die rastlosen beiden Alten, die Schofets, repetieren wieder und wieder die offiziellen Grußworte, obwohl sie selbst auch nicht hören, was sie sagen – jetzt, sehe ich, ist der Židovsko-Úžlabinaer Werner an der Reihe: das tabakfarbene Schnurrbartbürstchen, die runzligen Apfel-Backen-Knochen, die innigen klaren Augen über der grausteinigen weißgepünktelten – einem stehenden Sarkophag ähnlichen – Kanzel, welche seit Weihnachten 1944 zum erstenmal wieder aus der Pelhřimova (d.i. Pilgrim-)katedrála herausgetragen wurde. An ihrer Stirnseite trägt die Kanzel das Flachrelief-Porträt des Erzbischofs Adalvin von Salzburg: ein schmalgesichtiges Greislein, bartlos, schnurrbartlos und nasenlos, in kostbarem, trichterförmig aufsteigenden Hut ohne Schirm und Rand, wie bei Nofretete – eben jener Adalvin, der den Aufklärer von Chasarien, Pannonien und Mähren, St. Methodios, den Onkel des kyrillischen Alphabets, einbuchten ließ, mit der Anklageformel »wegen subversiver Absichten und Handlungen gegen das künftige (in 92 Jahren) Heilige Römische Reich Deutscher Nation und gegen das Latein, seine allerheiligste Sprache«: *Gott kann nur drei Sprachen: Hebräisch, Griechisch und Latein; momentan bringt er sich Deutsch bei.*

»Eure Kaiserliche Majestät, lieber Mister Caesar! Sehr verehrte Herren Präsidenten, Könige, Ministerpräsidenten und
Kanzler! Ladys und Gentlemen! Brüder und Schwestern!
Für alle anderen mag die Sonne im Osten aufgehen. Für
uns Mitteleuropäer und insbesondere uns Tschechen geht
die Sonne im Westen auf...« – der Text der Begrüßungsrede
von Pan Jindřich Werner, den die Stadtversammlung einstimmig bestätigt hat (nur eine Stimmenthaltung: die Janošik
Horvats – des Abgeordneten der Zigeuner – der vierzig Verwandten dritten Grades, siebzehn Verwandten zweiten Grades und acht leiblichen Brüder, ungerechnet die Schwestern,
jene schwarzen, ubiquitär beringten Reiher, er enthält seine
Stimme auf alle Fälle stets – die Interessen der Zigeuner sind
widersprüchlich), wurde in »Noviny« veröffentlicht und an
alle die bronzenen Abflußröhren und gußeisernen Laternen
in Židovská Úžlabina geklebt. Schon vor nicht weniger als
einem Monat. Ich habe gelacht, wie die Stummen lachen –
mit unbeweglich geöffnetem Mund, mit dem Gluckern und
Krächzen aus der Tiefe der geblähten Kehle. Irmgard kam,
im Parkett Kerben hinterlassend, vom Wasserklosett der Ar-
chivare ganz erschrocken hereingerannt: »Schätzchen, was
hast du? Einen Lachkrampf, ja? Soll ich dir Wasser holen?«
Mařenka, die mir den *speech* Jindřichs ins Englische übersetzte, schmiegte die braune Wange in ihre wie von eingezeichneten Flüssen hell und etwas blau linierte Handhöhlung und hielt gleichmütig inne. »Schätzchen, das kommt
wohl von der Untervögelung, was? Wärst du mal damals
mit mir gefahren nach Mallorca ... Ist gut, ist gut, ich sag ja
nichts. Ihr seid langweilig, Mädels, wenn ihr auch wiehert
wie die grauen Wallache. Na, zum Teufel mit euch, ich geh
mir lieber das Mäuschen fertig rasieren.«

Und wo bleibt Julien Goldstein bloß, der sollte längst doch
wohl zu Hause sein: sich aushülsen, das künstliche Glied

von den Lenden schnallen, mit den Kanten der beiden
Hände den querstreifig bläulichen, kahlrasierten ermüdeten
Venusberg reiben, mit dem Zeigefinger in die schmalen Wangen und die Stirn Schmand streichen? Ich ging noch einmal
mit dem Feldstecher den Turm gegenüber durch. Ach, das
bedeutet nichts Gutes, daß er sich nicht mehr blicken läßt,
ich habe ein ungutes Gefühl, Oma Katja selig hätte gesagt:
schwummrig.

In seinem berühmten Tagebuch, aus dem Deutschen übersetzt und kommentiert von Julien Goldstein – beste Zensur in *creative writing* (im Harvard-Kurs der Pulitzerpreisträgerin Esperanza Kavallerist), Magister und Bakkalaureat
in *Modern Jewish history* (Kurs von Prof. Benjamin Jihad),
Jahresgrant aus dem von der Witwe Goddes gestifteten
Fonds zur Förderung jüdischer Forschungen, hundertneunundsechzigtausend verkaufte Hardcover –, beschreibt Jakob-Israel Kaganski, der Schutzmann des Judenschluchter
Gettos, die Ankunft des Führers der deutschen Nation und
Kanzlers des Großdeutschen Reichs Adolf Hitler in Judenschlucht an Heiligabend 1938 – auf dem Weg nach Karlsbad,
zur Hauptstadt des befreiten Sudetenlandes. Das Getto als
solches gab es damals noch nicht, offiziell wurde es erst im
November 1944 gegründet, nach der endgültigen Entscheidung des Reichssippenamts beim Reichsinnenministerium
über die ethnische Zugehörigkeit der Judenschluchter Chasaren. Professor Dr. Jakob Kaganski, als Veteran des (damals
noch nichtnumerierten) Weltkriegs und Träger des Ritter-
kreuzes 2. Klasse (»für Ypres«) nicht in den Osten abtrans-
portiert, wurde von Berlin in seinen Geburtsort verbannt
und später (auf Verordnung des Gauleiters vom 14. 12. 1944)
zum Leiter der jüdischen Selbstverwaltung bestimmt und
nebenamtlich zum Judenschutzmann mit dem Recht, eine
Waffe zu tragen innerhalb des Viertels, das von Rathausplatz,

Sudetengasse (die Straßenseite mit ungeraden Hausnummern), Verzinnerstraße (die Straßenseite mit geraden Hausnummern) und – von hinten – dem Judenschluchter Berghang begrenzt war. Aber das war dann erst, sechs Jahre später – jetzt, im Dezember 1938, steht er, sich hinter der Portiere verbergend, am italienischen Fenster in seiner ehem. elterlichen Wohnung (der Erlaß zur Enteignung der der Arisierung unterliegenden Liegenschaften ist bereits zugestellt, zusammen mit dem neuen Personalausweis, in welchem zu Jakob noch Israel hinzugefügt ist, das jüdische Wohnheim im Turm ist dank der Bemühungen des künftigen Hausmeisters, Josef Tons, schon zum Einzug vorbereitet) – in der Beletage über dem Laden »Franz Werner und Wilhelm Vondratschek – Französischer Käse und Spezialitäten vom Schwein aus eigener Aufzucht«, die ehem. »Kaganski Gastronomie und Kolonialwaren«, in welcher jetzt Irmgard mit ihrem Großvater wohnt: *Unsere kleine Stadt hat ein Festtagskleid angelegt und sich verjüngt. In die Kastanie sind weihnachtlich Blumengirlanden und Lampions gehängt, überall freudig erregte Gesichter, das Orchester der freiwilligen Feuerwehr probt auf dem Platz, umringt von lachenden Frauen und Kindern, die »Ode an die Freude« und »Die Wacht am Rhein«. Und im Herzen erblüht schon schüchtern die Hoffnung. Politische Weisheit und beiderseitige Kompromißbereitschaft haben letztlich den Sieg davongetragen. Am 29. September hat die zivilisierte Menschheit in München schließlich doch anerkannt, daß ihr den tschechoslowakischen Staat in seiner Politik der Diskriminierung und Unterdrückung des deutschen Volkes in den Sudeten nicht mehr einseitig zu unterstützen möglich ist. Der Friedensprozeß wird schwierig und schmerzlich sein, da ihn die Extremisten zweifellos torpedieren werden, aber den Friedensprozeß kann nun niemand mehr aufhalten!*

*BEI UNS LIEGT DER KAMPF FÜR DEN FRIEDEN
IM BLUT!* – die von Timofej Michalytsch Sajaitschko eigenhändig (mittels einer Schablone auf rotem Kattun) an-
gefertigte Losung hing in unserer Aula, in der Ecke der
Solidarität mit den kämpfenden Völkern Asiens, Afrikas
und Lateinamerikas.

In Großvater Kaganskis in Cincinnati aufgefundener Hand-
schrift lag, wie Julien Goldstein beschreibt, unter anderen
Ausschnitten und getrockneten Kastanienblättern ein Teil
einer Seite, allem Anschein nach aus einem Grundschullehr-
buch, aber ohne Daten (Seite *App. II-viii, Faksimile*, darunter die englische Übersetzung des Herausgebers):

Hitler ist im Flugzeug

*Über der Stadt brummt ein großer Flieger. Drei Pro-
peller hat er. Das ist das Flugzeug, in dem Hitler sitzt.
Alle Menschen, alle Kinder in ganz Deutschland wollen ihn sehen und hören. Im Flugzeug ist er schnell
überall.*
*Auf dem Flugplatz wartet die Polizei, da warten die
SA und die SS und viele, viele Menschen. Alle wollen
sehen, wie Hitler im Flugzeug ankommt.*
*Da – wie ein großer Vogel fliegt das Flugzeug am
blauen Himmel. Er wird immer größer und größer, er
brummt immer lauter und lauter. Jetzt ist er schon
nahe an der Erde. Da rollt er auf den Platz. Die SA-
Männer und die Polizei stehen stramm. Der Führer
kommt. Er geht ganz langsam an den SA-Leuten vorbei und sieht jeden ernst an. Dann hebt er die Hand
zum Gruß.*

Weiter zitierte Jakob Kaganski (billigend) den britischen Premierminister Lord Neville Chamberlain (*die Friedensgarantie für unsere Zeit*), erörterte das Verbrecherische und Amoralische der Gründung der Tschechoslowakei gemäß der Entscheidung der Siegermächte des Weltkriegs und ihr unvermeidliches Verschwinden von der Weltkarte, weil die tschechischen Nationalisten und Panslawisten unter dem Mantel demokratischer und rechtsstaatlicher Strukturen schon zwanzig Jahre lang die Deutschen des Sudetenlandes, Böhmens und Mährens berauben und verdrängen, aber auch andere Minderheiten wie die Slowaken, Ungarn, Juden und Zigeuner; er ließ sich aus über Goethes »Faust« und Dostojewskis »Schuld und Sühne« als Urbilder der Opposition des römisch-germanischen Europa gegen den byzantinisch-mongolischen Osten (*der faustische Mensch gegen die Horde der Raskolnikows*). Für mich nichts speziell Interessantes. Nur auf Seite 13 – die erste Erwähnung der Judenschluchter Chasaren (Kaganski nennt sie mal *Magyaren*, mal *Judenzigeuner*, mal einfach *Verzinner*): *Der alte Levinski, ein magyarischer Rabbiner, in ihrem Idiom (einer wunderlichen Mischung aus Deutsch, Tschechisch, Althebräisch und noch einem Dutzend mir unbekannter Sprachen und Dialekte) »Gallach« genannt, soll neulich beim Freiherrn von Judenschlucht, dem Vorsitzenden der Orts-Abteilung der Sudetendeutschen Befreiungsorganisation, erschienen sein mit der Bitte, den männlichen Verzinnern (die wie immer auf Erwerbssuche gezogen sind, und wie immer ohne alle Papiere, und wenn sie im Frühjahr zurückkehren, werden sie auf die unerwartete neue Grenze stoßen) bei ihrer Rückkehr zu helfen. Der Freiherr – in seinem unverbrüchlichen (mir unverständlichen) Wohlwollen für diesen das zivilisierte Judentum in Verruf bringenden rohen, rückständigen, an seinen menschenfeindlichen Ritualen festhaltenden Stamm, der der europäischen Kultur nicht teilhaftig werden*

will (sicherlich sieht sich der Freiherr bis auf den heutigen
Tag in einem gewissen Grade als ihren Lehnsherrn an) –
versprach zu helfen, unter der Bedingung, daß sich am Tag
des Führerbesuchs von den in Judenschlucht gebliebenen
Frauen, Alten und Kindern der Verzinner niemand draußen
zeigt. Aber die freiherrliche Bedingung zu befolgen, war
nicht einfach. Auf Seite 39 wird beschrieben, wie auf dem
Höhepunkt des Vorbeimarschs (die Freiwillige Feuerwehr,
Rentner in Segeltuchlatzhosen und glänzenden Helmen mit
altrömischem Kamm, hatte die Kastanie schon passiert, nach
ihr kam die nacktbeinige Hitlerjugend in dezemberlicher
Gänsehaut) ein Junge, Davidek, in zottiger weißer Hose
und mit Glasperlen bestickter Lodenweste, dem auf dem
Klappstuhl unter der gleichnamigen Kastanie sitzenden
Hitler mit einem Pfeil in der Kehle vor die Stiefel fiel – ob
vom Wipfel der Kastanie oder irgendeinem Dach, hat niemand genau gesehen. Die überlangen hellroten Schläfenlok-
ken wanden sich um Davideks Gesicht und den kahlrasierten Kopf. Das Orchester kam aus dem Takt, die Hitlerjugend
aus dem Schritt. Die Leibwache schwärmte mit blankgezo-
genen Pistolen über den Platz aus. Hitler saß unbeweglich,
den Rücken krümmend, die zuckenden Hände auf den zu-
sammengerückten Knien. Der Freiherr von Judenschlucht
beugte sich von hinten zu ihm nieder und sagte etwas –
Hitler nickte.

Von der tschechischen Seite fährt ein »Mercedes-Benz G 3 a«
auf den Platz, ein Kommandeurskabriolett von 1933, ganz
in Beige und mit goldenen Griffen, wie eine Wanne in einem
amerikanischen Hotel. Aus ihm ragt mit stolz geschwellter
Brust Karel Gott, wendet den kurzen Hals in seinem roten
kragenlosen Hemd und öffnet den leuchtenden Mund. Er ist
im Festtagsprogramm als die Eröffnungsnummer vorgesehn
(*Die Prager Nachtigall K. Gott. Das Lied, nach einer Me-*

lodie aus dem Film »Doktor Schiwago«, wird auf englisch, deutsch und tschechisch gesungen) und ist nun von dem sich erhebenden Orchester, dem aufgeregten Wellengang des Jungfernfleischs und dem erleichterten Hutschwenken der Schofets empfangen worden. Eins der Helikopter-Zielfernrohre ist zum Platz gedreht worden, hat Karel Gott mit einem kurzen Bogen begleitet und ist dann zu mir zurückgekehrt. Mit der vom Feldstecher freien Hand habe ich ihm einen Zweifingerkuß zugeworfen.

Den Pfeilschützen fand man nicht. Im letzten Turmstock lag am Boden unter dem Fenster eine Armbrust auf dem Boden, sie war bei dem Schuß zerbrochen. Josef Ton, Turmhausmeister in spe, wurde ins Polizeipräsidium zum Verhör vorgeladen, doch die gesamte Freiwillige Feuerwehr und die gesamte Hitlerjugend bezeugten, daß er sich in dem den Reichskanzler empfangenden Publikum aufhielt (man kam nicht umhin, ihn zu bemerken, Josef Tons Kopf überragt samt Kinn die Hüte und Mützen jedweder Menge, wenn es nicht gerade eine Versammlung von NBA-Spielern ist), und der Freiherr Doktor von Judenschlucht bestätigte darüber hinaus seinen allbekannten Schwachsinn, nicht zu reden von seiner Taubstummheit. Der Führer und Kanzler fuhr leicht verärgert fort, verlieh aber Judenschlucht den Titel »Stadt der deutschen Wiedervereinigung«, er kam erst wieder im Dezember 1944, zur Demonstration eines Projektes der Sondergruppe SS »Bumerang« im kleinen Kreis (Joschka Goebbels, Hermann Göring, Heinrich Himmler, der Jerusalemer Großmufti Muhammed Amin al-Hussejn und noch ein zurückhaltender Sturmbannführer, der dem jungen Grafen Bolkonski ähnelte). Bei diesem Anlaß bekam Judenschlucht einen neuen Titel: »Stadt der deutschen Hoffnung«. An dem Bumerang-Bunker, in dem die geheimnisvolle Vorführung stattfand, hatte Jakob-Israel Kaganski mit seinen eigenen Händen mitgebaut, mit den weißen Händen eines ehem. Professors für höhere Mathematik, organische Chemie und römisch-germanisches Recht. Zuerst war das ein einfacher Luftschutzraum für die arische Bevölkerung, später, nach der Befreiung Prags von den tschechischen Eroberern, wurde Judenschlucht die *Erste Luftschutzkategorie* zuerkannt, und man begann sich ernsthaft mit dem Bunker zu beschäftigen: besonders fester Stahlbeton, finnische Maurer, die an den Befestigungen der Mannerheim-Linie gebaut hatten, ein französischer Spezialist für Statik, ein Greis mit weißem Panamahut, der bei der Projektierung des Eiffelturms geholfen hatte. Von Zeit zu Zeit (schichtweise) kam noch ein Moskauer Metro-Erbauer in einer *Jungsturmjacke*, ein Experte für den Vortrieb (unter der Erde waren doppelt soviel Etagen wie auf ihr), der unterirdische Adler Kaganowitschs, des eisernen Verkehrsministers. Zum Sommer 41 war der Bunker völlig fertig: Aus Berlin rollten in drei »Horchs« die gelehrten Herren mit Leibwache an; aus Theresienstadt brachte man in einem eisernen Geldtransportwagen zwei alte Rabbiner, anderthalb Tonnen Bücher und einen gepanzerten Tresor.

Der Anhang 6 zum Tagebuch des cincinnatischen Großvaters (S. *VI-xxiv* bis S. *App. VI-xxxiii*) bringt einen Briefwechsel der amerikanischen Regierung mit der sowjetischen (seine Geheimhaltung ist eigentlich bis heute nicht aufgehoben, aber dank der Liebenswürdigkeit des State Department der USA, *dem hier tiefe Dankbarkeit bekundet wird*, wurde er dem Herausgeber zur Verfügung gestellt) über den Tausch eines Teils der Stadt Judenschlucht, der sich in der sowjetischen Besatzungszone befand, gegen ein bestimmtes Gebirgsgebiet mit bestimmten Schächten (darunter auch Bergwerk Nummer drei Strich vierzehn, nachmalig der der ČSSR geschenkte Klement-Gottwald-Schacht). Der

Tausch erfolgte im Spätherbst 1945, ob die Amerikaner jenen Turm bekamen oder nicht jenen, wird im Buch nicht mitgeteilt und ist unbekannt.

17. Ein Teil von jener Kraft, die stets das Gute will und stets das Gute schafft

Ein Jahr etwa ist das her nun – ich war kaum angekommen, kaum hinaufgestiegen im Turm, wobei ich mir auf den Rocksaum trat und das Herz mir im Halse pochte (dreihundertneunzig Stufen immerhin!), und hatte mich kaum auf die Liege unter dem Stehlampen-Galgen geworfen, da kamen auch schon – mir nichts, dir nichts, staubig, aber nicht schnaufend – die Zwillingsbrüder des abessinischen Negus, die Klapsbrüder Halbrabinowitsch und Korolstein: sich mit der begabten Landsmännin bekanntzumachen und sie (d. h. mich) als Ehrengast zur feierlichen Aufnahme ins Judentum einzuladen, *die am 13. Januar 1993 erfolgen wird und statthat im Festsaal des Judenschluchter Schlosses, unter Teilname von Amtsträgern* (gemeint waren die Bürgermeister-Schofets), *Vertretern befreundeter Religionen* (der Dekan der Pelhřimova katedrála, Vater Adalvin Kočka, im hiesigen deutschen Idiom »*Gallach Katz*«) *und aller unserer guten Nachbarn* (mit letzteren war, wie sich zeigte, die Freifrau Amalia von Judenschlucht-Dorofejeff gemeint, bei welcher das Judenschluchter Sozialamt eine Hälfte des Schlosses für das Wohnheim der Kandidaten und Juden gemietet hat, und deren Pfleger Amme Ali, ein schnurrbärtiger – Pakistaner vielleicht oder so jemand, mit dreigeschössigem blauen Turban und im bis zum Kinn geknöpften weißen Gehrock, immer hinter dem freifraulichen Rollstuhl, er schiebt ihn und wendet, schiebt und wendet). »Ein anderer Ehrengast ist, damit Sie sich nicht langweilen, Julchen, wir dürfen Sie doch so nennen, könnten ja Ihre Väter sein? – der namhafte amerikanische Wissenschaftler und Schriftsteller Mister Julien Goldstein.«

Für den Paradezweck wurde die Paradetreppe des Judenschluchter Schlosses geöffnet, auf den Stufen standen und
rauchten die von der Berliner Verteilerstelle zugeteilten Ju-
denkandidaten in ihrer an Flittern und Lettern reichen post-
sowjetischen Kleidung. Die ordentlichen Juden, die Veteranen des Jahres einundneunzig – Halbrabinowitsch und
Korolstein in ihren Auftrittszweiteilern und mit Gummi-
bandfliegen; Innokentij Wikentjewitsch Habtschik, der dermaßen kultiviert ist, daß er nicht nur *kofe* (Kaffee), sondern
auch *kakao* (mit seinem echt-russischen Neutrums-o!) mas-
kulin dekliniert; der alte Golozwan mit seiner Alten; der
Georgier Kasanava; Mark Israilewitsch Polowtschinker, der
unter dem Künstlernamen Marco Polo für die Zeitung »Russische Horen« Schmonzetten über den Karneval in Venedig
und die Handelspolitik in China verfaßt; das Ehepaar Jakow
Markowitsch Permanent und Lilja und noch einige mehr –
standen mit europäischen Gesichtern oben auf der Frei-
treppe und sprachen über etwas Ihriges, Europäisches. Von
oben kam die Treppe herunter ein rosig (um die Augen und
an den Handgelenken nahezu kohlschwarz) gebräuntes
Mädchen in einem Kettenhemd aus grauer Wolle vom Kinn
bis zu Knien und streckte mir aus den langen Ärmeln die
Hände entgegen. Die schmalknochige reine Trockenheit
ihrer Jochbeine und Handgelenke, der Glanz ihrer an der
Nasenwurzel zusammengewachsenen kurzen Brauen, der
matte Schimmer ihrer Augen waren sehr anmutig. Hinter
dem Mädchen ein Riese hoch und breit, mit unbewegt-
lächelndem-runden Gesicht, mit wie verraucht vergilbtem
Haar in lässigem Topfschnitt. Das Mädchen reichte ihm bis
zur Latzbrusttasche, ich – mit meinen 182 cm – knapp bis
zur Schulter. Ich wies auf mein rechtes Ohr und stieß den
Daumen in die Luft, dann auf meinen Mund, zog die Schultern hoch und schlug die Arme auseinander. »Sie ist wohl
stumm, aber nicht taub« – kam es hinter mir geschmettert.

»Herzchen, du bist stumm, aber nicht taub, hab ich's geschnallt?« So habe ich Irmgard und Mařenka kennengelernt, die Freundinnen meines weiblichen Jahres.

»Sie ist erst vor kurzem stumm geworden«, dolmetschte Irmgard die Blättchen, die ich aus dem Notizbuch mit dem goldenen Schiffchen vom Admiralitätsgebäude riß. »Wegen einer persönlichen Erschütterung, und sie beherrscht die Taubstummensprache nicht … Ach, Herzchen, man hat dich vergewaltigt, kann das sein? Mich hat man auch beinah mit Gewalt, in Jaroslawl, fünfundachtzig, bei uns im Wohnheim, drei Schwarze aus der Demokratischen Republik Guinea-Bissau und von den Kapverdischen Inseln, mit so-o-nen Dingern! Ich bin da auch beinah stumm geworden. Hab mich gerade noch gerettet, aber knapp! … Wie? Ich habe mich ihnen selbst gegeben, freiwillig, Komsomolzin! Da hat keiner von denen seine Aubergine noch hochgekriegt, echt!« Ihre üppigen rötlichen Schultern schüttelten sich in den halbdurchsichtigen Rüschen, die dicken hellen Strähnen wirbelten am Kopf wie lustige Schlangen. Mařenka schaute mal mich teilnehmend, mal Irmgard aufmerksam an, mal wandte sie sich an ihren Vater und bewegte die Finger vor ihm. Josef Tons Augen deckten sich von Zeit zu Zeit mit den weichen wimpernlosen Lidern zu.

Die Mittagsglocke läutete – die Prunksaaltür ging auf. Julien Goldstein war schon dort, in afro-amerikanischer Festtagstracht: die Baseballmütze, den Schirm im Nacken, das siebenfarbige (in *acid*-Tönungen) Hemd über der Hose, die geblähte Schmirgelhose mit Taschen überall und die Turnschuhe auf Luftkissen, mit unglaublichen Ohren. Mařenka, das heiße Tätzchen unter meinem Ellenbogen, führte mich zu ihm. Ich reichte ihm die Hand zum Druck, er mir die seine zum Kuß.

Dies alles war bald, nachdem die Babylonier, abgewirtschaftet in einem aufreibenden Krieg gegen die Perser, in der Hoffnung auf reiche Beute ein Küstenfürstentum am Arabischen Meer erobert hatten. Die übrigen arabischen Großfürsten und Kleinfürsten erbebten und barmten die Gewaltigen des Westens um Beistand an, bei den Syrern und Ägyptern (aber eher, um sich dort loszukaufen) mieteten sie kleine Söldnerscharen. Die Gewaltigen des Westens ächzten eine Weile und schickten dann ihre Legionen. Die veralteten babylonischen Streitwagen und fliegenden Kamele hielten den Vergleich mit den Streitwagen und Kamelen des Gegners nicht aus, die barfüßigen Bauern, mit Knüppeln zum mesopotamischen Heer zusammengetrieben, liefen bei der ersten Bewegung der satten und gedrillten schwarzweißen Söldner jeder, wohin er konnte. Umgehend wüteten *seuch, erdbiben und hungersznoth* bei ihnen im Babylonischen Reich, und die Nord- und Süd-Provinzen, angestiftet von den intriganten Persern und den Süßholz raspelnden Legaten Caesars, verfielen darauf, abzufallen und entfesselten Wirren. Alles lief ab wie immer. Die erste Heerfahrt der Epoche des ewigen Friedens neigte sich ihrem siegreichen Ende zu. Ich, noch als ein Mann mit einem durchsichtigen chasarischen Schnurrbart, der in der Mitte der Oberlippe eine Blöße ließ (wie bei dem litauischen Karäer Charles Bronson), mit langsamem Cowboy-Gang (John Wayne?) und schiefsitzender Brille auf dem weichen flachen Gesicht, zog damals umher im Großen Imperium des Westens, über Kleinstadt und Steinland in den Provinzen des Glücklichen (oder Nahen) Deutschlands – deklamierte die eigenen Oden prächtigen Klanges und melodischen Elegien vor gerührten alten Damen und Veteranen der russischen Kampagne in Rollstühlen (hinter den Rückenlehnen stand, zugeknöpft lächelnd, jeweils ein schnurrbärtiger Pakistaner oder so jemand in straff-blauem Turban und weißem Gehrock, zugeknöpft bis zum Kinn).

Nach dem Applaus schoben die alten Damen den Zeigefinger in die Luft und fragten, ehrlich überzeugt, daß ich dies ebenso wünsche wie sie, ob Skythoparthien, meine Heimat zweiten Grades, das in der Geschichte einzige Imperium, das sich aus Versehen selbst aufgelöst hat, bald – spurlos und endgültig – von der Weltkarte verschwindet (die Veteranen schwiegen und runzelten glücklich die Stirnen, an die Gefangenschaft denkend). Mit einer linkischen Bewegung warf ich die Büste der rundwangigen Pallas um, antwortete *niemals* und räumte das nicht schwere Häufchen Denare ins Jeanshosensäckle, übernachtete eine Nacht in dem von blauem und rotem Straßenlicht durchwanderten Hotel, sattelte mein chasarisches Pferdchen und ritt weiter. Eine ungünstige Zeit hatte ich mir ausgesucht, um Europa abzukämmen: jeder Bewohner, der über Selbstachtung verfügte und nicht an einen Sessel gefesselt war, ging nicht ins Literaturcafé und nicht in die Bezirksbücherei, meine Rezitationen hören, sondern zuckelte unter wogenden Spruchbändern und Fahnen zum Hauptplatz seiner Siedlung. Nachdem sie acht Stunden zuzüglich der Mittagspause dort abgestanden hatten, zerstreuten sich die Mengen und hinterließen Hunderte Kaugummipapierchen, Pappbecher und bunte Blättchen mit Sprüchen wie »Caesar ist ein Mörder!«, »Kein Blut für Moschus und Ambra!« und »Lang lebe die Bewegung zur Befreiung der Philister unter Führung des Genossen Goliath!«. Aus den Seitengassen kamen Müllwagen mit vorgestreckten Unterkiefern gefahren, in denen sich etwas drehte, auf ihren Trittbrettern standen in fluoreszierenden roten Westen schnurrbärtige Pakistaner oder so jemand und so jemand.

Im Jahrbuch des Instituts für Mitteleuropa-und-Afrikastudien von 1992, das halbaufgeschnitten in Goldsteins Studio auf dem Nachttisch neben der Liege herumliegt, habe ich den mit den Initialen J. G. unterschriebenen Artikel »Lehren des Babylonischen Feldzugs unter dem Aspekt der Steigerung der inneren Lenkbarkeit der Übersee-Provinzen und -Protektorate« durchgesehen. *Die Reaktion der westeuropäischen Gebildeten- und Halbgebildeten-Schicht (West-European intellectuals) auf die Darstellung der Ereignisse am Persischen Golf in den örtlichen Massenmedien macht es erforderlich, daß die neue Dynastie bei der Vorbereitung weiterer militärischer Kampagnen die Besonderheiten der nicht-angelsächsischen Protektorate in Betracht zieht. Die propagandistische Gestaltung der militärischen Aktionen darf nicht nach dem amerikanischen Modell vorgenommen werden, sondern muß den geschichtlichen interkulturellen und interkonfessionellen Beziehungen sowie den Beziehungen zwischen den Stämmen in diesem Teil des Imperiums entsprechen. Im kollektiven Bewußtsein der Amerikaner ist der Schuldige schlechthin der, der die amerikanischen Interessen bedroht. Alle europäischen Stämme verfügen über ihr jeweils eigenes Sortiment »böser Völker«, wer ihr Feind ist, ist nicht völlig beliebig bestimmbar, sondern von einer »summarischen Liste« bedingt, die sich aus dem Übereinanderlegen der einzelnen Listen »böser Völker« ergibt, z. B. Serben, Russen, Juden. Die Westeuropäer besitzen ein sehr langes historisches Gedächtnis, das sie aufgrund des Selbsterhaltungstriebs sorgfältig verbergen, auch vor sich selbst. Bei oberflächlichem Kontakt kann leicht der Eindruck entstehen, die gesamte Geschichte vor 1945 oder im äußersten Fall, vor 1939, existiere in ihrem kollektiven Unterbewußtsein als eine Art diffuser Wolke, aber so verhält es sich natürlich nicht.* Der (die) Verfasser/in J. G. empfahl weiter, in der Phase der Vorbereitung dafür zu sorgen, daß die *meinungsbildende Schicht* (nicht aber die Oberschicht der örtlichen Selbstverwaltung, *das könnte zu gefährlichen Illusionen in der politischen Klasse der Protektorate führen*) zu der Über-

zeugung kommt, die militärische Initiative gehe nicht von
Caesar und Senat aus, sondern von ihnen, den Europäern,
und habe ausschließlich moralische Gründe (sei *ein Teil
von jener Kraft, die stets das Gute will und stets das Gute
schafft* – wurde ein nicht ganz dichter Dichter von irgendwo
her passend zitiert) und könne nur mit großer Mühe dem
Widerstand der amerikanischen Regierung, der gleichgülti-
gen und egoistischen, abgerungen werden. *Selbstverständlich werden wir nicht alle Völker und Länder, die in dem
Kraftvakuum nach dem unerwarteten und von den Experten nicht vorausgesagten Zerfall der Skythoparthischen
Union ins Wanken geraten sind, in unser Imperium holen
können,* schloß J. G., *denn die historisch-kulturellen Idio-
synkrasien der Hauptgruppe der romanischen und germa-
nischen Stämme gegen die Stämme der ehemaligen byzan-
tinischen Einflußsphäre sind zu stark, wir werden jedoch
die Befestigungslinie (Limes Romanus) nach Osten und Süden vorzurücken haben, und zwar aus demselben Grund.
Über die natürlichen Grenzen und die optimale administrativ-territoriale Gliederung Mittel-, Ost- und Südeuropas
s. unseren Artikel »Pläne für die administrativ-territoriale
Gliederung und den Staatsaufbau Europas im Rahmen
des Tausendjährigen Reiches (nach Archivmaterialien der
Reichskanzlei aus dem Bestand des State Department und
des militärischen Geheimdienstes) in der nächsten Ausgabe
des Jahrbuches.* Aber die nächste Ausgabe war nirgends zu
finden, nicht im Bücherschrank, nicht auf dem Putztisch,
nicht unter dem Bett und in dem Koffer mit den Ersatzteilen
für die Hartgummimerkmale der Männlichkeit auch nicht.

… Bei der feierlichen Aufnahme ins Judentum saß ich in der
ersten, der Ehrenreihe (auf Eiche, Gold und himbeerrotem
Samt), rechts von mir war Julien Goldstein plaziert, der
mit den ins Unendliche ausgestreckten Turnschuhen wippte,

links, im Gang, die angenehm erregte Freifrau Amalia von Judenschlucht-Dorofejeff. Hinter den Spitzbogenfenstern leuchtete die Januarsonne. Standarten der Habsburger, Hohenzollern und Judenschluchter hingen von den Deckenbalken herab, schraffiert von Spinnwebfäden. Wellige Gobelins stellten irgendwelche dunklen Schlachten dar. Unter ein Bauchbild – sei es Bismarcks, sei es Kohls – sind zwei bejahrte Sängerinnen getrippelt, verdiente Künstlerinnen Kabardino-Balkariens, Madame Halbrabinowitsch und Madame Korolstein, die tief dekolletierten Enten ähnelten. »Auf freiem Felde freut sich und jubelt das Volk«, sagte Herr Halbrabinowitsch ins Mikrofon. »Oder übersetzt in die Sprache der heimischen Vettern, Wespen und Espen: A hitz in der lok« – fiel Herr Korolstein ein. Die Freifrau von Judenschlucht-Dorofejeff quiekte und rollte mit übernatürlichen Kräften vor und zurück im Gang. »Diese Itzigs-Witzigs«, sagte leise und traurig ein Mann in den hinteren, den Kandidaten-Reihen und legte den Unterarm mit dem lila tätowierten Schneestern (die *Hagal-Rune* – ein Symbol für Glaube und Treue) auf das Bugholz des Wiener Stuhls vor ihm. Aus dem Schneestern sprossen graue spärliche Daunen. »Nirgends findet man seine Ruhe! Kaum ist man ihnen aus dem Sowjet davon, rücken sie einem verdammt auch hier auf den Leib.«

Aus dem »Hamsterparadies« kommt Ali heraus mit etwas in eine orientalische, wie handschriftlich gemachte Zeitung Gewickeltem, der Größe nach könnte es eine solche Zigeunermaus sein, zum Quirlen der Tittenmasse. Hat die Freifrau etwa den Verstand verloren? Julien Goldstein wird sie sowieso nicht lieben, das kann sie vergessen. Julien Goldstein liebt nur Männer, denn wenn nicht Männer, dann wen sonst? Und zweitens ja auch, als ich mal nach Karlovy Vary gefahren bin, um nach noch einem Rock zu suchen und in einer

anderen, unbedeutenden Angelegenheit, habe ich ihn dort
von weitem gesehen, in dem Erotikzentrum »Svoboda« (Gesellschaft mit beschränkter Haftung »Liberty live Ltd«, Inhaber Adolf & Eva Svoboda, München – Karlsbad): unter
einer Palme im Rosa Zimmer, auf dem Schoß eines deutschen
Rentners, der John Edgar Hoover mit Zigarre und im Büstenhalter glich. »Berühmte Person«, flüsterte mir – ich hatte
eine Papirossa »Belomor« springen lassen von den aus dem
ehem. Leningrad mitgebrachten – der Bursche, der Kon-
dome verkloppte, ins Ohr, ein Deserteur aus der Armee mit
dem bei seinem semmelblonden Haar überraschenden Namen Joshua. »Auf Gastrolle aus Amerika. Spezialität: Zwin-
kerer. Kitzelt das Glied mit den Wimpern, bis man abspritzt.
Aber arbeitet selten, der Irrgläubige, höchstens einmal die
Woche. Und entblößt sich nie. Die deutschen Mümmelgreise
melden sich bei ihm ein halbes Jahr im voraus an.«

… Als »Auf freiem Felde freut sich und jubelt das Volk«
gesungen wurde und dann die beiden Schofets ihre be-
schwingten Reden in mir unbekannten Sprachen hielten,
kroch den Gang herauf zum Präsidium, um Ali und die
Freifrau herum, die Schlange der Kandidaten. Korolstein
und Halbrabinowitsch sprachen Glückwünsche aus, Vondratschek drückte das Stadtsiegel auf, Werner händigte die
Urkunde aus. »Vorname, Name? Haben Sie jüdische Bräuche und Sitten gepflegt? Glückwunsch. Vorname, Name?
Haben Sie jüdische Bräuche und Sitten gepflegt? Glückwunsch. Vorname, Name? Haben Sie jüdische Bräuche und
Sitten gepflegt? Glückwunsch.«

In der Schlange las man gesittet (dicke Bücher aus allen Wis-
sensgebieten von den Monaden bis zu den Trichomonaden,
sowie die ukrainischen Bunten »Playmädel« und »Play-
knabe«) und unterhielt sich gesetzt (»Und Sie selber kom-

men woher?« – »Aus Rußland.« – »Aber nein doch, Rußland war das mal, zur Sowjetzeit. Und heute gilt was als Ihre Herkunft: Ukraine, Lettland oder Moskau?«

… »Name, Vorname.«
»Dreizun, Ljudmila Petrowna.«

Mein Herz stutzte, aber erkannte die schmalen Hände und den klugen Kopf mit dem Schwänzchen nicht.

… »Innokentij Wikentjewitsch, erstaunlich, wie gut Sie spreschete Deutsch. Die philologische Fakultät haben Sie, scheints, absolviert?« – »Aber was sagen Sie da, Jadwigotschka, wer hat mich denn an die Universität gelassen, mit unserer invaliden Nationalität im Fragebogen? Ich habe einfach Spionage studiert in einer Berufsschule – in Neu-Jerusalem, kennen Sie das, bei Moskau? Bin aber durchgefallen bei der Abschlußprüfung, bin ins Schwimmen geraten bei den zwölf Arten Aufenthaltserlaubnis. Sonst wäre ich längst hier gewesen …«

»… Hör mal, Kostik, Kostik? Hast du hier diesen, na wie heißt das, Spargel gekostet schon?« – »Hab ich. Hat auch geschmeckt, aber auch wieder nicht so, daß man alles liegen läßt und sich seinetwegen aufmacht ans Ende der Welt …«

»Darauf sag ich dir das, verehrter Jakow Markowitsch: jeder konvertierte Getaufte ist ein Zeitzünderhitler!« – »Auch Mandelstam?« – »Auch Mandelstam.« – »Auch Pasternak?« – »Gerade Pasternak!« – »Da irrst du dich: Pasternak war gar nicht getauft, habe das Interview mit seinem Sohn, Jewgenij Borissowitsch, gelesen im ›Flämmchen‹. Und Mandelstam ist zum Luthertum konvertiert lediglich, um an die Uni zu können, du kannst es mir glauben, habe

mich spezialisiert auf ihn.« – »Viel verstehst du von Abfall-
wurst, Jakow-Jakob, du Wakob-Rudikatakob, du rudikatu-
likatholischer Jakob! Gerade Pasternak, mit seiner Spitz-
hacke beim Ersten Sowjetischen Schriftstellerkongreß und
mit seinem antisemitischen Schiwago, der noch ärgerer
Schund ist als sogar die Verfilmung, gerade Pasternak war ein
echter Getaufter. Mandelstam aber ... fast gar nicht.«

18. Hals- und Beinbruch

Der Pfleger Amme Ali schreitet – auf eingeknickten (in den Pumphosen bequemen) Beinen über den Platz in Richtung Orchester, Kastanie und Kanzel mit Schofets. Auf seinem Turban erscheinen schräge dunkle Striche: es regnet. Aus dem Boden sind drei Vierschrötige in hellgesprenkelten Anzügen herausgewachsen, versperren den Weg und salutieren kurz mit der *Hand am leeren Haupte*, dem regennassen. Pfleger Amme Ali lächelt süß und undurchdringlich und öffnet sein Päckchen etwas: nein, keinerlei Tittenmaus – ein palästinensischer Goldhamster (mesocricetus auratus). Die drei salutieren noch einmal vor dem Mesocricetus Auratus, treten auseinander und sind verschwunden, wie vom Erdboden verschluckt (sind denn nicht alle Gullis zugeschweißt?). Ali geht zu der Grenzzaunpforte mit dem pseudogotischem *Willkommen!* oben. Lehnt sich vorsichtig mit der Schulter an den Pfosten. Sein honiggelber Mund ist halb geöffnet. Sein langer, oben etwas eingebogener Mittelfinger mit einem quadratischen blendend rosa Nagel streichelt die weibliche Hamsterstirn. Der Hamster klappt die schönen, ukrainischen Schwarzäugelein träumerisch zu.

»Weiß auch nicht, Mausi«, schrie Irmgard flüsternd von der bedrohlich knarrenden Leiter her, vor sechs Wochen war das. »Ich denk mir: sie ist einfach eine Lesbe! Was sonst?! Macker hat sie keine, von Kind an nicht! Na, ich kenne sie doch in- und auswendig, seit unseren Pipimädchenzeiten, wir haben uns jedes Jahr, von der dritten Klasse an, zu den Kartoffelferien getroffen, im Einsatzlager der DDR-tschechoslowakischen Freundschaft. Wer sich immer an sie herangemacht hat, unsere, die Deutschen, ihre, die Tschechen –

bei allen war's für die Katz, selbst beim Horvat, dem Zigeuner, ein hübscher Kerl, der hat uns doch alle und jede ... Die
Jungs sagten: eine Nutte, aber ich meine: nein, Blödsinn,
eine Lesbe ist sie. Aber mich hat sie nie angemacht. ... Wo
ist er denn nur, dein Ordner, das Miststück?! Hast du vielleicht die Nummer verwechselt? ... Bei uns in Jaroslawl, da
war im Wohnheim eine Tatarin, aus Petropawlowsk-auf-
Kamtschatka, Jumaschewa Rosa, die hatte ein Auge geworfen auf mich. Ich komme vom Tanzen, bis über die Ohren
in Schlippermilch, sie aber liegt in meinem Bett unter der
Decke, krümmt sich und schnauft, ›Irotschka‹, sagt sie, ›es
ist so kalt‹. Und ich zu ihr: ›Roska, leck mich!‹ ... Vielleicht
lebt sie ja mit ihrem Vater, dem Onkel Ton, was meinst
du!? – Na und? sowas gibts, sehr einfach sogar. Bei uns dort,
in Jaroslawl ... Na, da ist er, das Luder, hat sich hinten im
Regal verkrochen, Luder!« Ihre gellende Triumphkoloratur
erschütterte die Gänge im Archiv, ich wußte nicht, wessen
Beine ich festhalten sollte, Irkas oder die der Leiter. »Nein,
Alte, mit unseren Tatzen langst du nicht hin dort. ... Grete,
komm mal her!!! ... Soll lieber sie fingern, hat ja 'n feinen
Finger.« Und Irmgard kicherte schuftig von oben. Aber den
Ordner – mit dem Bericht der Untersuchungskommission
der örtlichen Staatsanwaltschaft über den Mord an Avram
Levinski (geb. 1873) und den Brüdern Leo (geb. 1880) und
Jeremias (geb. 1881) Chasan, deren Leichen am 9. 11. 1945
um 4.13 Uhr nachmittags in dem ausgeweideten Bergwerk
Nummer drei Strich vierzehn mit durchschnittenen Kehlen
gefunden wurden – konnte auch der feinste Finger (mit tief
und gleichmäßig benagtem Nagel) nicht herausklauben. Ich
hielt Mařenka an den kleinen Knöcheln fest, die, in den
durchsichtig milchigen Strumpfhosen, waren, als ob sie flö-
gen, warm und innen hohl, und blinzelte vor dem süßlich
trockenen Wind aus ihrem knielangen Pullover, der ihre
Kniekehlen mal auf-, mal zudeckte, welche, wenn sie sich

streckten und spannten, straff mit Mull umwickelten Sai-
tengriffbrettern ähnelten. Irmgard saß als Gegengewicht
und Stütze unten auf der Leiter – mit belebtem, gleichsam
gewaschenem und, durch die schneeweiße Haut hindurch,
etwas rötlichem Gesicht, wie Frauenhaut manchmal aussieht, wenn sie eben erst gründlich rasiert worden ist. Auf
den Lärm und Aufruhr hin erschien Goldstein, den Mařenka
in der Abteilung der notariellen Akten des 18. Jahrhunderts
zurückgelassen hatte, und fragte: »Can I help you, girls?« Er
rollte die Spitzenmanschetten hoch, schob seinen schmalen
Hut mit der umgeschlagenen Krempe in den Nacken und
erklomm die Leiter mit Sporengeklopf, sich verkürzend und
verlängernd wie eine elegante Pythonschlange. Die Girls
und ich folgten seinem Aufstieg – das kitzelnde Haar in den
Nacken. Er streckte sich, auf einem Bein stehend (mit dem
anderen balancierend), dehnte sich zum Bogen und stieß
den Arm bis zur Schulter hinter die Ordnerreihe. »Here it is!
Just a moment.« Immer noch auf einem Bein, blätterte er
den Ordner schnell durch, nochmal und wieder, nieste in
der aufblühenden Staubwolke – das rechte Bein suchte
nach einer Leitersprosse, verfing sich mit dem gezähnten
Sporenrad an deren Kante, die Leiter fing allmählich zu
schwanken an und stürzte überstürzt. Ihr nach, mit dem angehobenen Bein erst einen Moment in der trüb-gelben Ar-
chivluft stehend, stürzte auch Goldstein. Ihm nach – auf
ihn – die Regale mit den herausfallenden Ordnern, außer denen, die Mařenka, Irmgard und ich abstützten mit den Schul-
terblättern. »Scheiße«, sagte Irmgard, der es die russische
Sprache verschlagen hatte. Als sie sie nach ein paar Stunden
wiederhatte, saßen wir in der Unfallstation der Židovsko-
Úžlabinaer Stadtklinik, gebleicht vom Neonlicht. Irmgard,
ohnehin weiß, wurde sogar etwas dunkler und ihre Haut
leuchtete, besonders am Kopf, wie ein ins Licht gehaltenes
Röntgenbild. »Hast du gesehen, als sie ihm die Hose ab-

schnitten, was für einen Bolzen der hat in seiner Unterhose?!
wie ein Schwarzer!« Mařenka verdrehte die Augen mit fun-
kensprühenden Pupillen hin auf die von Irmgard angezeigte
Größe einer per Streß aufgeschwollenen Delikateß-Aalrute
und nicht, daß sie gelächelt hätte – sie lächelt ja auch sonst
nie –, aber die kaum bemerkbare senkrechte Falte an ihrer
kleinen geraden Nasenwurzel ging zusammen und wieder
auseinander: Sie und ich haben uns längst beraten und entschieden, Irmgards Weltbild nicht mit den Details der Goldsteinschen Physiologie zu verkomplizieren. »Und er steht
ihm noch, Herrschaft nein!! Das kommt von dem Schmerz,
die Mädchen von der medizinischen Berufsschule haben erzählt, beim Ball im Offizierskasino, bei uns in Jaroslawl:
vom Schmerz kann's sein, daß er steht. Da hat er aber verdammt Schwein gehabt, was? Konnte sich auch den Hals
brechen, hallo!«

Der Ordner mit dem Bericht der Untersuchungskommission über den Mord an Avram Levinski und den Brüdern
Leo und Jeremias Chasan wurde bei dem Wiederaufstellen
der Regale und dem Wiedereinordnen der im Gang verstreu-
ten Ordner trotzdem nicht gefunden. Erst nach etwa sechs
Wochen, vorgestern am späten Nachmittag – Goldstein war
überraschend nach Karlsbad gefahren und bis jetzt noch
nicht wieder da (mit dem Bein im Gips war er um achtund-
fünfzig Mark fünfzig pro akademische Stunde, lies: 45 min,
im Preis gestiegen, wie Belomormann Joshua mir aus dem
Erotikzentrum »Svoboda« per Anruf ins Archiv express
mitgeteilt hat) – stieß ich in seinem Studio zufällig auf den
unter der Matratze versteckten Ordner. Auf der Schreibmaschine (schiefstehende Eins und Drei, unter die Zeile ab-
gerutschte Umlaute, das große F ohne den unteren Strich)
abgetippte Aussagen des zur Überwachung des Objekts [fett
getilgt] eingesetzt gewesenen ehem. Leutnants des 3. Batail-

lons der 7. SS Freiwilligen Gebirgs-Division »Prinz Eugen«,
Ignaz von Tecka, von April 1942 bis November 1944 ein-
quartiert bei Familie Kosařík. Als einem Donauschwaben
aus der Wojwodina waren Ignaz von Tecka umgangssprach-
liches Ungarisch und Serbisch geläufig, so daß er die Unter-
haltungen der Kosaříks verstand. *Frage des Untersuchungs-
richters der Militärpolizei der USA Hauptmann Peter B.
Stoat: Sie würden also den Dialekt, in dem sie sich im Alltag
verständigen, Ungarisch nennen? Antwort: Nicht so ganz.
Der grammatischen Struktur nach, obwohl sie etwas vereinfacht ist, insbesondere, was die Zahl der Fälle angeht
(nur sieben), und dem Grundwortschatz nach ist es zweifellos Ungarisch. Aber mit einer starken Beimischung von
slawischen, deutschen und aus mir unbekannten Sprachen
stammenden Wörtern.* Der Leutnant hatte, wie aus seinem
beigefügten Lebenslauf ersichtlich, die Fächer Griechisch-
Romanisch und Finno-Ugrisch an der Philologischen Fakultät der Belgrader Königlichen Universität absolviert, und
war linguistisch auf allen vier Hufen beschlagen. *Frage: Zählen Sie die Mitglieder der Familie Kosařík auf. Antwort: Der
alte Aaron Kosařík, Juditha Kosaříkova, seine Schwieger-
tochter, ihre halbwüchsigen Kinder Gyula und Tamarka.
Frau Kosaříkovas Gatten, Kosařík Attila, bin ich persönlich
nie begegnet, während der angegebenen Zeit war er ebenso
wie alle übrigen Männer zur Arbeit im Bergwerk Nr. [fett
getilgt] mobilisiert. Frage: Würden Sie Aussehen, Lebens-
weise und Geisteshaltung Ihrer Hauswirte als jüdisch cha-
rakterisieren? Antwort: Schwer zu sagen (»weiß der Teufel« – übersetzte mir Irmgard das mehrdeutige deutsche
»Jein«). Breite, hellhäutige Gesichter, blaue Augen, weiß-
liche Wimpern und Lider, rötliches, etwas gelocktes Haar.
Zurückhaltendes Auftreten. Wortkarg. Wenn überhaupt Juden, dann nicht solche, wie ich sie kennengelernt habe.* Im
Januar 1942 nahm Leutnant von Tecka, damals noch Zivilist,

teil an einer gemeinsamen Aktion deutscher und ungarischer Truppen unter der Teilnahme von kroatischen, deutschen und ungarischen einheimischen Freiwilligen in der südpannonischen Stadt Neusatz, eben dort hatte er sie kennengelernt (»?« – kerbte ich *die Rätsel mit geheimnisvollem*, aber der Maniküre bedürftigem *Fingernagel* an – »Neusatz? Ja, das ist eine Stadt, Novy Sad, in dem ehem., na, wie heißt es denn nun, dieses – Restjugoslawien«, erklärte Irmgard, nachdem sie einen kurzen Augenblick lang ihre Pupillen hochgezogen hatte, als stehe dort, an der inneren Seite der ebenmäßigen Stirn, etwas geschrieben bei ihr).

»Wenn überhaupt Juden, dann höchstens kaum«, wie Halbrabinowitsch und Korolstein, die verschollenen Klapsbrüder vom Berg, sagten, als sie die Papiere der Familie Trikotenko aus Charkow studiert hatten.

Kultgegenstände wie den siebenarmigen Leuchter, die Rollen der fünf Bücher Mose, die speziellen Schächtmesser und dgl. habe ich nie bei ihnen gesehen. Aber am Freitagabend, nach dem Bad, haben sie das Brot in Scheiben geschnitten, die Vorhänge zugezogen, das Licht ausgeschaltet (falls es Strom gab) und im Finstern gesessen, die Köpfe in Decken gehüllt, und auf alle Fragen geschwiegen – bis zum Abend des nächsten Tags. Was aber wirklich auf ihre Zugehörigkeit zum jüdischen Stamm deutet, waren ihre hygienischen Vorstellungen: Sie trugen die Unterwäsche, ohne sie je abzulegen, sogar im Bad, bis sie am Leib vermoderte und von selbst abfiel. Anmerkung von Peter B. Stoat (mit lila Tinte, auf englisch): Schon A. Hitler vermerkte in »Seinem Kampf«, daß Juden gar keine Freunde von Wasser sind. Frage: Kannten Sie die Ermordeten? Antwort: Jawohl, vom Ansehn. Deshalb habe ich die Leichen sofort erkannt, als ich auf sie stieß. Alle drei kamen in der Kriegszeit, vereint oder einzeln, oft zu Be-

such zum alten Kosařík. Im Sommer mit Käppis, im Winter mit runden Strickmützen. Immer in gekauften Jacken und hausgewebten Hosen, die bis zur Wadenmitte in weichen Lederstiefeln staken. Hockten in dem großen, runden, »Saalo« genannten Zimmer, das völlig leer war, saßen so stundenlang, rauchten schweigend ihre kurzen Tonpfeifen, eine Mischung aus selbstgebautem Tabak und trockenen Kastanienblättern, tranken eine Tasse nach der anderen würzigen Kräutertee mit Schaf- oder Ziegenmilch. Dann gingen sie. Manchmal lasen sie (nicht laut) oder hielten irgendwelche abgegriffenen Blätter einfach in den Händen, die Stirnen vorbeugend und runzelnd. Die Blätter waren mit seltsamen Zeichen bedeckt, zum Teil der kroatischen Glagolica von der Insel Krk ähnlich. Aber nur zum Teil. Am ehesten sahen sie aus wie schematische Darstellungen nach verschiedenen Seiten gerichteter kleiner Telefone. In den Händen habe ich sie nicht gehabt, nur von fern gesehen. Frage: Was taten Sie am Ort des Leichenfunds? Antwort: Ich sammelte Champignons. Dort in den Halden werden sie 2 bis 3 Kilo schwer, so riesige habe ich nirgends gesehn. Weiter wurde verfolgt, wie sich die Champignons umsetzten – im amerikanischen Offizierskasino (wo jetzt die Zoohandlung ist und früher das DDR-Volkspolizeirevier war) gab man für sie Schmorfleischbüchsen, Strümpfe und Zigaretten, die dann in der sowjetischen Zone gegen Benzin und Wodka getauscht wurden. *Frage: Haben Sie früher mit ähnlichen Tötungsfällen zu tun gehabt? Wissen Sie von irgendwelchen Geheimorganisationen der ehem. Nazis, z. B. im Kriegsgefangenenlager, in dem Sie wohnen, die dafür verantwortlich sein könnten? Antwort: Persönlich nicht. Aber mir haben die Experten bei uns im Schloß, ich meine im Lager, erzählt, Leute aus dem ehem. Nachrichtendienst unserer Division, daß bei diesen, den Hiesigen, selbst ein bestimmter Brauch herrscht: Im Spätherbst versuchen die Kinder und die Greise drei Tage*

lang sich gegenseitig zu töten, jeder soviel, wie er kann.
Frage: Glauben Sie wirklich, man kann mir solche Majsses
erzählen? (»Was guckst du so, Herzblatt? So steht's hier:
Majsses, ist doch nicht meine Schuld!«) *Halten Sie mich für*
ein Mondkalb, Herr von Tecka? Antwort: Nein, auf keinen
Fall, Herr Hauptmann. Aber ich habe selbst gehört, sie wuß-
ten nicht, daß ich da war, ich war fortgegangen und dann
zurückgekehrt, um meine Pfeife zu holen, und habe in der
Diele gehört, wie Frau Kosaříkova zu ihrem Sohn sagt: »Wo
treibst du dich nur herum tagelang, du Faultier! Geh lie-
ber und bring einen Deutschen um!« Und er darauf: »Den
Deutschen bringt Gott auch ohne mich um, aber wer tötet
den alten Avram?«

Es war erst die Seite vier, aber Irmgard langweilte sich schon,
schaute alle naselang in die Finsternis hinter dem Fenster, berührte, eine nach der andern, die feuchtgewordenen Nudeln
auf ihrer Stirn, wollte Tee trinken und über Mallorca reden.
Jeden Augenblick konnte der wegen des morgigen (heute ist
es schon der heutige) Besuchs des großen Augustus aufge-
regte Bürgermeister Vondratschek vom Rathaus zurückkommen und mit uns schimpfen, weil Irmgard und ich den
Hund noch nicht ausgeführt hatten. Es war ohnehin Zeit,
in Goldsteins Turm zu gehen und den Ordner wieder unter
die Matratze zu schieben. Ich zog die gelben, schon etwas
mürben Blätter des Protokolls aus Irmgards Händen, bog
sie längs und ließ sie dann, von der letzten an, gerade zurück-
fallen. Auf der letzten, der sechsundzwanzigsten, stand am
unteren Rand in frischer roter Tinte von Goldsteins Hand:
MR IGNATIUS TECKA, WIDOW GODDES JE-
WISH NURSING HOME, APP. 13, 424 WEST 44th
STREET, NEW YORK, NY 10036 USA!!! THE GUY
IS ALIVE!!! In der Mitte der Seite 17 waren einige Zeilen
mit einem orangenen Textliner markiert. *Frage: Also, das*

heißt, Sie Wurstfresser, verdammter (Irmgard hatte gestockt, im Text stand englisch: »you fucking kraut«), *Sie halten die United States Militärpolizei ja wohl doch für einen Kindergarten, dem man sonstwelche Märchen erzählen kann? Antwort: Aber um Gotteswillen nein, Herr Hauptmann, ich bitte Sie. Ich habe nur mit eigenen Augen ... Frage: Was haben Sie mit eigenen Augen? Antwort: Herr Hauptmann, ich habe gelobt ... Nein, nicht unseren, den Ihren! ... Bitte, nicht in die Eier ... Jawohl, zu Befehl! Vor einem Jahr, vor dem Führerbesuch im Dezember vierundvierzig wurde auf dem Bergwerksgelände der Feldversuch* [fett getilgt] *durchgeführt. Mein Zug war als Schutztruppe eingesetzt. Aus Hof kam der Beute-Panzer T-34, kroch durch die Grube und feuerte. Der* [fett getilgt] *ging ihm entgegen und wendete mit seinem leuchtenden Atem die Geschosse und Kugeln zurück, auf den russischen Panzer. Das war unheimlich. Mitten in der Grube sind sie aufeinandergestoßen, der Panzer mit verzogener Panzerung und einer abgeschlagenen Kette und der* [fett getilgt]. *Der* [fett getilgt] *faßte mit beiden Händen die Kanone und riß sie mit der Wurzel aus dem Turm. Dann sprang er auf die Panzerung und fing an, den Panzer zu zertrampeln. Nach ein paar Minuten war von ihm und den vier in ihm sitzenden kriegsgefangenen Panzersoldaten nichts mehr übrig als eine verbeulte Gußeisenplatte, sie liegt jetzt noch dort, Sie können gehen und sie sich anschauen, wenn Sie's nicht glauben. Es wurde seltsam still. Durch den schwarzen und weißen Rauch drang die Sonne. Der* [fett getilgt] *trat vom einen Fuß auf den andern und schaute zurück auf die zwei* [fett getilgt], *die auf der Abraumhalde mit erhobenen Händen standen. Wie im Plan vorgesehen, befahl ihnen der Zugführer der Schutztruppe, die Hände sinken zu lassen. Der* [fett getilgt] *bewegte sich nicht. Dann schoß der Zugführer jeden in den Hinterkopf. Die Beine des* [fett getilgt] *begannen einzuknicken, er erzitterte. Da krochen aus*

Gebüsch und Hügeln zwei Halbwüchsige und sechs Greise
von den Einheimischen hervor und richteten, ohne uns und
den [fett getilgt] auch nur zu beachten, selbstgefertigte Arm-
brüste aufeinander, die Halbwüchsigen auf die Greise und
diese auf sie. Der [fett getilgt] bewegte sich zunächst auf die
einen, dann die anderen zu, dann aber fingen seine Knie zu
qualmen an und zu zucken, er erschlaffte, sank in sich zu-
sammen, stapfte noch stolpernd, schwankte schließlich und
stürzte vollends zu Boden – ein formloses Stück qualmen-
der und blutdurchtränkter Ton. Die Armbrüste zuckten.
Ein Halbwüchsiger und zwei Greise fielen, auf die übrigen
wurde vom Abraum ein Zielschußfeuer eröffnet.

19. Hausmeister und Hausmargarita

Das Publikum sickert heran – aus den Gassen krabbeln die Anorakbuckel. Der CNN-Van hat die silbrige Tür weit geöffnet, die Kameraleute in ihren taschenreichen silbrigen Westen sind herausgekommen und haben sich, die unter der Folie schwarz-glänzenden Kameras auf den rollenden Dreifüßen ziehend und schiebend, in verschiedene Richtungen über den Drei-Rathäuser-Platz verteilt – hinter ihnen schlichen ihre sich windenden vielfarbigen Schlangen. Die tschechische Schule steht schon auf ihrer Seite im Bogen um das Aquarium der Bushaltestelle hinter der Kastanie, nach Alter und Größe geordnet; ihr gegenüber ist die deutsche Schule dagegen gerade beim Aufstellen, die Lehrer rennen herum wie besessen und klatschen die Schüler mit den zusammengerollten »Judenschluchter Nachrichten«, a) auf die Hände, daß sie sie nicht an die Hosennaht legen, sondern in die Taschen stecken, b) auf die Beine, daß sie das eine Bein etwas hinter die Hüfte rücken und das andere mit dem Knie etwas vor, c) auf den Rücken zwischen die Schulterblätter, daß sie das Rückgrat lockern und etwas krümmen: imperium-weit gilt die Order: *be cool*. Der Kindergarten (der vereinigte städtische, mit Deutsch als Aufzucht-Sprache) bleibt bei der Triumphzaunpforte stehn, neben dem Pfleger Amme Ali und dem die Augen zusammenkneifenden Hamster (die Kinder halten mit der einen behandschuhten Hand eine Schnur gefaßt, in der andern – ein gestreiftes Plastikfähnchen. Auf den Rathausstufen sitzen die Zigeunermänner, alle, groß und klein, in gleichen braunen schräg gestreiften Sakkos und riesigen faltigen mit selbstgemachter Wichse blendend gewienerten Stiefeln. Honza hat sich zu dem Zigeuner-Abgeordneten, Janošik Horvat, vorgebeugt und flü-

stert ihm etwas Aufgeregtes ins linke Ohr, das von zwei
goldenen Ringen durchbohrt ist. Janošik Horvat bildet mit
den Fingern eine Panzersperre über dem Betonhöcker im
Hosenstallbereich und nickt staatsmännisch mit seinem Jä-
gerhut und der Saatkrähenfeder. Ich denke an Mařenkas
Schönheit, die mich erstarren läßt, und an Irmgards und
meine Unschönheit, die mich bis zur Herzbeklemmung er-
götzt, und überhaupt daran, was denn Schönheit sei: *Gefäß
und eine Leere innen oder Leere, lodernd im Gefäß*. Ich
denke an den »Krieg der Kinder und Greise«, zu dem ich
dreizehn Kilo Archivstoff gesammelt habe und keine ge-
schriebene Zeile – nach einem Jahr im Turm. Und auch:
wohin soll ich mich kehren nach Judenschlucht, *ich tumbes
Brüderlein* – nach New York zu Vater und Mutter, in die
finnische Tundra zu Onkel Jahud (als Assistent am Lehrstuhl für neueste chasarische Geschichte) oder vielleicht ins
ehem. Leningrad wandern zum Symbolisten Zimbalist und
zu den leeren Preobraschenski-Gräbern? Irmgard zog die
runden, mit bestem Pariser Ruß nachgezogenen Augenbrauen hoch: »Bist du noch bei dir, Maid? In die Union!
Hast du im Oktober nicht mitgekriegt in der Glotze, wie sie
dort in Moskau echt mit Kanonen feuern?! Scheißen ist das
und nicht leben! Komm lieber mit mir nach Mallorca, unsere
Spanier dort sind keine schlechteren Bolzenschieber als eure
Georgier, die bügeln alles, was sich bewegt. Wann läuft dein
Visum ab?« Das deutsche endet mit dem Dezember, für
Tschechien brauche ich vorerst keins (bis der Bau des neuen
Limes abgeschlossen ist) – laufe über den Platz und bin legal.
Aber was soll ich da? Wie der unbekannte zwei Meter hohe
Alte – barfuß in Sportschuhen, in Leningrader Texas-Hosen
und einer Baubrigadenjacke, auf dem Rücken in zersprunge-
ner verschlungener slawischer Zierschrift: *SUL* (Staatliche
Universität Leningrad). *Suchona-82. Baubrigade »Chemi-
ker«*, per Schablone gemalt, am nackten rötlich-braunen,

vorn gleichsam weißgepökelten Leib –, der, nachdem er (Anfang der 8oer Jahre jeden Freitag) in jeden Buch- und
Schreibwarenladen am Litejny und Newski Prospekt getre-
ten war, seinen riesigen Rucksack mit irgend etwas Vielek-
kig-Klirrendem darin auf dem Ladentisch abgestellt, nach
Malbüchern, allen, die es gab, gefragt, und jedes aufmerksam
geprüft hatte, sie zurückgab und (die graue Mähne auf den
Schultern schüttelnd) traurig sagte: *Die habe ich schon aus-
gemalt.*

Im Archivfenster tauchen die Brustbilder von Mařenka und
Irmgard auf, das heißt, sie sind schon gekommen (warum
habe ich nicht gesehen, wie Mařenka über den Platz fährt,
unbeweglich und aufrecht, auf ihrem ein wenig hopsenden
Fahrrad?), das heißt, sie haben schon das Licht, den Bayeri-
schen Rundfunk und den immer brodelnden Kaffeekocher
eingeschaltet, ihre Füße in die Archivpantoffeln mit den
Hasenschwanzquasten geschoben (Dr. Vondratschek, der
Judenschluchter Bürgermeister, Irkas Großvater, ist ein großer Jäger, jagt Hasen und Maulwürfe mit seinem Dackel –
den Dackel namens Tschutscha, einen russischen Kurzhaar
aus einem preisgekrönten Wurf, schenkte ihm 1987 der Vorsitzende des Freiwilligen-Jäger-und-Fischer-Vereins vom
ehem. Partner-Aul Jahudnoje in der ehem. Aserbaidsha-
nischen Sozialistischen Sowjetrepublik, J.S. Duwidow –
und auch Waldschnepfen, Zwergschnepfen, Brachvögel und
noch irgendwelche Heerschnepfen, auch »Himmelziegen«
genannt). Irmgard lehnte sich leicht auf das Fensterbrett mit
all ihren aus den Rüschen herausquellenden Brüsten (»Wie
ich dich beneide, Julchen, daß du so ein Brett bist, auf meine
Puffer paßt ja kein anständiges Kleid!«), streckte die üppigen, blendend-nackten Arme hinaus in das Nieseln (»Nein,
mein Goldstück, die Hände, die Lippen und die Wangen
werden bei mir nie wetterhart, bei keinem Wetter – und willst

du wissen, wieso? – dann werden sie auch bei dir nie rauh: man muß sie regelmäßig mit Schlippermilch einschleimen, mit spanischer oder aserbaidshanischer, paß aber auf – der Tscheche, Jiddelach und Armenier ist nicht geeignet, ihr Seim ist nicht fett genug!«) und winkt heftig: mit der linken Hand unten zum Großvater, mit der rechten nach oben, Richtung Turm, zu mir. Hat sie mich doch erspäht?, die blondierte Bestie! Neben ihr steht halb abgewandt im punktierten Kreuz meines Okulars Mařenka, unbewegt und gerade, tiefer im Zimmer; das unbewegte gerade Gesicht ausdruckslos. Im August war ich bei ihnen zu Hause, hinter dicht zugezogenen Vorhängen, in der Hausmeisterwohnung des Judenschluchter Schlosses – ich war aus Amerika zurückgekommen und hatte keinen Schlüssel gefunden unter dem Tor-Stein. Das Rathaus war geschlossen, weil Sonntag war, niemand antwortete auf mein stummes Muhen und Klopfen, Irmgard war, wie ich wußte, noch nicht von Mallorca zurück, die Stadt wirkte leer wie eine weiße mexikanische Western-Ruine und ebenso grell poliert von der Sonne. Ich schob den Koffer unter eine aus dem *zu Tode verjudeten Boden* halb herausgewaschene Wurzel der Kastanie, deckte eine herrenlose aufgeschlagene »Židovskoúžlabinské noviny« mit den Spuren eines Igelpicknicks über ihn und ging hinunter zum Schloß – in den amerikanischen Pumps-Booten Größe 42, Kanonier-Kähnen praktisch, mir fast die Füße brechend. Aus dem glänzend geschuppten Springbrunnenkegel stieg ein Regenbogen, der kein Ende hatte. Josef Ton war mit kräftigen Bewegungen ringsum am Fegen, als triebe er eine große gelbe Wolke über eine Manege. Mařenka stand in einem Trägerkleid aus grobem Leinen (einem Sarafan, *Sarafander* würde ich sogar sagen) auf der Vortreppe des Dienstgebäude-Flügels, dessen Säulen und schartige Marmorkinder unter den lockigen Rosen fast verschwanden. »Ahoi«, sagte sie. »Budeš obědvat?« (Tschechisch – Wirst du mitessen?) Ich folgte ihr ins Haus und erschauerte von der wonnigen Kälte an Nase und Stirn, dem wonnigen Halbdunkel auf meinen Lidern. Die Wohnung bestand aus einem Zimmer ohne Ende: etwa hundertfünfzig Meter, oder zweihundert. Die niedrigen Wände waren frisch verputzt, aber lange feuchte Streifen schlugen durch. Keine Möbel außer einem kleinen ovalen Tisch, gedeckt für drei, mit einem bis zum Boden reichenden gestärkten Tischtuch, fern an der gegenüberliegenden Wand, vor einem sparsam brennenden Kamin. Ich scharrte die Kanonier-Pumps ab an der Schwelle und schritt auf den langsam von der Kälte erstarrenden Füßen über den purpurroten Glanz des Parketts. Auf dem Weg dachte ich erleichtert, wie gut ich doch tat daran, mir noch vor dem Abflug Zeit zu nehmen für eine Pediküre in Greenwich Village, in den russischen Thermen »Golubchik«. Marĕnka ging lautlos hinter mir. »Prosím« (bitte), sagte sie. Ich setzte mich, ohne mich umzublicken, zu Tisch und entfaltete eine Leinenserviette auf den Knien. Aber es gab nicht gleich zu essen. Josef Ton (der Stiefel und Wachstuchschürze abgelegt hatte) und Marĕnka (die eine Strickjacke übergeworfen hatte) spielten erst noch zusammen den zweiten Akt der »Zauberflöte«, in einer Bearbeitung für ein Duett von Akkordeon und Cello: Marĕnka seltsamerweise das Akkordeon, Josef Ton, das Cello wie eine Geige am Kinn, bewegte den rotbraunen Mund und sang alle Partien stumm. Ich betrachtete derweile die Teller: im Tellergrund ein lichtundurchlässiger Rosenstrauch, dicht-dunkelgrün im Laub, lockig-gelb und rot in den sich wollüstig entfaltenden Rosen, am Rand – das sich in mildem Gold unendlich wiederholende Ornament meiner Kindergartenhandschuhe; es kam mir seltsam bekannt vor. Josef Ton nahm das Cello vom Kinn, lehnte den gebogenen Körper behutsam an den eigenen geraden und beugte den Kopf. Ich begann aus Leibeskräften zu applaudieren. *Der Applaus war schwächlich,*

denn die Jiddelen sind gebrechlich, wie mein Cousin dritten Grades Jack Kapellmeister-Golubchik, Kapellmeister in
der »Metropolitan Opera« und Mitinhaber des Badesalons
»Golubchik« zu sagen pflegt. Mařenka lächelte (das erste
und das letzte Mal, daß ich es sah), nur mit einem Zusam-
menziehen der Nüstern, hängte das Akkordeon an den Arm
ihres Vaters mit dem erhobenen Fiedelbogen und ging irgendwohin fort. Ich hob schnell den Teller auf: Das hatte ich
geahnt – der gebogene Ellenbogen mit dem Schwert in der
Hand. Im Haus in Strelna gab es ein solches Service, in Ein-
zelstücken (der Großvater brachte es von einer Dienstreise
mit, um das Jahr achtundvierzig): drei flache Teller, drei Sup-
penteller, eine Sauciere, eine Salatschüssel und noch allerlei
Pfefferstreuer, Meerrettichkümpchen und Salzstreuer unbe-
stimmten Behufs. Oma Katja nannte es »Katzenschwanz-
tisch« und war ihm nicht grün, die Farbzusammenstellung
war ihr nicht aristokratisch genug. Das Jekaterinasche
Maschenmuster (des Leningrader Lomonossow-Porzellan-
werks) schien ihr *edler* zu sein. Aus dem Halbdunkel, genauer aus dem Dreivierteldunkel, trat lautlos Mařenka hervor und setzte eine gigantische Terrine leicht auf die Mitte des
Tischs. Die Terrine dampfte, ihre Rosen und Blätter schwitz-
ten und bedeckten sich mit Tropfen, die vergoldeten Griffe
hüllten sich in Nebel. Ich stellte den Teller an seinen Platz.
»Elbogener Porzellan«, sagte sie. »Bohemian china factory
in Elbogen. In der ehem. Stadt Elbogen, heißt heuer Loket.«
Ich wies mit dem Finger auf den Teller und auf meine Brust,
ich schrieb Abrißzettel von meinem Abreißblock mit der
kleinen Freiheitsstatue, *Freiheitsstatuette,* kann man sagen,
in den rechten oberen Ecken und erklärte schlecht und recht,
daß es bei mir zu Hause im ehem. Leningrad ebensolche Teller aus dem ehem. Elbogen gab, das heute (wie lange noch?)
Loket heißt, mit genau solchen Rosen und Blättern und
ebendem Ornament. Ich weiß nicht, warum ich mich so be-

mühte. »Really?«, fragte Mařenka. »Fine!« Sie nahm den
Terrinendeckel ab und tat mir mit der silbernen Kelle die
Makkaroni à la Marine auf den Teller. Nach dem Essen luden
sie mich zu übernachten ein, zeigten (einen Vorhang aufzie-
hend, den ich beim Hereinkommen nicht beachtet hatte)
einen Alkoven mit einem Himmelbett auf gewendelten Pfosten (an beiden Seiten des siebenschläfrigen Betts flamm-
ten unerwartet grell die Schlafzimmer-Wand-Ampeln auf).
Josef Ton schlug die Atlasfederbetten mit der flachen linienlosen Hand, legte die Wangen an die Kissen (ohne sie zu
berühren) und muhte gastfreundlich. »Und Sie selbst?« –
fragte ich im stillen rein mädchenhaft verlegen. In einer Mischung aus Deutsch, Tschechisch, Englisch und Gebärden-
sprache wurde mir erklärt, Josef Ton gehe nachts ohnehin
um Schloß und Park – mit einer vernieteten Ischewsker
Doppelflinte und einer Klapper aus dem 17. Jahrhundert,
ausgeliehen aus dem im Kellergeschoß ihrer Schloßhälfte
befindlichen Privatmuseum der Freifrau Amalia. Seine Auf-
gabe ist, die verschiedenerlei Übeltäter abzuschrecken: Zigeunerkinder, die scharf darauf sind, in die Heimfenster zu
schauen, Deserteure aus dem Truppenteil, die auf die Speise-
und sonstigen Vorratskammern erpicht sind, verwilderte
SS- Greise aus den Divisionen »Kaukasus« (Tschetschenen)
und »Charlemagne« (Franzosen), die sich schon achtundvierzig Jahre in den stillgelegten Schächten unter der ehem.
neutralen Zone verborgen halten, rumänische Kunstwissenschaftler mit Dietrich, gehässige Erzgebirgs-Gnome und
wer weiß, was alles sonst noch, er schläft ja ohnehin nie. Mařenka und ich hätten da unstreitig wunderschön Platz.

Aber ich lehnte ab. Als ich mir vorstellte, *das Licht in der
Schale erlosch* und ich liege neben Mařenka, neben ihrem unbewegten, bräunlich von innen leuchtenden, geraden Profil,
und meine Hand hätte nur über den lautlosen Atlas zu ihrer

dunkel-goldenen Schulter zu gleiten und – aller Schrecken namens Ungeschick und Schmach. Und wenn sie etwa wirklich … wie Irmgard, die Schlange, mir zugeflüstert hat … und streckt als erste ihre hell-goldene schmale Hand her? – Doppelt verkehrt und verdoppelte Schmach! So legte ich denn die Hand auf mein Herz (das ich, um die neuen amerikanischen Titten nicht zu verschieben, am Halsansatz ansetzte), lehnte ab (woran ich mich noch heute, bevor ich einschlafe, mit einem augenblicklichen Brennen in der Herzgrube erinnere und mit augenblicklich vor Unbeholfenheit und Schmach siedenden Augen) – und ging bei Permanents übernachten, welche, wie ich wußte, auf dem Trödel in Karlovy Vary zwei Tennisschläger »Dynamo« gegen ein nichtrussisches Klappbett (weil *mit* Matratze) getauscht haben – für den Fall, daß Liljas kleiner Bruder, der *Dösbattel* und *Schlunz*, es sich doch überlegt und nach Europa kommt. Mařenka begleitete mich bis zur Schwelle und legte zum Abschied ihre feste trockene Hand auf meine linke Wange – nie zuvor und nie nachher haben wir uns Haut an Haut berührt, wir geben uns nicht einmal die Hand zum Gruß, sind ja keine Deutschen. Sie hielt sie ein paar Sekunden so und nahm sie dann langsam zurück (als ließe sie sie langsam fallen, raschelnd an Hals, Schlüsselbein und Ellenbogen), ich zog die Schuhe an und ging – mit dem zart gebrannten Ton der Wange.

Nun bringt sich auch Josef Ton Stück für Stück in Erscheinung (von oben abwärts, weil von unten aufwärts, den steilen Abhang herauf) auf der Straße, die aus Deutschland nach Tschechien führt. Zuerst sein unbeweglicher gelber Kopf, dann die ausgeblichene blaue Latzhose, dann die Blechstiefel Größe 56. Geht-biegt-sich-nicht, die Hände schaukeln ein wenig unterhalb der Knie. Ihm nach im Gänsemarsch in trübfarbenen Jacken und pelzigen Mänteln: Innokentij Wikentjewitsch Chabtschik, der die Berufsschule nicht beendet

hat, und Jadwiga Brschesinskaja-Schapiro, die Berufslilipu-
tanerin aus dem Newinnomysker Zirkuszelt, die alte Golozwan ohne den Alten (also hat man ihn nicht gefunden, den
armen), der Georgier Kasanawa, der am Karlsbader Kasino
die Kasinaki (Honignußriegel) verkauft, und seine beiden
Nichten Angelotschka und Evchen, Mark Israilewitsch Polowtschinker, der Autor des Artikels »Die Kirche – unser
Steuermann«, Ljusja Dreizun-Katzenellenbogen mit einem
Herbststrauß und ihrem Mann Daniil, Präzisionsdreher der
Kategorie Sechs, Kostja Ginsprig mit Gitarre, die Damen
(walte Gott, nicht auch schon Witwen) Halbrabinowitsch
und Korolstein mit einem (für beide gemeinsamen) Plakat
»Welcome«, Permanent, Jakow Markowitsch, mit Frau Lilja
und den Zwillingen Kyrillchen und Methodchen, die Familie
Trikotenko aus Charkow und ihre drei Angorakatzen, die
rauchende Oma Klawdia Borissowna Rybokon ... – die anderen haben sich noch nicht angeschlossen, kraxeln noch
paarweise und einzeln die Kopfsteinpflaster-Steile hinauf.

20. Zwanzig Facetten der russischen Natur

Die Russen sind klug. Einer weitverbreiteten Meinung nach ist »der Jude klug und der Russe talentiert«, aber *das genaue Gegenteil davon ist wahr*, wie der idiotisch lakonische Ingenieursjargon sich ausdrückt. In Wirklichkeit sind die Juden ein ziemlich dummes Volk, was ihre anfängliche wie auch schließliche Auffassung von Prozeduren und Begriffen (eingeschlossen die alltäglichen) betrifft, aber ziemlich begabt für deren unverzügliche praktische Anwendung in nicht bis zu Ende durchdachter Form, das heißt: sie sind schnell. Die Russen jedoch gelangen zu jedem Schluß und zu jeder Handlung mit dem Verstand, und ehe jeder von ihnen nicht im einzelnen alles bis zu Ende durchdacht hat, wird er nichts tun, jedenfalls nicht aus freien Stücken.

Die Russen sind Individualisten. Im Unterschied zu den kolonnenweise denkenden und fühlenden Europäern, ganz zu schweigen von den Amerikanern, die vom Säuglingsalter bis zu ihrem Höchstalter von siebzehn Jahren in Teenager-Cliquen (communities) mit streng festgelegten Verhaltensriten und Weltbildern organisiert sind, sind die Russen völlig unfähig zum Leben im Kollektiv. Größere Individualisten, als die Russen von Natur aus sind, gibt es nicht. Deshalb waren die Machthabenden in Rußland, um ein staatliches und wirtschaftliches Leben zu ermöglichen, historisch gezwungen, das Individuum in kollektive Verhaltensmuster massiv zu zwingen. Im Westen ist diese Nötigung längst nicht mehr vonnöten: Dem kollektiven Menschen kann man die individuelle Freiheit des Denkens und Handelns geben – er wird sie nicht nehmen.

Die Russen sind friedfertig. Die Russen führen nicht gern Krieg. Die Europäer aber neigen von Natur aus zu Gewalt, was lange Jahrhunderte ununterbrochenen Gemetzels unstreitig bewiesen haben, nicht zu reden von den beiden Weltkriegen, auf die sie verfielen. Die russische Armee war immer eine Armee ziviler, am Kriegshandwerk nicht interessierter Menschen (die Kosaken sind bekanntlich nicht Russen, sondern beschopfte Nachkommen der beschopften Chasaren). Deshalb führen die Russen immer auf die gleiche Weise Krieg, brauchen ewig, bis sie in Schwung kommen, weichen aus, schimpfen aus, schießen zurück, als verstünden sie nicht ganz, worum es geht, wenn sie doch die Ernte schon vor der Nase haben, erleiden vernichtende Niederlagen, dann werden sie wütend und zerschmettern alles um sich herum ohne Rücksicht auf Verluste, weder auf eigene noch auf fremde. So war es im siebzehnten Jahrhundert, so war es im zwanzigsten, so wird es immer sein. Die Art ihrer Kriegsführung ist eine der konstanten Größen einer Kultur. Die Deutschen werden immer musterhaft beginnen: sich zwanzig Jahre lang vorsichtig vorbereiten, die Schlachten gewinnen, die Städte einnehmen – und es wird immer mit einer ungeheuerlichen Zertrümmerung enden, wenn der Feind imstande ist, wenigstens ein wenig Widerstand zu leisten (also nicht Franzose ist). Die Amerikaner werden immer aus gefahrloser Ferne/Höhe alles, was sich bewegt, vom Antlitz der Erde tilgen, und in den Ruinen dann landen mit Schokolade und Coca-Cola für die einarmigen Kinderchen.

Die Russen hassen Spirituosen. *Wer hat dieses widerliche Zeug nur erfunden?!* – sagt gern einer, der mit zwei Fingern ein facettiertes Glas hält. Erfunden haben es westeuropäische Mönche. Die trinkenden Russen hassen Spirituosen und ihren Geschmack mehr als die nicht trinkenden. Alle übrigen Völker trinken, um sich zu erwärmen oder in Stimmung zu kommen (die Völker, die trinken, um sich zu erwärmen, unterscheiden sich von den Völkern, die trinken, um in Stimmung zu kommen, darin, daß die ersteren sich erwärmt haben und die letzteren in Stimmung gekommen sind). Die Russen trinken, um (wenn auch nur für eine Weile) die sie peinigende ununterbrochene Arbeit ihres Verstandes anzuhalten.

Die Russen sind wehrlos vor Gedichten. Rußland ist das einzige Land in der Welt, das seinen Namen (*Róssija*, stammbetont wie bei den Länderbezeichnungen auf *ija* üblich – *Fránzija*, *Itálija*, *Ánglija*), selbst geändert hat, um ihn besser in den Jambus der feierlichen Ode des 18. Jahrhunderts einzupassen und damit er sich auch als Reimwort eignet (*Rossíja* reimt sich exakt auf die weiblichen Adjektivsuffixe im Plural – *ognewýja* – feurige, *rokowýja* – fatale – usw.).

Die Russen sind tolerant, d.h. sie sind ziemlich gleichgültig gegen fremde Glaubensbekenntnisse und Lebensweisen. Mitte des 16. Jahrhunderts eroberten sie die tatarischen Fürstentümer, doch die Moschee *steht immer noch dort*, so etwas wäre in der westeuropäischen Geschichte undenkbar. Die Schamanen der Stämme an der Wolga und in Sibirien hexten, wie sie wollten, bis zur Sowjetzeit: Die Moskauer Kanzleien interessierten sich nur für die Naturalsteuer-*Rauchware*, und den in Sibirien siedelnden Bauern kam nicht in den Sinn, sich mit der »Massenaufklärung der Heiden« abzugeben. Das Petersburger Imperium und die Sowjetmacht, ihrer Herkunft nach europäische Ideologie- und Politikmodelle, haben sich bemüht, diese westliche Intoleranz in das russische Leben einzupflanzen (von oben organisierte Pogrome; staatliche – mehr oder minder träge – Unterdrückung von Angehörigen anderer christlicher und nichtchristlicher Glaubensgemeinschaften; wirtschaftliche und juristische Maßnahmen, die Taufe von Juden zu fördern; dann, nachdem diese Getauften die Revolution bewerkstelligt hatten – den militanten Atheismus fördernde Maßnahmen), aber im Resultat war all das nicht von besonderem Erfolg gekrönt. Schon Mitte des 19. Jahrhunderts wurde der russischen orthodoxen Kirche vorgehalten (von einzelnen orthodoxen Intellektuellen), sie vernachlässige die Missionstätigkeit bei den Götzenanbetern, sogar in der in diesem (wie in jedem andern) Sinn, am meisten *verwestlichten* Sowjetzeit ist es nicht gelungen, eine *Nicht*gleichgültigkeit gegen das, was andere denken und woran sie glauben, auf länger in den Russen zu befestigen. Den Westeuropäern fällt es schwer, so etwas zu verstehen – sie selbst führten aus unterschiedlichen religiösen Anlässen und Ursachen nahezu zwei Jahrtausende unentwegt Krieg gegeneinander und gegen andere, töteten in Schlachten und bei Belagerungen unzählige Menschen, verstümmelten, verbrannten und ertränkten gerichtlich und bei Pogromen. Die heutige westliche (übrigens auch reichlich *streitbare*) Toleranz hängt einfach damit zusammen, daß sich die Eiferer und Verfechter in den Jahrhunderten der religiösen Kriege und Verfolgungen gegenseitig ausgemerzt haben oder (wenn sie Sekten angehörten) nach Amerika oder Rußland geflohen sind und die heute lebenden Westeuropäer zumeist die Nachkommenschaft folgsamer Kleinbürger sind, welche den Glauben haben, an den sich die momentan aktuelle Obrigkeit hält, oder keinen Glauben, wenn keiner speziell verlangt wird.

Die Russen sind heikel gegen Unreinheit. Die Russen sind nicht leichtgläubig (wie Puschkin sagt, daß Othello sei), die Russen sind nicht eifersüchtig (wie Puschkin sagt, daß Othello *nicht* sei), die Russen sind heikel gegen Unreinheit. Sie erwürgen Desdemona, nicht, weil sie sie einem anderen guten Menschen nicht gegönnt hätten, nicht deshalb, weil sie ihre Eigentumsrechte, die Heiligkeit des Vertrauens oder die Heiligkeit der Ehe verletzt sehen, sondern weil sie heikel gegen Unreinheit sind. Die Reinheit von allem, was ihren eigenen Körper nicht unmittelbar berührt, ist den Russen gleichgültig. Von allem jedoch, was mit ihm in Berührung kommt, verlangen sie völlige Sterilität (deshalb mögen sie es nicht, an fremden Dreck mit den Händen zu rühren). Gehen Sie nur einmal von der gemeinsamen Treppe in eine private Wohnung. In Europa war früher alles sauber, was außen sichtbar war – für *die Leute*, alles, was man nicht sah, aber schweinischer als jeder Schweinestall – s. die Reisenotizen des russischen Komödiendichters Fonwisin (von Wiesen, 18. Jh.). Jetzt – in dem all-einseitig-sichtbaren Möbiusschen Europa – ist alles außen, alles sichtbar, deshalb auch alles mehr oder weniger sauber (zur Erhaltung der Sauberkeit muß man von überallher Sklaven importieren, sie mit fluoreszierenden roten Westen bekleiden und sie ausländische Mitbürger und Flüchtlinge nennen).

Die Russen wissen nicht, daß sie Russen sind. Die Russen denken, daß sie Europäer sind, Eurasier sind, Christen sind, daß sie Angehörige der Intelligenz sind, Sozialisten sind usw. usf. Der erste und meistverbreitete der genannten Irrtümer ist in der russischen gebildeten und halbgebildeten Schicht so fest verwurzelt (dank der drei Jahrhunderte des Imperiums Peters d. Gr. und der Sowjetmacht), daß er nur zusammen mit Europa tilgbar wäre.

Die Russen wissen nicht, daß die Nicht-Russen sie nicht mögen. Die Russen, wie auch die Juden, denken, daß wenn sie jemand nicht mag, dann *liege das an irgend etwas* – daß sie etwas falsch gemacht haben, jemanden beleidigt, sich unrichtig verhalten haben u. ä. Weder diese noch jene kommen darauf, daß man sie überhaupt nicht mag, sintemal jeder jeden nicht mag, und manche insbesondere nicht. Deshalb geben sich sowohl diese wie jene stets arge Mühe, alles richtig zu machen, so wie es sein soll, und weil sich dabei ergibt, daß sich nichts ergibt (in dem Sinn, daß sich zwar alles, was sich ergibt, ergibt, aber man sie dann im Ergebnis nicht etwa mehr, sondern weniger mag), macht ihnen das schwer zu schaffen und geben sie ihrer unseligen Natur die Schuld an allem. Die Russen und die Juden haben überhaupt sehr vieles gemeinsam (abgerechnet die verschiedene Veranlagung von Verstand und Instinkt), in erster Linie deshalb, weil sowohl Russen wie Juden kein Volk, keine Rasse, keine Kultur sind, sondern etwas wie eine Menschheit für sich, die viele Völker, Rassen und Kulturen umfaßt. Demnach müßten beide auch leben auf jeweils einem Planeten für sich.

Der Russe hat eine unendliche Menge Persönlichkeiten. Die Russen widerlegen augenfällig die verbreitete Hypothese von einer einzigen Persönlichkeit, die dem menschlichen Individuum erteilt worden sei. Nur ein Amerikaner hat wirklich diese eine, einheitliche, einzige Persönlichkeit (denn die Vermehrung der Persönlichkeiten beginnt in der Regel mit dem Übergang zur Geschlechtsreife, und diese Phase kommt bei dem Amerikaner bekanntlich an kein Ende). Ein Europäer hat einige Persönlichkeiten – eine *endliche Zahl*: drei oder vier oder sieben – funktionell angepaßt an die verschiedenen sozialen und biologischen Situationen und je nach deren Eintreten oder Enden ein- oder ausschaltbar. Der Russe hat eine unendliche Menge von Persönlichkeiten (mathematisch – *eine unscharfe Menge*), die sich im Vorraum des Bewußtseins unentwegt drängen und stoßen. Altersstufen, soziale Stufen, sogar Nationalitäten. *Schaben Sie an einem Russen, und es kommt ein Tatare zum Vorschein*, sagte ein Franzose. Aber schaben Sie an diesem Tataren, erscheint ein Franzose darunter.

Die Russen sind immer unzufrieden. Nicht eigentlich mit
ihrem eigenen Leben (das ist eben, wie es ist), sondern mit
dem Leben um sie herum allgemein sind sie unzufrieden und
beklagen sich gern über es, besonders Ausländern gegenüber
(welche ihnen ihrerseits gern glauben). Der Grund: die Russen bewerten das Leben im Vergleich mit dem Paradies, über
welches sie alles wissen, als wären sie dort schon gewesen.
Als institutioneller Statthalter für das Paradies kann mal
die Vergangenheit, mal die Zukunft, mal das Ausland, mal
das Dorf, mal der Kommunismus, mal der Kapitalismus dienen – abhängig jeweils von den geschichtlichen und persönlichen Umständen. Oder sagen wir es vereinfacht: Die
Russen vergleichen Rußland mit dem Paradies, und die Tat-
sache, daß es dem Paradies nicht ganz gleicht, erfüllt sie mit
Trauer und Zorn.

**Persönliche Rechtschaffenheit und Einhaltung der Ge-
setze sind eine Manie der Russen.** Da die staatlichen Gesetze in Rußland immer ohne Rücksicht auf die russische
Natur abgefaßt wurden, war und bleibt es absolut unmöglich, sie in der Praxis vollkommen einzuhalten, wie sehr die
Russen sich auch bemühen. So sind die Russen genötigt, sich
für den praktischen Bedarf eigene Gesetze zu erfinden. Sogar
die russischen Diebe haben sich, um redlich zu stehlen, einen
Kanon von Gesetzen erfunden und halten sich strikt an ihn.
Die Meinung, in Rußland *wird gestohlen, was nicht niet-
und nagelfest ist*, beruht auf einem Mißverständnis: Staats-
eigentum, d. h. herrenloses Gut, stiehlt man nicht, man findet es.

Die Russen sprechen unübersetzbar. Schriftrussisch ist in
andere Sprachen nicht schlechter und nicht besser übersetz-
bar als eine beliebige andere Sprache. Das mündliche Russische hingegen ist völlig unübersetzbar: die Russen verstän-

digen sich untereinander nicht mit Hilfe in Wörtern und Sätzen ausgedrückter kommunikativer Elemente, die zur Mitteilung einer bestimmten Information dienen, sondern über mündliche Hieroglyphen, die keinerlei ersichtliche Bedeutung haben – komische Vorfälle aus dem eigenen und fremden Leben, literarische Zitate, Sprüche, Scherzwörter, Liedchen und Wortspiele. Die russischen Mutterflüche sind nur ein spezieller Fall dieser hieroglyphischen Kommunikation, mittels derer die Russen einander wunderbar verstehen. Dafür aber sind sie unbeschreiblichen Schwierigkeiten ausgesetzt bei Kommunikationen simpel-pragmatischer Art. Jeder, der es versucht hat, sich mit Russen über etwas Konkretes zu verständigen, weiß das.

* * *

Die weiteren **sieben Facetten** sind Geheimnisse, die ich nicht zu lüften wage. Aber für den frontalen Blick sind sie sowieso unsichtbar.

Vierte Satire.
Juli – August dreiundneunzig

> *My story is history.*
> *Your story is mystery.*
>
> School rhymes

21. Amerika wurde von Kolombine entdeckt (1)

Auf dem Flug »Praha, Ruzyn – Gaius-Julius-Kennedy-Flughafen« habe ich die ganze Nacht kein Auge zugetan. Der Stolz der Tschechischen, ehem. Tschechoslowakischen Airlines, die halb leere, von den »American Airlines« unter Verpfändung des ehem. Föderalparlaments-Gebäudes am Vaclavska-Platz ausgeliehene »Boeing«, rüttelte fein: Offenbar wusch sie ihren Bauch am Waschbrett transatlantischer Wolken. Es zog vom Fenster, obwohl das nicht sein konnte. Durch die halbdunklen Gänge des Flugzeugs liefen Zigeunerkinder und boten an, sich in der Toilette mit ihrer schnurrbärtigen Urgroßmutter zu amüsieren, was ein Schwindel war – den beiden Jungs im vormilitärischen Alter, die in der Business-Class zur Columbia University flogen, um römisch-amerikanisches Recht zu studieren, und sich verlocken ließen, wurde ein Füller Marke »Pseudoparker« als Messer an die flaumigen Adamsäpfel gehalten und »vergebliche staatliche Scherereien« wegen »Mariash-Interessen« gewahrsagt. Die an die National Hockey League verkauften Gladiatoren von Sparta und Slavia klirrten mit ihren Ketten, suckelten den grünen Becherovka aus den quadratischen Flaschen und riefen den Bombenflugzeugen B-52, den verdichteten begegnenden Schatten, *do toho* (»ran!«) zu. Dann umarmten sie ihre Schläger und schliefen ein. Und ich konnte es nicht. Die Chassiden, in Fuchspelzmützen und schwarzen seidenen Chalaten, beteten, den Messias behelligend, auf den Raucherplätzen. Und ich konnte das nicht. Ab und zu rollten, die Zigeunerkinder wegschiebend, die klirrenden Silhouetten der von der pneumatischen Kraft der stärkesteifen Stewardeßtitten bewegten Wagen durch den Gang – es begann nach Weißkraut-Auflauf südmährischer

Art zu riechen. Der Pole, hoch in den Jahren (im übernäch-
sten Sessel neben mir), wechselte immer wieder sein Gewicht
von dem einen wellenwerfenden Oberschenkelknochen auf
den andern, und mit langen Seufzern, eingesaugten, strich er
über die bergartig zwischen uns dunkelnde Reisetasche –
hatte er ihr etwa ein eigenes Ticket gekauft? Die vormilitärischen Zwillinge ließen sich in die herrenlosen Sessel vor mir
fallen – konnten wohl so verheult nicht zurück in die Business-Class. Der eine drohte dauernd, sich beim Großvater
zu beschweren: »Wenn wir landen, wie spät ist es dann in
Moskau? Ich rufe Opa sofort im Ministerium an, daß er eine
Note an den Pariser Klub sendet.« Der andere brummte leise
etwas Handfesteres, von *Jungs*, die aus dem Prager Office
ihres Vaters abzukommandieren seien zum Zweck der Rache
an den Beleidigern und der Vergeltung bis ins vierte Glied
einschließlich, dann müssen sie ihren Schacher mit dem
roten Quecksilber eben mal sein lassen die Zeit, *basta*. Die
Studienbewerber schniefen, schluchzten, murmelten – und
schliefen ein, die rasierten beinernen Hinterhauptbälle an-
einandergelehnt. Und mir gelang das nicht. Kann sein, wir
sind gelandet, ausgestiegen auf die mit den Leuchtlinien
durchsteppten neutralen Zonen, aufs Rollfeld zurückgekehrt mit den Niederflur-Bussen und wieder gestartet – ich
weiß es nicht mehr genau. Als es eben zu tagen begann, wurden die amerikanischen Einreisescheine ausgeteilt: zum auf-
merksamen Lesen und Ausfüllen. Der Pole rieb sich seine
wie bei einer Maus geröteten Augen und fragte den Pan
Mich, ob der Pan Ich es auch so verstehe wie er, daß die Einführung jeder Art von Lebensmitteln – fest, flüssig oder
gasförmig – auf das Territorium der Metropole laut Beschluß
von Caesar und Senat kategorisch untersagt sei. Der Pan Ich
bestätigte das. Die gasförmigen Lebensmittel ergötzten den
Polen geraume Zeit, er bewegte ironisch seinen sandfarben
herabrieselnden Schnurrbart, schlug auf seine Reisetasche

und pfiff mal durch die eine dürre Nüster, mal durch die
andere, bis ihn plötzlich ein Gedanke durchzuckte: er zog
eine einen halben Meter lange Krakauer Wurst aus der Jacke
und zeigte sie mir. Ich nickte. Einige bestürzte Momente lang
schaute der Pan mal auf mich, mal auf die Wurst, die er mit
ausgestreckten zehn Fingern vor sich hielt – vorsichtig wie
eine Flöte – dann seufzte er vernehmlich – diesmal aber aus-
atmend – und nagte sie auf einmal an. Sein Schnurrbart flog
zu beiden Seiten der Wurst wie ein weißer Vogel. Die Pelle
schlängelte sich an die Jackenrevers wie zwei Papiergirlan-
den. In dreizehneinhalb Minuten nach meiner Offiziersuhr
wurde aus der Wurst eine Statuette der Muttergottes von
Czenstochau herausgenagt und behutsam in eine Plastiktüte
gesteckt. »Matka boska«, sagte der Pole ehrerbietig und warf
die Tüte in die Reisetasche. Ein talentiertes Volk sind diese
Polen, da kann man nichts machen.

Vater holte mich ab, ihn hatte mit dem »Land Rover« Jack
Kapellmeister-Golubchik hergefahren, mein Vetter dritten
Grades und ehem. Vergil beim jugendlichen »zu den Huren
Gehen« (wie *jener Igel*, s. o.). Ich sah sie von der Schlange vor
der Kontrolle aus: der kleine Vater in Netzhemd, Leinen-
hose und gelochten Sandalen, alles 1973 in Kislowodsk auf
dem Trödel gekauft, und der riesige Dickbauch Kapellmeister in cremefarbenem Anzug und kolonialem Panamahut,
der seine rote, feuchte, wie frisch skalpierte Glatze knapp
bedeckte. Gehen auf und ab an der Absperrung entlang (mit
dem abwesenden Blick in die Ferne, den Wartende haben,
schauen mal auf die Uhr, mal nirgendshin – was freilich dasselbe ist). Ich stellte mich auf die Zehenspitzen und winkte
mit dem golden-himbeerroten Paß des nicht mehr existierenden Skythoparthien über dem Kopf, wurde jedoch nicht
registriert – der die Sicht hindernde Pole versuchte nun
schon siebenundzwanzig Minuten am Stück dem »Pan Of-

fissö Immigrazie« zu verklickern: »Madonna! Madonna!«
Der Offizier hatte die vieleckige Dienstmütze nach hinten
geschoben und betrachtete die Statuette lange, rückte sie
immer weiter ab auf seinem *wie eine Wolke geräumigen*
Bauch, dem mit einem hellblauen (an den Schultern, unter
den Armen und um den Nabel herum – dunkelblauen)
Hemd bedeckten, welches eine Unmenge von Schulterstük-
ken, Taschen, Beschriftungen und Tressen aufwies. Dann
schubste er sie aus der Tüte, beroch sie, leckte, schüttelte entschieden Wangen und Stirn und legte sie hinter sich irgendwohin fort: »Doesn't look like her at all!«

»Weißt du, Onkel Jascha, wen ich im Flughafen gesehen
habe?« fragte Kapellmeister, als er bremste, um die Maut zu
zahlen. »Julchen, das Mädchen von den Goldsteins aus Cincinnati. Hat sich auch in den Europas herumgetrieben, die
Gans. Na, macht nichts, dafür fahren wir im Dezember mit
›Madame Butterfly‹ nach Ulan-Bator. Zwischenlandung in
Paris.«
»Von welchen Goldsteins?« fragte Vater gleichmütig aus dem
Fond im Geraschel des eine Woche frischen »Sowjetsport«,
den ich in Prag gekauft hatte. »Die Enkelin von Nina Solomonowna oder die Nichte von diesen aus Dnepropetrowsk
da, den Verdienten Banduraspielern der Ukraine?«
»Nein doch, von diesen mit uns ganz entfernt Verwandten,
siebten Grades. Seit nach dem Krieg sind sie hier, sind aus
Iwano-Frankowsk fort damals noch, als polnische Flüchtlinge. Wir haben sie hier über das Rote Kreuz gesucht, als du
und Tante Natascha kamt, erinnerst du dich nicht?«

Diese Erinnerung begeisterte den Vater nicht, er schwieg und
raschelte vernehmlich.

»Es gab da noch so eine berühmte Geschichte mit ihr, stand in der Zeitung. ›New York Times‹ oder ›Neues russisches Wort‹. Entweder hat sie das Geschlecht gewechselt, und die Verwandten haben sie dafür verdammt, oder umgekehrt ... Jemand von ihnen soll sich sogar erhängt haben, glaub ich, aus Protest. Weißt du das nicht mehr? Etwa vor einem Jahr ruft sie an bei mir, stell dir vor, und wollte in der Assoziation der Homosexuellen und Lesben – Asylanten aus Sowjetistan – einen Vortrag halten, sie habe gehört, ich bin dort Präsident. ›Honey‹, sag ich zu ihr, ›was für eine Assoziation, geh in dich! Ins Schwitzbad kannst du kommen, jedes Wochenende, aber irgendwelche Assoziationen-Pimmelionen haben wir hier nicht, solche Leute sind wir nicht, die dauernd Organisationen organisieren. Ich bin der Präsident vom Schwitzbad.‹«

»Ist sie gekommen?« fragte Vater unerwartet interessiert.
»Freilich. Kam extra aus Cincinnati geflogen, mit einem Bastwisch. Aber unsere Jungs haben sie entlarvt – daß sie ein Schwesterchen ist und kein Brüderchen. Haben ihr ein wenig das Fell gegerbt, das künstliche Glied weggenommen und sie auf die Straße gejagt, so wie die Mutter sie geboren hat. Ganz Greenwich Village hat gelacht.«
»Fine«, sagte Vater rachgierig.

»Die Freiheitsstatue muß man vom World Trade Center sehen, und das World Trade Center von der Freiheitsstatue, von ihrem Scheitel. Ich kann diese Woche mit dir dahingehn, nur morgen nicht und nicht übermorgen, morgen muß ich nach Connecticut, hab dort privat zu tun. Wo willst du zuerst hin?«
»Ich will nur ins Museum für Naturgeschichte, sonst nirgendshin. Nein, warte ...«
»Das mag mal Onkel Jascha übernehmen. Dort mieft's so

nach Seifensiederei von den Echsen und der übrigen Pa-
läontologie, da bin ich heikel. Na, Jakow Nahumytsch,
machst du den Ausflug mit dem deutschen Söhnlein? Läßt
euch Tante Natascha überhaupt aus Brighton heraus, oder
wie? Für sie ist ja sogar schon Coney Island wie Afghanistan
und Harlem gleichzeitig.«

Vor sieben Monaten hatte Konstantin Walerianowitsch, der
Prager Kulturattaché, als er mich mit einem Abendessen regalierte, bei Kerzenlicht am Kamin, in seiner Botschafts-
Wohnung, die mit ihrer Eichenholztäfelung und ihrer Größe
an das Hauptquartier des Obersten Befehlshabers erinnerte,
zwischen dem russischen Salat und dem Stör auf Klosterart
mir erzählt, daß *nach den Angaben unserer Agentur, aber sie
sind keine geheime Verschlußsache mehr, Julij Jaklitsch, es
stand sogar in den »Moskauer Nachrichten«*, das Stück Ton
aus der Dachkammer der Altneusynagoge im Jahre achtund-
sechzig auf persönliche Anordnung Dubčeks geheim in die
BRD verbracht und dort dem amerikanischen Nachrichtendienst übergeben wurde. »Zuerst hatte Dubček vor, ihn
selber zu beleben, um ihn gegen unsere … gegen die Panzer
des Warschauer Pakts zu schicken, aber sie schafften es nicht,
wahrscheinlich wußten sie irgendeine Beschwörungsformel
nicht. Er belebte sich zwar, aber kam nicht vollends zur Be-
sinnung.« Von dem Luftstützpunkt bei Frankfurt versandte
man den schlafenden Menschen aus Ton per Sonderflug in
die Stadt Fifthrome, Connecticut, wo sie ihn mit Hilfe der
Militärrabbiner aufzuwecken versuchten. Aber sie bekamen
ihn nicht völlig wach, nach den Angaben der Agentur. »Im
weiteren verliert sich seine Spur leider – und Sie brauchen
das nun für ein neues Stück wohl?« Konstantin Walerianowitsch tupfte vorsichtig den Schnurrbart in Form einer kleinen geschweiften Klammer, die – etwas abstehend – auf der
blassen, leicht vorgeschobenen Oberlippe lag, mit der Ser-

viette ab und fügte aus irgendeinem Grund hinzu: »Heute, Julij Jaklitsch, ist eine gründliche Umbewertung dieser Geschehnisse, die die traditionelle russisch-tschechoslowakische Freundschaft überschattet haben, erfolgt.«

»Hör mal, Kapelja, mir ist eingefallen, daß ich noch, außer ins Museum für Naturgeschichte, nationale jüdische Reliquien besichtigen möchte. Ich brauche das für einen Roman. Gehst du mit mir?«

»Was für jüdische Reliquien haben wir denn, du Schaf?! Was stellst du dir vor darunter? Die Residenz vom Lubawitscher Rebbe? Aber dort muß man sich ein halbes Jahr vorher anmelden, und an den Majordomus und den Zeremonienmeister ist eine Liebesgabe fällig«.

»Kannst du die Adresse herausbekommen, wo Marilyn Monroe in New York gewohnt hat?«

Der »Land Rover« versuchte mal rechts, mal links durchzukommen mit seinem in glänzende Röhren eingefriedeten Vorderteil. Von hinten und von der Seite hupte man mißbilligend und spannte die Hähne der unter den Sitzen hervorgeholten Stutzen. Vater im Fond wurde wach: »Jascha, sind wir da?«

»Wo denken Sie hin, Onkel Jascha, wir sind noch nicht mal auf dem Wege nach Brooklyn. Wir sind bloß auf dem besten Wege, den Verstand zu verlieren, besonders der da, Ihr Söhnchen, Großer Schriftsteller des russischen Landes, Ge Es de Err Ell, Plempem.«

»Ich wünsche eine Wallfahrt zur Heimstatt der jüdischen Märtyrerin zu unternehmen, die von den Eunuchen Caesars meuchlings ermordet wurde«, sagte ich stur. »Oder denen des Bruders von Caesar.«

»Aber warum der jüdischen? Warum, warum, warum?« –
heulte Kapellmeister auf, die Hupen der ihm entgegen oder
ihm in die Quere fahrenden Autos überschreiend, von seiner
eigenen ganz zu schweigen.
»Und wer hat Arthur Miller geheiratet und ist konvertiert?
Man hat sie doch später nicht wieder ausgeschlossen, oder?
Ich meine, aus Abrahams Schoß und Isaaks und Jakobs.«

»Jakob«, knurrte Jacky Kapellmeister. »Das ist dir kein wah-
rer Jakob für alle und jeden. . . . Warum kommst du eigentlich
nicht nach Amerika, um hier zu leben? Mir geht nicht in den
Kopf, wieso du dort warten willst, bis die Möhre fastet. Bis
die Finnen die Heldenstadt Leningrad ans Große Finno-Ug-
rische Reich anschließen?«
»Nein, Alter, nach Amerika kann ich nicht. Das ist für mich
zu gefährlich. In Amerika ist es laut Senatsbeschluß vom
Siebten Neunten einundsechzig verboten, in gedruckten
Texten mehr als ein Adjektiv pro Substantiv zu gebrauchen.
In manchen Staaten, zum Beispiel in Texas, kommt man
dafür auf den elektrischen Stuhl. Und mein Stuhl ist ohne-
hin elektrisch – von den kanadischen Moosbeeren, groß wie
Partytomaten, die es auf dem Flug ›Praha, Ruzyn – Gaius-
Julius-Kennedy-Flughafen‹ gab. Als Nachtisch.«

»Sieh an, da hat unser lieber ›Zenit‹ vom lieben ›Spartak‹ mal
wieder eins übergebraten gekriegt. Na ja, es gibt eben keinen
Lewin-Kohen den Kahlen mehr. Und keinen Burtschalkin
Ljowa«, sagte Vater bekümmert und zerkaute die Zeitungs-
ecke mit seinem leise knirschenden dunkelrosa Kinnbacken.
Nun fuhren wir auf die Brooklyn-Brücke. Da schlief ich
längst.

Ich erwachte von Vaters Bohrmaschine, genauer – von dem Staubsauger »Sturm«, der eingeschaltet wurde, um Vaters Bohrmaschine zu übertönen. Zu dem zweifachen Surren – in der feuchten, flimmrigen Dämmerung vor den dicht zugezogenen Fenstern – kam noch ein nur gewußtes drittes: der die ganze Nacht aktive Ventilator (auf seinem lackierten vierkantigen Bein, in der vom Bett entferntesten Ecke) drehte immer noch seinen vergitterten runden Kopf voll metallener Bienen von einer Seite zur anderen. »Jetzt wird es ein kleines bißchen unangenehm«, sagte Vater hinter der Wand und drang in Gestein ein. Im Flur heulte der »Sturm« auf.

Bis der Kunde ging (vorher hatte Mutter ihren wellig weißen Kopf zur Haustür hinausgesteckt und geprüft, ob im Hof Steuerfahnder oder die harschäugigen Sozialamtsvestalinnen zu Gange sind), lag ich im störrischen Dunkel – der mit dem feuchten Laken behaftete Pimmel weigerte sich endlos, sich zu legen (*der Morgenlatte schenk keinen Glauben, sie will nur pissen und nicht schrauben*, solcherart ewig-weibliche Weisheit hat mich die Judenschluchter Irmgard gelehrt) – und fuhr kräftig mit der Zunge an die unteren Zähne von innen, dorthin, wo sie aus dem Zahnfleisch treten, an die erschreckenden Fragmente des eigenen Skeletts. Ich dachte an den »Krieg der Kinder und Greise«, den *umwerfenden* Roman, der mein schon spürbar unfernes Alter zu versorgen hat; Inhalt: Mitte der achtziger in Sosnowaja Poljana, oder besser in Wesjoly Posjolok – nein, lieber doch in Strelna –, eine Bande von acht- bis zehnjährigen Rotzbengeln tötet die Achtzigjährigen (mit Bronzemuttern vom großfürstlichen Schloß – aus Schleudern mit Zeiss-Optik), damit sie den

Anbruch von Perestrojka und Glasnost nicht aufhalten.
Oder aus irgendwelchen mystischen Gründen (*ausden-
ken!*). Das nach nassem Hund riechende unterirdische Ge-
wölbe des Konstantinpalastes ... der unterirdische Gang
vom Orlowpark in den Konstantinpark ... auseinanderstie-
bende Zwergfledermäuse ... Zigeuner in faltigen Stiefeln
fangen in Vorgärten Igel zum Braten ... die bleichen, rauhen
und zerkratzten Zapzerap-Kinderfinger, gekrallt (wie in
Schlagringe) um die von den Absperrhähnen der Wasserlei-
tungen abgeschraubten sechseckigen roten Griffe ... Der
Rentner Samorodko, ehem. Artillerist vom Kreuzer »Kirow«, baut bei der Parteizelle in der Wohnungsverwal-
tung eine Selbstverteidigungsgruppe auf, und so weiter, bis
zur entscheidenden und allesvernichtenden Keilerei an der
schrecklichen, schwarzen, schiefen Kastanie (die unteren
Äste sind abgebrochen zu Schleudern), die am 21. April 1943
neben dem deutschen Stab gepflanzt worden ist, zum Andenken an den 2696. Jahrestag der Gründung Roms. Man
kann ihn dem »Nord-West-Verlag« als *russische Fantasy*
verkaufen, oder je nach dem, wie's der Zufall will – drehn
die Maxim-Gorki-Walt-Disney-Studios kurzentschlossen
einen Thriller für Kinder und Jugendliche nach ihm, mit
Charles Bronson in der Hauptrolle, dem krummbeinigen litauischen Chasaren, der die Garde der grünen Jungs mit der
Kalaschnikow aus der Hüfte niedermäht wie Gras? ... Endlich brachte man Bohrmaschine und Sessel in die Nische in
der Küche, sperrte sie hinter eine selbstgebaute Tür (an der
Tür von oben bis unten Regalbretter, auf den Regalbrettern
von oben bis unten Dosen, alle mit zerschabten roten Punk-
ten und der estnischen Aufschrift »Suhkur« (Zucker)), und
rief langgezogen zum Frühstück (zu sehr vielen Pfannkuchen) – in sich windende Ketten weißen Marmorrauchs von
der »Belomor« und unter Mutters forschenden Blick. »Vielleicht läßt du dir einen Bart stehen? Dein Gesicht hat so-

was ... Nuttiges sonst ...« Nichts Nuttiges hat es, nicht
nuttig ist es, sondern so, wie es war, so ist es auch noch.

Hinaus ließ man mich nicht – außer mit Vater zu dem (nach
den ehem. sowjetischen Privilegierten-Läden benannten)
rund um die Uhr geöffneten Lebensmittelgeschäft »GE-
SCHLOSSENER VERTEILER – MIKHAIL & LYDIA
TRIMALCHIONIDI Ltd«. Die roten Backsteinbauten
ringsum (an alle Mauern waren drei- und vierläufige Guß-
eisentreppen gekrampt), seinerzeit als Wohnhäuser für die
Stammgäste der strandnahen Isaak-Bashevis-Singer-Speise-
wirtschaften (»Warschauer Blinzen«, die Sülze »Kosciuszko«, *Pani Kagaúska, filiżanoczku kavy proszem*) (polnisch:
eine Tasse Kaffee, bitte) errichtet, sind heute ausschließlich
von Rentnern aus Skythoparthien bewohnt (von den *Evakuierten*, wie Mutter sagt). Die Architekten vom sozialen
Wohnungsbau waren, wie man hier sah, von dem Leningrader Gefängnis »Kreuze« und anderen Besserungsanstalten
des ehem. Russischen Imperiums inspiriert worden sowie,
höchstwahrscheinlich, von den Packhäusern, die Peter d. Gr.
in der Hauptstadt seines Imperiums bauen ließ und von der
Fabrik »Rotes Dreieck«, ebenda. Neben dem Lebensmittelgeschäft stand ein »Mercedes« mit dem Nummernschild
»MISHKA« (für ewig vertäut: der Inhaber, ein grannen-
reicher Koloß – Schnurrbart, Brauen plus Borsten an den
mittleren Fingerknöcheln – war nie fort von hier). Verkauft
wurde dort Buchweizengrütze in Anderthalb-Kilo-Tüten,
Walnußmarmelade, Preßkaviar vom Stör in runden, grünen,
diametral leicht angerosteten Büchsen, indischer Tee mit den
Elefanten drauf und *gebratenes Halb von Hühnchen*. In
der Hauptstraße, unter der Metro-Hochbahn, die sie längs
überdachte und dreiviertel ihres Himmels besaß (wonniger
staubiger Schatten ... erschwerter Atem des Ozeans ... der
Zug oben, furchterregend wie ein Sturzbomber ... – hier

konnte man noch einatmen und den Rücken vom Hemd frei-
bekommen), begegneten uns auf Schritt und Tritt Vaters
ehem. Kollegen aus der Klinik für die Belegschaft der Brotfabrik: in Netzhemden, Leinenhosen und gelochten Sandalen altrömischer Art, genau wie er. Wir hielten an, um
flüsternd einen zahnärztlichen Termin zu verabreden – nach
einem komplizierten Terminplan gingen alle zueinander,
einander die Zähne zu krönen. Im Übersee-Juli verdunstet,
aber mit Netzen voll Walnüssen und Buchweizengrütze kamen wir heim zum Borschtsch (mit Sauerrahm, *nicht vom
Kusnetschny Markt freilich, aber auch nicht ganz ungenieß-
bar*) und zu den Truthahn-Buletten; bis zum Abendbrot
dann (die gehaßte Buchweizengrütze mit Milch, *freilich auch
nicht aus der Sowchose*, und sehr viel Pfannkuchen) schlen-
derte ich (unter Mutters forschendem Blick): aus der Küche
ins Wohnzimmer, aus dem Wohnzimmer, wo der Fernseher
stumm aus eigenem Antrieb flimmerte, in das mir überlas-
sene Schlafzimmer, las mal wieder »Buratino« und übersetzte einen Brief von Onkel Jahud an die »New York
Times« ins Amerikanische, mit Smirnizki Russisch-Englisch
und der telefonischen Hilfe von Kapellmeister (»Hast du
noch alle beisammen, du Landplage, ich steh hier und diri-
giere ›Aida‹!«). *Ladies and Gentlemen*, schrieb Onkel Jahud
aus der Heimat des Weihnachtsmanns, *als Historiker mit
dem Spezialgebiet Internationale Beziehungen möchte ich
mich an das lesende Publikum der Hauptstadt der Freien
Welt mit den unten folgenden Überlegungen und Bedenken
wenden*. Die unten folgenden Bedenken betrafen die Befürchtung Onkel Jahuds, *das Heilige Römische Reich Ame-
rikanischer Nation*, das zufällig und völlig unerwartet für es
selbst im Kalten Krieg gesiegt habe, könne zur Geisel der
eigenen Tributpflichtigen und Vasallen werden, der *hinterli-
stigen Graeculi* mit ihren in Jahrhunderten der Niederlagen,
Intrigen und Verrätereien geschärften Tücke. »Graeculi«

nannte Onkel Jahud die Westeuropäer, nachdrücklich auf die
völlige Analogie ihrer Lage im amerikanischen Reich mit jener der hellenistischen assoziierten Staaten und Provinzen
im Rom der frühen Dynastien weisend. Besondere Über-
setzungsschwierigkeiten bereitete die von Onkel Jahud ge-
zogene elegante Parallele der Abhängigkeit der römischen
Provinzen von der ununterbrochenen Versorgung mit sü-
ßem Wein, Ambra und Moschus sowie den aus den Felsen
und Riffen des Meers zu klaubenden Muränen, die von
Caesars Legionen sicherzustellen war, zu der Abhängigkeit
Westeuropas von der ununterbrochenen Versorgung mit
nicht reproduzierbaren Naturschätzen, die die Flugzeug-
träger der 6. Atlantischen Flotte zu sichern haben – ökono-
mische Begriffe waren nicht Kapellmeisters Stärke. Onkel
Jahud warnte insbesondere vor hintergründigen Versuchen,
die Metropole in ein ihr nicht dienliches Tohuwabohu auf
dem Balkan hineinzuziehen, wo es zu dem Versuch kommen
könne, die Grenze zwischen der katholischen und der orthodoxen Welt wiederherzustellen und womöglich noch etwas einzuheimsen dabei, und zwar unter Verwendung, wie
in der Vergangenheit schon mehrmals geschehen, von kroatischen Söldnern, albanischen Arnauten und bosnischen SS-
Divisionen. Onkel Jahud bat das große amerikanische Volk
flehentlich, die ihm subordinierten »Graeculi« kurzzuhalten
(*in Igelhandschuhn*) (in the hedgehog gauntlets), nicht zu
hören auf ihre Demagogie und nur so zu handeln, wie es für
das Imperium insgesamt vorteilhaft ist – das wäre für alle
Beteiligten, die »Graeculi« eingeschlossen, das kleinste der
Übel. Die Europäer, die zwei Weltkriege entfesselt und sie
gegeneinander verloren haben, haben zwei für allemal bewiesen, daß sie, sich selbst überlassen, zu nichts anderem als
Weltkatastrophen zu verursachen imstande sind. Sie kennen
weder Vernunft noch Gewissen – nur Angst. Angst – und
Scharwenzeln vor den ölhaltigen kinderreichen Moslems.

Angst – und das Gelüste, dem – ihnen zur Zeit wehrlos erscheinenden – angeschossenen russischen Bär schleunigst den Rest zu geben (möglichst von fremder Hand). Weiter, sich auf Beispiele aus der europäischen Geschichte stützend, vom Dreißigjährigen Krieg an bis hin zum Münchener Abkommen, lehrte Onkel Jahud die Amerikaner – wie sie die Hintergedanken der Europäer zu erkennen haben: *Sagt der »Graeculus« »Frieden«, »Fortschritt«, »Koexistenz«, so wisse, oh Amerikanisches Volk! – hat er immer Verrat im Sinn.* Die politische Kultur Westeuropas ist von alters her (»Wie soll ich dir ›von alters her‹ übersetzen?« – murrte Kapellmeister aus dem Orchestergraben. »Bei uns heißt ›von alters her‹: ›seit etwa zehn Jahren‹!«) Feigheit, Betrug, Verrat, schöngefärbt mit humanistischen Phrasen. Der Brief war unterschrieben: *Cordially Yours, Ph. D. Jacob N. Derben-Kalugin, Komsomolsk-on-Amur, Russia, auf der Durchreise nach Japan.* Gleich am andern Morgen, als hätte die »New-York-Times«-Redaktion ihren Sitz hier am Strand, zweihundert Meter weiter an der hölzernen Promenade, in Cony Island, wo die unbeweglichen nächtlichen Riesenräder und erstarrten Wellen der Achterbahnen flimmerten, in einem der erloschenen Karussells, schob sich unter die elterliche Tür ein langer, mit lila Runen bedruckter Briefumschlag. *Sagen Sie Ihrem Jaschka-Virus*, stand im Brief in penibel kyrillischer Schrift mit allen Schnörkel-Schwänzen und -Rüsseln, *daß das Ressort Leserbriefe der »New York Times« zur Antwort auf dem sein Geschmier vom 1993. 07. 28. folgendes mitzuteilen hat: Die Krauts, die Tommies und die Makkaronis und sonstige altweltliche Gründlinge sind unsere getreuen Spezis, sie haben uns gelehrt, wie man Feder und Tinte und Messer und Mauser hält, blechen freiwillig so viel, wie sich gehört, in unsere Sammelkasse, und haben unserem Herrscher Caesar und den Herren im Senat den Bolzen geküßt darauf, d. h. auf ewig unverbrüchliche Treue. Und soll-*

ten sie mal wagen, uns zu leimen, dann reißen wir ihnen augenblicklich das Löchlein auf: lassen ihre Indexe in den Scheißeimer rutschen, drehn ihnen den Coca-Cola-Hahn zu, damit sie Krämpfe kriegen und den Affen im Rücken haben. Wir werden uns schon irgendwie durchschlagen wohl ohne Dich, Du läppisches lappländisches Nichts von einem Bodensatz mit Deinen Sowjet-Ratschlägen! Auf einem gesonderten Blättchen mit State-Department-Stempel wurde mitgeteilt, daß Mister Yakov Goldstein, Rovaniemi, Finland, Nationality Russian, das Einreisevisum in die Vereinigten Staaten von Amerika verweigert wird, weil ihm die Witwe-Goddes-Foundation zur Förderung jüdischer Forschungen das zugesprochene Stipendium für eine halbjährige wissenschaftliche Arbeit in den Beständen der Columbia University entzogen hat.» Jakow«, sagte Mutter, »wenn du noch ein einziges Mal zuläßt, daß Julik sich in Jahuds Abenteuer einmischt, lasse ich mich scheiden!«

23. Das Gastmahl des Trimalchionidi

Jeden Abend gleich nach dem Dunkelwerden fuhr Mutter uns hinaus, *an die Luft*. In Linien zu je acht schritten die *evakuierten* Damen in auf den Brettern schmatzenden Turnschuhen, Plissee-Röcken, *gepünktelten* (oder in polnischen hellgesprenkelten Crimplenehosen), jede mit einem Überwurf aus dem Pelz von siebzehn aleutischen Marfretti – Kreuzung Marder/Frettchen (das Karfretti – Kreuzung Karnickel/Frettchen – der skythoparthischen Kooperativ-Produktion galt als schäbig), mit den Männern in matt-weißen Leinenanzügen (in der jeweils hinteren Linie, aber die Männer kamen schon nicht mehr auf acht) und Zwergpudeln vorneweg (deren Leinen sich spannten und kreuzten) den Atlantischen Ozean entlang und unterhielten sich über Politik, Wirtschaft und Kultur. »In Frankreich gibt es sogar ein Ministerium für Interieurs! Und bei uns? Nur die Micky Maus!« beklagten sich die Schwestern Berija aus Batumi über die amerikanische Kulturlosigkeit. Mutter nickte konzentriert, auf ihre Füße blickend. Nur sie trug nicht Marfretti, sondern Ziegenlamm bis zur Mitte des Oberschenkels (*alte Dame wattiert, das Ridikül überm Hintern*, bezeichnete Oma Katja dies Ziegenlamm). Es sah aus wie Selenogorsk im August, Kurort beim ehem. Leningrad, oder das estnische Pernau, das nun an die unabhängigen Esten gegangen ist (umsonst also hat es unser Abram, der äthiopische Hannibal, Puschkins Opa, befestigt!). Nur schien alles neuer und größer zu sein: das Meer, das nicht grundlos Ozean hieß, dieser ein-uferige Flußring um die Welt, der Strand, die Finsternis, die ungleichmäßig belichteten Wolkenhuckel am länglichen, längs zum Ozean abgeschrägten Himmel. War man an die unsichtbare Grenze gelangt, schaute man nicht dorthin, in das bunte Gefunkel von Coney Island, sondern vollzog eine Wendung nach dem Befehl *Kehrt, im Gleichschritt marsch!* und marschierte im Gleichschritt zurück in die Finsternis. Den schwarzen Pudeln war es erlaubt, über die Grenze zu tippeln, den silbrigen und weißen kürzte man die Leine und wendete sie mit um. Die Männerlinie schritt durch die Frauenlinie jeweils hindurch und wendete gleichfalls um am Schlußstrich. In dieser Linie ging auch ich (zu den Pudeln ließ man mich nicht, wie sehr ich auch bat), hörte, wie man die Termine und die Reihenfolge der gegenseitigen Zahnarztbesuche präzisierte (mein Kiefer gilt selbstredend als Vaters Besitz, aber ich kenne sein *kleines bißchen unangenehm!*), und lehnte ein Kaufangebot nach dem anderen ab, kleine Partien diverser Massenbedarfsartikel, hauptsächlich Buchweizengrütze in Anderthalb-Kilo-Tüten, Walnußmarmelade in mit festgebundenen Lappen geschlossenen Gläsern, Preßkaviar vom Stör und indischen Tee mit den Elefanten drauf. Die Artikel waren mit Warenzeichen und Preisen auf langen Papierstreifen aufgelistet, die man umgehend aus den Brusttaschen zog und die schon mehrmals jedem in der schreitenden Linie gehört hatten. Nur Monja Lewinski, der aus Kalifornien hierher in die Ferien geschickte Enkel des ehem. Stellvertretenden Chefarztes in Vaters ehem. Klinik, ein junger breithüftiger Zwerg, um die Augen herum levantinisch unrasiert, handelte mit einem geheimnisvollen Produkt, das er beharrlich *quality of life* nannte, was es aber sein sollte, habe ich nicht verstanden. War jedoch billig.

Im elterlichen Wohnzimmer flimmerte der Fernseher die ganze Nacht bis zum Morgen. Nicht, daß sie Angst gehabt hätten, ihn auszuschalten, *aber wozu sich Ärger machen?* – vielleicht petzt das ja irgendein Halunke aus dem Haus gegenüber beim FBI, »von den Babamuchas, den Gynäkolo-

gen da aus Charkow sitzt immer wer mit dem Fernrohr
hinter der Gardine, hier, überzeug dich«, ereiferte sich Vater
und reichte mir Großvaters Beutefeldstecher »Carl-Zeiss«
mit der Entfernungsskala. Fast jede Nacht setzte ich mich
auf den *Perser* vor dem Fernseher (auf dem mittels Dreirad-
rollbrett auf doppelte Breite gezogenen Sofa lagen die Eltern
im Tiefschlaf nach dem Valium), setzte mich genau auf diesen
kleinen von den Buchara-Rhomboiden kaum unterscheid-
baren rotbraunen Fleck von dem Blut, das von meinem
zehnjährigen Pimmelchen tropfte, als der Großvater nach
zehnjähriger Abwesenheit plötzlich nach Hause kam, ein
Bad nahm, in die Synagoge am Lermontow-Prospekt ging
zum allgemeinen Erstaunen und zu noch größerem Erstaunen von dort einen Rabbiner mit Hut und einen Beschnei-
der-Mohel mit Wachstuchschürze und buntem Scheitel-
käppchen mitbrachte. *Der Bauer*, will sagen – die Eltern, von
mir ganz zu schweigen, *konnte nicht mal »Ach« rufen, da
hatte ihn der Bär*, d. h. da hatten sie es schon zurechtgezogen,
beschnitten, mit einem Glasröhrchen abgesaugt, mit etwas
Kitzeligem gepudert, mit einem frostigen dicken Verband
umwickelt und standen und sangen rundum und kamen gegangen mit Wein in silbernen Bechern. Dann warf der Großvater hundert zerknüllte Rubel in neuem Geld vor ihre Füße,
legte sich auf das Sofa, beantwortete keinerlei Fragen und
starb. Es gelang ihnen, den *Perser* trotz seines Buchara-Al-
ters auszuführen – zu Fußabtretern zerschnitten – und dann
wieder zusammenzunähen, und jetzt saß ich auf ihm im Türkensitz fast jede Nacht vor dem Fernseher – auf den Knien
ein aus dem Buchweizen gefischtes Werbepräsent-Notiz-
buch (die Freiheitsstatue mit einem Füllhorn statt der Fackel,
das Horn schüttet Massenbedarfsartikel aus; und darunter
steht »5 JAHRE FÜR SIE IN AMERIKA! Trimalchionidi Ltd«). Aber die Sprünge der Fernsehbilder ließen sich in
keinem mir bekannten Alphabet entschlüsseln. Ich konnte

nicht einmal die Anzahl der Kanäle feststellen: einige ver-
pufften augenblicklich, andere kamen, aufgeregt flimmernd,
herauf, dann verschwanden sie wieder. Gibt es Alphabete
mit variabler Buchstabenzahl? Nein, da kamen keine Mittei-
lungen für mich, nur Fetzen von alten Konzerten und Filmen, bei denen sich das Herz zusammenkrampft. Marylin
tat mir überhaupt immer leid. Greta Garbo, bucklig wie der
Teufel – weil sie der Zug überfährt. Der Dickwanst John
Wayne, weil er, wie gut er auch aus der Hüfte auf die Ko-
mantschen schießt, trotzdem sterben wird, und Armstrong
noch – natürlich nicht der, der auf dem Mond nicht war, sondern Louis Armstrong, der schwarze Elefant mit dem goldenen Rüssel.

»Nein, bleib du doch besser in Europa« – sagte Mutter.
»Hier muß man ein Gauner sein, wie unser Kapellmeister.
Weißt du, was für einen Antrag er gestellt hat an die Direk-
tion der Oper? ›Hiermit bitte ich, mein Gehalt dreifach zu
verdoppeln.‹ Zu so etwas hast du einfach nicht das Zeug.
Bleib, wo du bist.«

Der Präsident des Schwitzbades und mein Verwandter dritten Grades, Jack Kapellmeister, wurde von der Hochschule
für Kultur (an der er Volkschor studiert hatte und ich Mas-
senspektakel) als Absolvent in der Stadt Chanty-Mansijsk
(Sibirien) eingesetzt, wo er Sweta Golubchik heiratete, die
Tochter des Parteisekretärs für ideologische Arbeit des Autonomen Gebiets, ihren Geburtsnamen und ihre Nationalität »Weißrussin« annahm (grausame Rache der Beamtin von
der Meldestelle Tamara Semibaschennych, seiner diabolisch
an- und abgekuppelten ehem. Festen) und zum Kapellmeister des vereinigten Orchesters der Chanten und Mansen für
Musik auf heimischen Instrumenten ernannt wurde. Gegen
Mitte der achtziger avancierte er zum Verdienten Künstler

aller Autonomen Republiken im Polarkreis, im Ural und im
Wolga-Gebiet – irgendwo wurde er sogar fast Verdienter
Künstler des Volkes – und schaffte es – in seinem *Drang nach
Westen* – bis zur Stadt Kasan, wo er im Mussa-Dschalil-Thea-
ter für Oper und Ballett die Oper »Galija-banu« des Kom-
ponisten Musafarow dirigierte und schon überlegte, ob er,
seiner neuen Frau Galia Juldaschewa folgend, auf den Namen Juldaschew und »Tatarin« umsatteln sollte, aber er ris-
kierte nicht, das zu riskieren, weil er jeden Tag eine Einladung nach Leningrad erwartete (auf den renommierten
Namen Golubchik hin eben), wo der Dirigent Mrawinski
am Rande des Grabes stand. Im Jahre achtundachtzig stand
Mrawinski endlich nicht mehr, und man kränkte Kapelja, da
man ihn nicht in *das Verdiente Kollektiv* berief – unzweifel-
hafter *Antisemitismus im Bezug auf die Weißrussen.* Dann
wollte er ausreisen, aber im Unterschied zu den usbeki-
schen Jungfernhäutchen ließ sich seine ehem. Nationalität
im Fragebogen nicht wiederherstellen, wie sehr er sich auch
darum bemühte – offensichtlich hatten seine Reize ihre Wir-
kung auf die Beamtinnen der Meldestelle verloren, und den
Schmiergeldweg hielt er für unter seiner männlichen Würde.
So blieb ihm nur, aus der Partei auszutreten, sich von der
Frau, die auf Galija gefolgt war, der nagelneuen, am meisten
geliebten, die er sich für den geplanten Umzug nach Leningrad angeschafft hatte und die nicht nur die Tochter von
irgendwem war, scheiden zu lassen, sich als strafrechtlich
verfolgten Homosexuellen auszugeben und im Zusammenhang damit um ein poltisches Asyl bei der Metropolitan
Opera zu bitten. Die geschiedene nach-Galija-Frau kam ein
Jahr darauf auch nach Amerika geflogen (fiktiv mit einem
Juden verkuppelt); aber sehen konnten sie sich auch kon-
spirativ so gut wie nie – die Spitzel der Einwanderungsbe-
hörde hüteten ihn rund um die Uhr. »Noch vier Monate,
Alter!« seufzte Kapellmeister-Golubchik. »Wenn sie mich

nicht beim Frauenvögeln ertappen, geben sie mir in vier Monaten die Staatsbürgerschaft, dann habe ich sie am Schwanz umgedreht, oder?« Im übrigen war er mit seinem Leben zufrieden (»Hier hat sich alles erfüllt, wovon wir als Kinder geträumt haben: man kann die Frikadellen mit den Fingern essen!«), obwohl er auch einen kleinen Kulturschock hatte: »Verstehst du, was haben wir denn gedacht damals *in Russia*? Daß alle Schwuchteln ein kultiviertes Publikum sind, stimmts? Professoren, Rechtsanwälte, Schauspieler, allenfalls noch Architekten und Nachrichtensprecher. Und hier – ich denke, mich laust der Affe – Lehrlinge, tätowiertes Geschmeiß, geschecktes. In ledernen Hosen und Schirmmützen, groß wie Schränke, mit Ketten, rasen auf ihren Motorrädern, bei jeder Kleinigkeit – Keilerei. Du sagst ihm etwas von Tschaikowskij, und schon kriegst du eins aufs Maul. Ein Albtraum! Einfach blamabel für alle Schwuchteln, für unsere gesamte *community*. Bei uns hier in Greenwich Village sind sie dann doch schon noch anständiger, die Leute so. Na, komm nur ins Schwitzbad, wirst sehn.«

»Um uns mach dir mal keine Sorgen«, sagte Mutter. »In Amerika sterben die Alten nicht. In Amerika sterben nur die Jungen: verwickeln sich in ein Scharmützel, auf der Straße oder in der Schule, bohren sich mit dem Auto in irgendwas Festes oder fixen sich versehentlich Luft. ... Aber Vater und ich haben Gott sei Dank keine Autos, nur die Bohrmaschine. Und Scharmützel gibt es in unserer Gegend fast nie, dank unserer freiwilligen Bürgerwehr.«

> Über Berg und Tal und Jahr und Tag,
> Auf jedem Weg, an jedem Ort
> Dem Liede nicht Lebewohl du sag,
> Und Lydia spricht dir kein Abschiedswort.

Auf dem Ehrenplatz, an der Quer-Strich-Tisch-Mitte des russischen Pe (П), prangte Michail Trimalchionidi, der brightonsche Große Pindos, und klopfte mit seinem Siegelring an die Kristallkaraffe mit Pfefferschnaps. Es klang wie stiebende Diamantenfunken. Der Bankettsaal »Aragwi-Sadko-Metropol« – welcher mit seinem Menü und seinen Interieurs (schwitzende Pseudoholztäfelung) am meisten dem Charkower Bahnhofsrestaurant Mitte der sechziger ähnelte – erstarrte vor Aufmerksamkeit, nur die Kerzenflammen rührten sich leicht in den Keramikkandelabern. »Der große russische Schriftsteller Lew Nikolajewitsch Tolstoj hat einmal gesagt: ›Jede glückliche Familie ist jeweils auf ihre Art unglücklich.‹ Trinken wir deshalb, verehrte Gäste, liebe Nachbarn und teure Kunden, auf jene, die heute ihren Geburtstag feiert und mir nun schon fast vierzig Jahre mein Familienglück schenkt!« – die zauberhafte georgisch-ukrainische Ansprache und Aussprache eines Griechen aus Suchumi. Das Orchester erscholl, wir standen mit den Gläsern auf, und unser Chor erscholl (nur Kapellmeister schwieg, der sogar bei dem Pionierlied »Flammt empor, ihr blauen Nächte« während des Schulappells nie den Ton traf): »Zum Geburtstag viel Glück, zum Geburtstag viel Glück, zum Geburtstag, Lydia Lwowna, zum Geburtstag viel Glück!« Lydia Lwowna, eine blauhaarige kleine Alte, ganz in Schwarz, winkte verlegen mit den an der Kasse müdegetippten Händen. Die Torte auf den Rädern, die das Capitol darstellte, wurde hereingefahren. Kapellmeister und ich fingen unwillkürlich an, unter den Tisch zu rutschen – nicht vor Lachen. Aber die Capitolkuppel kippte zur Seite, und nur Michael Jackson in einem mit Gold bestickten Husarenanzug schnellte aus der Hocke und zog blitzschnell nur seine Mandoline heraus unter dem Arm. Der Saal erstrahlte im Licht. Michael Jackson zielte mit dem Griffbrett der Mandoline auf Trimalchionidi und sang im Contratenor das Eisen-

bahnlied »Auf freiem Felde freut sich und jubelt das Volk«.
Das Volk freute sich und jubelte, die Leute vergossen Tränen.
Das Lied war zu Ende. Die Torte mit Michael Jackson fuhr
hinaus. Wir tranken Pfefferschnaps, setzten uns und drangen
ein in den glühenden Borschtsch: in der Brust jedes Russen
lebt der Magen eines Ukrainers.

»Also gut, fuck you«, sagte Kapellmeister, erneut dabei, sich
auf dem für ihn etwas zu kleinen Stuhl unterzubringen.
»Morgen fahre ich dich nach Manhattan. Sei pünktlich um
neun draußen, neben dem Opa, du weißt doch, der dort die
Medaille für die Befreiung Prags verkloppt. Ich stoße dazu.
Sag aber Tante Natascha, daß du ins sowjetische Konsulat
mußt, sonst läßt sie dich nicht gehen.«

»Der große georgische Dichter Schota Rustaweli hat einmal
gesagt: ›Die Kinder eines Löwen sind Löwen, der Sohn so
wie die Tochter!‹ Trinken wir nun auf den Bruder meiner
lieben Frau, Lydia Lwowna, – meinen lieben Schwager
Ljudwig Lwowitsch, einst Chefingenieur im Baukombinat
für Grünflächenbepflanzung in der schönen Stadt Suchumi
und nun Vorsitzender des Vereins der Freiwilligen Helfer
der Polizei und der Feuerwehr!«

Kapellmeister stippte eine Brotkruste in den Meerrettich.

24. Amerika wurde von Kolombine entdeckt (3)

Als ich 1993 nach Manhattan hochfuhr, einnickend und wieder aufwachend unter dem Tenorgesumme Kapellmeisters, nach Luft schnappend und in den pelzigen Staub blinzelnd, der sirrend und schwirrend an die Windschutzscheibe des »Land Rover« schlug, wurde mir nach und nach (mit jeder neuen Schlucht, nach jeder dieser Kreuzung für Kreuzung aufragenden, sich zur Mitte drehenden, gelb und schwarz glänzenden, in Streifen geschnittenen Schluchten) klarer, warum St. Petersburg 1861 Lewis Carroll, dem Fotografen der kleinen nackten Alices, so seltsam erschien, *so durchaus verschieden von allem, was ich je gesehen habe* (und er war gerade – aus London über Frankreich und Deutschland – durch ganz Europa gereist): *Nach dem Essen blieb uns nur Zeit für einen kurzen Spaziergang, aber er war voller Wunder und Neuheiten. Die enorme Breite der Straßen (von denen die zweitklassigen breiter zu sein schienen als irgend etwas in London) [...] die enormen beleuchteten Aushängeschilder über den Geschäften und die riesigen Kirchen mit ihren blaubemalten und sternenbedeckten Kuppeln [...] – all das trug zu den Wundern unseres ersten Spaziergangs in Petersburg bei [...] Die Entfernungen sind hier enorm: Es ist, als ob man in einer Stadt für Riesen umherginge.* Petersburg war der Versuch, im achtzehnten Jahrhundert ein Amerika zu errichten, und gilt völlig zu Unrecht sowohl unter Ausländern als auch unter Russen als »die europäischste Stadt Rußlands«. Die europäischste Stadt Rußlands ist Komsomolsk am Amur, wenn man dem alten Golozwan aus Judenschlucht glaubt. Manhattan wurde im zwanzigsten Jahrhundert gebaut und auch »auf Zuwachs« – gebaut von Kindern für die Erwachsenen, die sie werden würden, wenn sie groß würden. Aber sie wurden nicht groß, sie wollten es nicht.

»Wenn du mit der *Subway* fährst«, unterrichtete mich der drittgradige Kapellmeister, »schau den Schwarzen nicht in die Augen, es provoziert sie. Aber schau auch nicht zur Seite, das provoziert sie ebenfalls.«

»Du hast mir das schon mal erklärt und mit denselben Worten, weißt du noch, in den Kartoffelferien nach dem ersten Semester, als wir zum Haupthof des Sowchos ›Schuschary‹ Obstwein holen gingen? Aber damals war es das Gesocks vom Sowchos.«

»Ist denn da ein Unterschied? Gesocks ist auch in Afrika Gesocks, erst recht in Amerika, die gleichen Eier, nur im Profil. Ich hier, als ich das endlich geschnallt habe, habe ich alle Rassenvorurteile ein für allemal abgelegt. Nimm Tante Natascha, deine Frau Mutter, sie findet, daß die Schwarzen nach Maschinenöl riechen. Wowka Kulebazki, erinnerst du dich, der Albino, der alle unsere Freizeitgestalterinnen hinter dem Kuhstall durchgeputzt hat, hat doch auch nicht nach Berglavendel gerochen. Und der Kuhstall erst recht nicht ... Aber Tante Natascha übrigens hat bestimmt die falschen Schwarzen gerochen. Oder ich weiß überhaupt nicht, wo sie sie eigentlich gerochen hat – sie haben dort gar keine Schwarzen: an der Grenze zu Coney Island sind sie einfach futschikato. So, mein Lieber«, und Kapellmeister schielte auf mich mit seinem feuchten, nackten, faltigen Auge, das ich schon von der Schulbank her auswendig kannte – »jetzt kommen wir nach Manhattan. Soll ich dir unterwegs etwas zeigen, Sehenswürdigkeiten, was das auch immer sein könnte, oder willst du selber gehn kieken?«

Wir fuhren auf Manhattan hinauf, auf die sieben mal sieben in
Glas, Gold und Schwarz funkelnden, zerstückelten, nach innen hin und miteinander noch nicht zusammengewachsenen
Hügel. Auf welchen du auch steigst, er wird nur immer enor-
mer, löchriger und größer, und ohnehin kommst du nicht
hinauf auf ihn, im Gegenteil: es kann dir sogar vorkommen,
du steigst hinab.

Schnaufend und triefend standen wir an allen Kreuzungen.
An einer warteten wir ab, bis die – schon doch! – *Percherons* – mit den auf ihnen schaukelnden, unter vieleckigen
Schirmmützen schlafenden Buddhas, diese Gäule mit den
nach der Hudson-Tränke geblähten Flanken, bis an die zot-
teligen Knie verziert mit blendenden Sandsicheln, vorbei-
getrottet waren, über die Avenue of *las Americas* (wie viele
sind es eigentlich? zwei – Latein- und Nicht-Latein-? drei –
Süd-, Mittel-und Nord-? – und vielleicht noch mehr, zählt
man die neuen dazu, die halb fertiggebauten – in Australien
und Neuseeland – und die, an denen gerade gebaut wird –
in Westeuropa, und Südafrika, und Süd-Ost-Asien, auf dem
Mond … nein, vom Mond sind sie damals dermaßen ver-
scheucht worden, daß sie sich nicht mehr hintrauen, lieber
zum Mars steuern werden, der angenehm an die Wüsten in
Nevada erinnert – da läßt sich auch der Film leichter drehn,
über die heroische Landung). Einen Block weiter ließen wir
die großen, stillen Ratten vorbei auf ihren rasch rinnenden
Füßchen, die nach je zehn Trippelschritten innehielten alle
wie eine, ihre Nasenmäulchen mit ihren spärlichen Schnurrbärtchen hoben und die Luft über ihnen glasigschaukelten.
Noch einen weiter hatten wir einen zweibahnigen Strom von
Küchenschaben zu überdauern, unglaublich riesigen, von
gut eines Rattenjungen Größe – sie gingen bei Rot hinüber,
waren wahrscheinlich farbenblind. Auf den Bürgersteigen,
zwischen den von den Ratten aufgerissenen glänzenden Säk-

ken, standen dicke und ehemals dicke Frauen mit aus den
Schlitzen vorgeschobenen porig und feucht schwarz-, gelb-
oder weißschimmernden Hüften und hielten ein umteigtes
Würstchen in der abgespreizten Hand. Unter dem Würstchen tanzten schwitzige wollige Hündchen auf den Hinter-
beinen – *some dogs like it hot*. Mit dem Rücken zur Straße
hockten in weißen Chitons Pakistaner oder solche und ließen ihre fleckigen Hände von den Knien hängen – neben den
niedrigen Tischen mit den Plastikuhren, goldenen »Smith-
&-Wesson«-Feuerzeugen und irgendwelchen vielzopfigen
getrockneten Skalps. Die wegen der Samstags- und Mittags-
hitze wenigen Passanten mit einer Baseballmütze pro Kopf –
den Schirm sowohl nach vorn als auch nach hinten – mit
aufgedruckter New-York-Rune (kombiniert aus der Rune
»Ger«, die aussieht wie das große lateinische N, Symbol für
Gemeinschaftsgeist, und darüber der Y-förmigen Lebens-
Rune, auch Symbol für die SS »Lebensborn«): gingen, in
ihren Händen leckend und abbeißend, hopsend, sich umblickend, einander mit den Ellenbogen stoßend und aus
bunten Trinkröhrchen spuckend. Neben dem U-Bahn-Ein-
gang an der Ecke der Straße Siebenundfünfzig lag ein alter
Schwarzer in der Jahreszeit nicht angepaßter Velvetwattejacke zusammengekrümmt auf einer Seite und näßte das
Trottoir. Unter der Wattejacke kam ein schaumiges Rinnsal
hervor, rührte an die leeren Blechdosen und zog einen langen
Mäander zur Fahrbahn hin – in den Gully. Neben ihm stand
mit weißem und glattem Bart noch ein Schwarzer in noch
einer Velvetwattejacke auf dem linken Bein – ein eifriger
Streiter wahrscheinlich für öffentliche Ordnung und Hy-
giene: wie ein hölzerner Bär vom Kusnetschny Markt pen-
delte er methodisch mit dem rechten Bein, jede Pendeleinheit
mit einem empörten Aufschrei und saftigen Stoß gegen die
liegenden Rippen beendend. Der erstere, wenn er ihn abbe-
kam, rührte sich nicht, muhte nur gutmütig-unmutig aus der

Tiefe des Schlafs. Was weiter mit ihnen geschah, weiß ich
nicht – wir standen da nur kurz, hupten mit Kapellmeisters
weicher, nach oben gebogener Hand auf dem Mittelpunkt
des Lenkrads und huppten zur nächsten Kreuzung hinüber,
an der uns Zisternen mit dem nicht-Budweiser »Budweiser«
in die Quere kamen. Wahrscheinlich sind sie immer noch
dort: der eine liegt, der andere pendelt anderthalbbeinig bei
ihm.

Es ließ sich nicht ausmachen, welche Säulenordnung die
Patrizier und Steuerpächter dieser Stadt bevorzugten, die
dorische, ionische oder korinthische. Ihre Paläste mit den
goldenen, aber vielleicht auch lebkuchenen Säulen und mit
den diamantenen, vielleicht aber auch Dauerlutscher-Kup-
peln, die Paläste, in denen die Welt regiert wird, ohne auch
nur hinzuschauen und mit der Wimper zu zucken, waren
auf so hohe Sockel gebaut, daß es mir unmöglich war, sie
recht zu betrachten, wie weit ich mich auch hinauslehnte,
wie sehr ich mir auch an den Straßenecken den schwachen
Hals verrenkte. Noch weniger ließ sich erkennen, wem die
Denkmäler gesetzt waren auf einer solchen Höhe, nur eine
glänzende Schwertspitze war zu sehen, oder ein von einer
Marmortoga bedecktes Knie oder der geschwollene Schwanz
eines grünkupfernen Percherons. Die Sockel ihrer Häuser,
die Postamente ihrer Denkmale, die unendlich übereinan-
der gestellten Eisenkäfige, mit vom Ozeansalz zerfressenem,
erstorbenem Sandstein ausgefüllt, oder mit von den Flam-
menzungen der eroberten Völker gebranntem Graphit, oder
mit kostbarem, mit Phönixblut angerührtem Beton, oder
mit schwarzem Glas, das die Sonne einsaugt – sie neigten
sich und drehten sich, einander beschattend, als ob sie schau-
kelten, während sie das Auto begleiteten. Einst kratzten alle
hiesigen Gebäude und Monumente und Parks (»Guck mal,
Julik, der Central Park, aber geh nicht dorthin, sonst wirst

du ein Reh«) den Himmel und waren dementsprechend mit abgekratzten Himmelsschuppen bedeckt, aber der Erdgrund ist hier wahrscheinlich nachgiebig und hat wandernde Vakuen, so sind manche Gebäude eingesunken, mit einem Teil ihrer Größe unter die Erde gegangen: zu einem Drittel, zur Hälfte, wenn nicht ganz – und auf dem von den Giganten beschatteten Boden sind nun nur noch die Überbauten zu sehen – verschiedene Capitole, Palazzos und in unendlichen Reihen die Backsteinhäuschen mit ihren Freitreppchen. Bruchstücke von Bäumen, die von dem Sturz in Umnachtung fielen und deshalb nun in khakifarbenen Zwangsjacken stehn. Die auf den Platz-Mitten verlassenen kleinen mit munteren hellglänzenden Farben angestrichenen Figuren der etwas kauenden Caesaren und Götter. Das Gegenstück, das unterirdische Manhattan, spiegelt das überirdische wie die Reihen der Minus-Zahlen in dem Diagramm »Wachstum – Verlust« die Plusreihen spiegeln; in seinen Schluchten, den umgekehrten Bergen, schlängeln sich um die zum Erdkern wandernden Stockwerke quecksilbrige Züge, bemalt mit bekannten und unbekannten Runen. Nicht auf den Rummelplätzen soll man die Achterbahnen suchen (welche man andernorts auch – tatsächlich! – *amerikanische Berge* nennt).

»Da ist meine Operá, hier setze ich dich ab«, sagte Kapellmeister und drehte mit seinen rotflaumigen Händen dem Lenkrad den Hals um. »Weiter geh selber, nur sag Tante Natascha nicht, daß ich dich alleingelassen habe. Die Probe endet halb sieben, steh dann neben diesem Kasten mit dem Penner. Hier ist es einfach, alle Straßen sind numeriert. Findest du dich zurecht?«

25. Die Anabasis auf Manhattan

Als erstes habe ich mich verlaufen. Ich hielt an an der Ecke Achte Avenue und Vierzigste Straße, um mit dem Verkäufer von gebratenen Skorpionen, der vor drei Jahren an der Charbiner Universität über meine Theaterstücke unter dem Aspekt ihrer Beeinflussung durch Corneilles »L'illusion« und des »Schauspiels vom Artaxerxes« (russisch, anonym, 17. Jh.) promoviert hatte, ein paar Worte über das Wetter zu wechseln (»Aber das können Sie laut sagen, Julij Jakowlewitsch, eine höllische Hitze. Sie und ich sind ja im Grunde nordische Menschen, für uns wäre Schnee gut, und Skilaufen über die Kuppen und dann ordentlich Wodka picheln, mit sibirischem Edelhirschhorn angesetzten!«) – und sah plötzlich Julien Goldstein in weißem Frack mit gestirnter und gestreifter Krawatte: Er stand, sich umblickend und mit der Hand winkend (sein Lasermanschettenknopf traf mich ins Auge) am Gebäude des Busbahnhofs, das (in der Höhe von einem Meter plus Käppi) mit verschiedenen Runen dicht beschrieben war, sowohl allgemein bekannten wie dem Symbol des altgermanischen Donnergottes Thor, des Sohnes Odins, in der Form eines Hakenkreuzes, oder der Sieges-Rune »Sig« in Form eines senkrechten Blitzes, die (verdoppelt) als Emblem der SS diente, oder der Toten-Rune in der Form eines Hennenfußes mit den drei Zehen nach unten, die, in einen Kreis eingezeichnet, nun als internationales Symbol des Pazifismus gilt, als auch für mich neuen, offenbar aus hiesigen Runen-Alphabeten.

In der Befürchtung, er könnte mich erkennen, ergriff ich die Flucht. Einen geschenkten Skorpion mußte ich aber noch annehmen, um nicht zu riskieren, es mir mit der interna-

tionalen Slawistik zu verderben. Doch mit dem gebratenen Skorpion am Stiel, mit diesem Skorpion, der blendend
flammte, die Luft über der Faust brennend überhitzte, Fett
und Sojasoße sprühte und sich überhaupt verhielt, als sei
er lebendig, war das Davonlaufen irgendwie unbequem,
so schenkte ich ihn an den ersten besten Chinesen weiter,
der sich als Solist des nach dem nanaischen Schlagersänger
Kola-Beldy benannten (und sich hier auf der Durchreise zu
einer Gastrolle in Soul befindenden) nanaischen nationalen
Ensembles für Volkstanz und Lied erwies. Dann lief ich und
lief, lief etwa zwanzig Minuten wohl und stieß bei dem tat-
sächlichen Gebäude der »New York Times« (an der Kreuzung Broadway/Siebte Avenue) auf Goldstein – er steckte
etwas in den Anonymen-Briefkasten, dessen Deckel mit
nichtgeputztem Kupfer beschlagen war. Ich drehte um und
lief erneut, ohne mich umzusehn. Die Straßennummern
wurden immer dreistelliger, die Gebäude immer verrußter
und niedriger, die Leute bunter und dicker. Ich lief eine
Stunde, und das Herz stieg hartherzig zum Halse hoch und
sperrte den Atem ab. Ich setzte mich auf die Außentreppe
eines abgebrannten und kreuzweise mit Brettern vernagelten
Hauseingangs, steckte mir eine bei Mama gemopste »Belomor« an, die mir kühl vorkam, und sah, wie Julien Goldstein, bereits umgezogen, in einer weiten matratzenfarbenen
Kluft, mit Baseballmütze, den Schirm im Nacken, in Turnschuhen mit Ohren und kunstvoll aufgeschnürten Senkeln,
auf einen mit Maschendraht umzäunten Basketballplatz lief,
zuversichtlich der Reihe nach mal die rechte, mal die linke
Hüfte senkend und entsprechend mal die linke, mal die
rechte Schulter vorziehend (dabei stellten die leicht angewin-
kelten und sich stark vom Rumpf abzweigenden Arme vorn
mit dem Zeige- und dem kleinen Finger, während die anderen sich duckten, die sogenannte *Ziege* vor); sah zu, wie er
sich mit den wedelnden Hosen und Senkeln in die Luft

wand, den zum Korb fliegenden Ball abfing und, wieder gelandet, den sich um ihn scharenden afro-amerikanischen Jungs in Unterhemden etwas auseinanderzusetzen begann. Wahrscheinlich die in seinem kürzlich erschienenen und mir mit der Widmung *To my pretty sister* zugeeigneten Buch »The Age of the Great Change« dargelegte Theorie, der zufolge jedes Individuum der Neuen Westlichen Menschheit nicht nur das Recht hat, sondern auch geradezu die Pflicht, im Interesse der Zivilisation, des Fortschritts und der Humanität alle wesentlichen Attribute der Rassen, der Religionen und der beiden Geschlechter in sich zu vereinen. (*Der Mensch der neuen Epoche wird ein roter grüner rosa schwarzer Jude-Christ-Moslem sein oder er wird nicht sein!*) Die afro-amerikanischen Jungs nahmen Goldstein den Ball weg und stießen ihn ein wenig mit den Füßen (den Goldstein, natürlich, nicht den Ball: welchem normalen Menschen käme der gotteslästerliche Gedanke in den Sinn, einen Basketball nicht nur mit den Händen zu berühren?), sie zielten dabei vornehmlich in die Eier, das heißt – sie hatten von seinen Erläuterungen gar nichts begriffen, wie übrigens auch die Rezensenten, – mit Ausnahme von Susan Sontag, die in den »New York Times« schrieb, daß man Mr. Goldsteins Buch ins Jugoslawische übersetzen müsse und mit den »B-52« auf die Stellungen aller sich auf dem Balkan bekämpfenden Fronten abwerfen. Auch wenn ein paar Bücher in der Mongolei vom Himmel fielen, könne das nicht schaden. Der arme Julien, der leicht in die nicht existierenden Eier getretene, winselte so jammervoll, zog sich so unsicher im Krebsgang zur Pforte zurück, schob so ungeschickt knabenhaft mal den einen, mal den anderen Schenkel vor, um die Leistengegend zu schützen, und bedeckte die Brust, gegen die niemand schlug, so mädchenhaft kraftlos mit den gekreuzten Armen, daß sogar ich, der alte chasarische Soldat, ehem. Reservegefreiter für die künstlerische Selbstbetätigung bei der Truppe, es nicht aushielt und mich abwandte. Als ich wieder hinsah, spielten sie weiter, und Goldstein war nirgends zu sehn.

Eine halbe Stunde folgte ich noch dem Spiel (es gab den seligen Schura Below nicht mehr, der könnte es ihnen zeigen, der große Center mit den todtraurigen Augen und dem Pavianbackenbart in der Mode der siebziger Jahre, der beim Finale der Olympiade zweiundsiebzig den Amerikanern den Siegerwurf kredenzt hatte) und ging dann, ohne zu wissen, wohin, ich hoffte nur, die kleiner werdenden Straßen-Nummern-Namen führten mich zu dem blinden Penner in dem Kasten, der zuvor illegale kubanische Zigarren enthalten hatte. Und wirklich, die löcherigen Hügel fingen, schimmernd und flimmernd von der Sonne, zu wachsen an und sich gleichzeitig aufzutrennen, der Geruch von angebranntem Backstein und ranzigem tierischen Fett wurde allmählich von dem Geruch gebackener Pferdeäpfel verdrängt. »How can I reach Metropolitan Opera?« fragte ich drei berittene Polizisten, die in der Schlange vor den handlichen Frikadellen, welche ein Pakistaner oder so jemand in weißer Trauertracht verkaufte auf dem Trottoir, die Straße Nummer soundso blockierten. Die Pferde schwenkten die Schwänze, der Recke Aljoscha Popowitsch pfiff, der Recke Dobrynja Nikititsch spuckte aus und Ilja Muromez strich sich mit seinem glänzenden dritten Kinn über seinen blauen Unterarm und stieß das Guttaperchazepter irgendwohin in den Norden. Doch in den Norden konnte man nicht, die Schlange vor den Frikadellen erwies sich zweieinig auch als Absperrkette: war's, der Papst fuhr zu einem Treffen mit Caesar, oder Michael Jackson zum Empfang beim Dermatologen. Genaueres habe ich nicht erfahren, der Aedil-Buddha ließ sich im einzelnen nicht dazu aus von seinem Percheron herab. So irrte ich im Kreis um die Quadrate. Ich weiß noch, wie ich in einem Restaurant, das wie der ukrainische Nationaldichter

»Taras Schewtschenko« hieß, die Lage der »Metropolitan
Opera« zu präzisieren versuchte (als der Kellner in bestick-
tem National-Hemd die Frage hörte, wankte er einen Schritt
zurück und zischte ukrainisch: »Verehrtester Pane, ich verstehe kein *Moskalisch*«, und in der dämmerigen Tiefe des
Saals fiel bei einigen Alten in der schlichten Uniform der
Waffen-SS unter dem Bildnis von Separatisten-Häuptling
Bandera in der SS-Parade-Uniform sogar das Essen in Brok-
ken vom Munde). Als ein Schwarm puertorikanischer Lili-
putaner in Rollschuhen in einem von Festungsmauern um-
friedeten Park meine Frage hörte, stellten sie augenblicklich
eine Pyramide, und ihr oberstes Glied, ein kleiner brauner
Alter in alufarbenem Mantel, entblößte sich mit dem Ruf
»Allez hopp!« als Exhibitionist. In der Befürchtung, daß
man mir ein Honorar abverlangt für die Nummer, ergriff
ich das Hasenpanier, die empörten Schreie der zerfallenden
Pyramide begleiteten mich. Ich fragte noch zwei heitere
Herrn vorgerückten Alters mit schütteren aufrecht stehenden Haarschöpfen – sie sagten, sie seien selbst nicht von hier,
sondern hergeflogen aus San Francisco, weil sich in ihrer
Wohnung ein Heimchen namens Sappho eingenistet habe,
und der einzige Laden, wo man Heimchenfutter bekomme,
befinde sich irgendwo hier in Greenwich Village, und sie
suchten ihn schon den dritten Tag. Ein Chassid in dünnem
Chalat und Pelzmütze wollte wissen, ob ich *a jid* sei, und als
er erfuhr, ja, ich sei *a jid*, seufzte er mit seinem ganzen bleichen, weichen, kalten Gesicht und ging, ein wenig hüpfend,
davon. Frauen fragte ich nicht nach dem Weg, eingedenk der
Mahnung Kapellmeisters: »Weiber sprich nicht an, Alter, auf
keinen Fall. Sie spritzen dir mit einem Gasbällchen was in die
Augen und verklagen dich dann auch noch. Und du wirst
ihnen für den seelischen Schaden, den du ihnen mit deinem
unsittlichen Antrag bereitet hast, Schmerzensgeld zahlen,
bis die Möhre fastet. Höchstens mit den Huren in der Ge-

gend der Zweiundvierzigsten Straße kann man noch sprechen, wie's einem ums Herz ist, aber die sind ja schon vom
frühen Morgen an voll abgeflogen, und sowieso sprechen
ihre Kater für sie, ernsthafte Männer aus Jamaika.« Ohje,
vielleicht hat Julien Goldstein recht: Wenn alle Tanten sich in
Onkel und alle Onkel in Tanten verwandeln, alle Gelbe in
Weiße und alle Weiße in Schwarze, alle Juden in Christen und
alle Christen in Moslems, dann wird das Leben vielleicht
doch erheblich einfacher?

Zum Ufer eines mit Schilf überwachsenen und nach Schiffe
riechenden Flusses (ich kam nicht klar, war es der Hudson
oder, sagen wir, der East River?) führte mich eine Schwarze,
die ganz aus drei raschelnden, mit farbenprächtigen Seiden
leger umwundenen Bäuchen bestand. Ich hatte sie verzwei-
felt gefragt: »Wissen Sie vielleicht, wohin ich gehe (›where am
I coming?‹), liebe Frau?«, da führte sie mich und wies mit
der von zehn riesigen Fingerringen blitzenden Hand auf eine
Schaluppe mit der Aufschrift LIBERTY LIVE und der
Abbildung eines Herzens oder aber auch Hinterns (Hinter-
ansicht) an der Bordwand (kann ein Hintern eine Vorder-
ansicht haben?) und ging mit den Worten »My pleasure«
patschend und schlurfend barfuß fort über den regenbogig-
fleckigen Beton. Während ich unschlüssig an den Stegen her-
umstand und hinlugte zu der undurchdringlichen Türsteher-
in nanaischen Typs, bekleidet mit einer Matrosenmütze
der »Baltischen Zwei-Rotbanner-Flotte« und einem silbrig-
schuppigen Büstenhalter, welche sich bedrohlich langsam
aus dem Schiffsbauch herausschob (ich bin heterosexuell,
aber hatte für Hetären kein Geld dabei), kam auf allen vieren
aus dem Schilf ein Greis in einem matratzengleich gestreiften (rot-weiß-blau) Pyjama und angeschmolzenen Plastiklatschen, richtete sich zu voller Größe auf und maß zwei
Meter. Er faßte mich beim Arm. Sein nacktes, im Verhältnis

zu seiner Statur zu kleines Gesicht mit den runden Backenknochen verzerrte sich schmerzlich-begeistert, die Äugelein
schauten in tiefem Blau, das Spinnweb über den Ohren
knäuelte sich und füllte sich mit Abendrot. Ich begann so gut
ich konnte zu erklären, daß ich mich ebenso verirrt habe und
nicht weiß, wo sein Altersheim oder vielleicht Krankenhaus
ist, und überhaupt fremd hier bin und nicht einmal Amerikaner. Aber der Alte gurrte nur kehlig wie ein Täuberich und
schnalzte mit seinen bis zum Verschwinden eingesaugten
Lippen. Zu guter Letzt sagte ich, Gott weiß warum, ich sei
ein russischer Schriftsteller. Das wirkte. Er wich zurück und
seine Blätterteiglider schwollen an. Dann erschien (aus der
Pyjamatasche) ein Stoß zerfledderter Karteikarten, und er
machte sich, nicht ohne Falschspielereleganz, daran, sie –
einem auf- und wieder zugeschlagenen Pfauenrad gleich –
von der einen Hand in die andere hinübergleiten zu lassen.
Schließlich schnalzte er die Zunge gegen die Kehle, und zog
eine einzelne, zwischen zwei breite, platte Fingernägel ge-
kniffene Karte heraus – dunkel-rosa, liniert und mit einem
kleinen runden Loch in der Mitte oben. Auf ihr stand in
halb verwischter Schreibmaschinenschrift (mit gegen die
Schreibrichtung – beinah in das Ähnlichkeitszeichen hinab –
gekipptem »S« und mit Bleistift nachträglich hinzugefüg-
tem Akzentstrich): *Puskin Szergejevics Sándor.* »Sind Sie
Ungar?« fragte ich verwirrt. »Magyar?« Er schüttelte den
Kopf wie das Pferd Karls V. (das Spinnweb flog, rollte sich
gerade und ringelte sich wieder), regte den Hals und zischte
wie die Gans Karls V., ließ die Augen mit verzweigtem Blut
unterlaufen wie der Teufel Karls V. und reichte schließlich
eine blaue Karte dar: G. Meyrink. Gesammelte Werke in
4 Bdn. »Sind Sie Deutscher, mein Freund?« Und wieder
sprangen die Karteikarten über die schnellen steifen Finger,
Augenblicks-Kartenhäuser errichtend und zerlegend: Widow Goddes Jewish nursing home, app. 13, 424 West 44th

St. NYC, Manhattan, NY, USA. Ich fing erneut in allen mir bekannten und unbekannten Idiomen davon an, daß ich ihm nicht …, daß ich selbst nicht …, aber die Karten verschwanden im Pyjama, in meinen Unterarm stachen wiederum die innigen Finger – eine unmenschliche Kraft stieß mich von der Lupanar-Schaluppe fort.

… Klein, dreistöckig und gelb, mit Säulen und Karyatiden – wie ein Stadtsowjet in einer südrussischen Kreisstadt. Unten (bis zur Höhe von einem Meter plus Käppi) mit roten, blauen, schwarzen und silbrigen Runen dicht beschrieben, sowohl mir bekannten, als auch mir nicht bekannten. Zu beiden Seiten des geschweißten Vorgartenzauns umwachsen mit Klette und Herzgespann. In einer knirrenden Blase von Stille, in der es, wenn du in sie dringst vom Amboßkrach der Siebten Avenue her, schnalzt und die Ohren beklemmt wie in einer Taucherglocke. Aber wie mich die eisernen Finger auch schubsten, die steinernen Hüften auch stießen, wie es mir von ihm her auch sengend und eisig die Wange besprengte, mir ins Ohr muhte und zischte – ich hockte mich hinter einen gigantischen schwarzen Sack, wo eine Ratte im Müll untertauchte (und er, was blieb ihm übrig, knackte mir nach mit den Knien) – ich mußte warten, bis Julien Goldstein unter der Inschrift WIDOW GODDES' FOUNDATION in halbgotischen Versalien am Giebel sich endlich von jemandem drinnen verabschiedet haben (zweimal mit den halbgekrümmten, erst nach oben, dann nach unten gedrehten Fingern, über jemandes schmale, gebogene, schwarzrosig aus der Türöffnung gestreckte Handfläche streichen) und sich, schon in Frack und Krawatte, aber immer noch der Reihe nach mal die rechte, mal die linke Hüfte senkend und entsprechend mal die linke, mal die rechte Schulter vorziehend, die Vierundvierzigste Straße hinauf westwärts Richtung Achte Avenue bewegen würde.

26. Vampuka

Mit den von dem Skorpion bespritzten Fingernägeln klopfte
ich drinnen an den Türrahmen (gebeizte Kunsteiche) und,
anstatt verlegen zu hüsteln, grunzte ich lauthals, dann
krächzte, dann krähte ich:»Mrs. Shvartsman … Sorry …
Hi …« – Am letzten Fenster rechts, das ausgefüllt war von
durchrauchtem Kastanienlaub, welches die noch nicht einge-
schaltete Laterne tödlich umhüllte, stand, mir den zweige-
teilten Rücken zukehrend, eine schwarze Frau in einem
Trägerkleid, das noch schwärzer als der Rücken und von der
Taille bis zu den geschmeidigen Sprungfedern in den Kniekehlen wie eine Glocke war. Von den aus dem Fenster ge-
schobenen Schultern waren die Träger herabgeglitten. In
ihrem zu großen Halbkreisen nach allen Seiten gelockten
Haar, das noch schwärzer war als das Kleid, bewegte sich,
nach oben durchsinternd, eine Rauchwolke, eine zartgol-
dene, und formte verschwommen die Frisur nach. – »I was
said, you can show me the library …!« Sie ließ die Zigarette
nach draußen fallen und drehte sich um – eine leicht gealterte
Monroe im Negativ: die gewölbte Stirn, die kurzsichtigen
Augen mit der zart konkaven Haut unter ihnen, die immer
noch verwegenen Nüstern, die vollen hellen Lippen – und
kam mir entgegen, sich mit kräftigen Schenkelbewegungen
von dem immer noch im Fenster stehenden Rauch fortbewe-
gend – diagonal durch das mit Lianen und Palmen zuge-
wachsene Zimmer »Mrs.-Goddes-Chief-Manager«.

»Ach, Julik, danke, daß du den alten Potz zurückgebracht
hast. Es trillert wieder bei ihm. Bei uns war hier schon Panik
angesagt, die alten Weiber haben mich sogar zu Hause ange-
rufen, daß ich herkomme, aber was hab ich damit zu schaf-

fen? – ich bin doch nur die stellvertretende Bibliothekarin!
Die Witwe, die alte Ratte, ist ewig im Urlaub, und ich kann
mir hier ein Bein ausreißen für sie! Was für ein Strubbelkopf
du geworden bist ... Krauskopf ... wie Angela Davis ... Und
leicht gealtert, wie? ...«

Die stellvertretende Bibliothekarin bei der Witwe-Goddes-
Foundation, Mrs. Shvartsman, ehem. Aida Schekla-Afer,
Beststudentin aus Addis Abeba, studierte bei uns an der
Hochschule für Kultur Bibliothekswesen. Kapellmeister
und ich waren schon im vierten Studienjahr, als sie kam – mit
einem Stipendium von Haile Selassie, dem letzten abessinischen Negus. Im Wohnheim (einem spätstalinistischen oder
frühchruschtschowschen Parthenon zwischen Torschkow-
skaja Straße und Smirnow Prospekt) teilte sie das Zimmer
mit einer riesigen Angolanerin in Uniformjacke am nackten
Leib, auf die rechte Brusttasche war Fidel Castro gestickt,
auf die linke – Agostinho Neto, beide lagen und sträubten
sich.

»Und wie geht es Anka der Nackten, weißt du etwas über
sie?«
»Sie hat einen Heimatboden-Geologen geheiratet, Kaga-
nauskas, und lebt nun mit ihm in Tuschino. Man nennt sie
jetzt die schwarze Gottesmutter des Lagers der Patrioten.«
»Warum Gottesmutter? Hat sie etwa unbefleckt empfangen?«
»Na, aber auf jeden Fall doch unbefleckt natürlich. Als ob
man von euch befleckt empfangen könnte! Und weiter hast
du keine Fragen? ... Ei, wußtest du wirklich nicht, daß ich
hier arbeite?!«

Wir stiegen die an Heimchen-Gezirp und -Gefiedel reichen
Treppen hinab und hinauf, schoben uns durch von einem

Treppenpodest zum andern, gingen, gingen und gingen gemäß dem Zickzack der Korridore (die Türen standen halb
offen: die Tische bogen sich unter verblichenen Ordnern und
geleerten chinesischen Imbißschachteln, die Stahlpanzer-
Tresore standen sperrangelweit zwischen den Fenstern, die
bei der freitäglichen Flucht vergessenen Ventilatoren drehten
sich auf ihrem langen Bein) – und an den Abschlüssen der
möbellosen matt schimmernden Zimmerfluchten gelangten
wir in eichene Sackgassen mit den Bildnissen beleibter Herren – im Rahmen war ein geheimer Knopf zu drücken, und
das Paneel rückte mit Schienengequietsch zur Seite. Von außen dreistöckig, hatte das Gebäude innen nicht weniger als
ein Dutzend Geschosse, Halbgeschosse und irgendwelche
Abstufungen noch: Die Witwe Goddes hatte es eigenhändig
entworfen, und ein Architekt bekam den Auftrag, Innen und
Außen zusammenzureimen. Ab und zu traf man, wo man es
am wenigsten erwartet hätte, auf ein Fenster, das die Dämmerung mit einem langsam kreisenden Trichter blendenden
Staubs durchbohrte; man konnte stehenbleiben, Luft holen
und hinausschauen: auf die Vierundvierzigste Straße – in den
Hauseingang des katholischen Internats gegenüber schritten
winzige schwarze Mädchen in weißen Bändern und Klei-
dern, paarweise, heraus aber kamen weiße hagere Mönche in
schwarzen Soutanen, einzeln. Oder auf den Innenhof – dort
vor dem Betonflügel des Altersheims stand der zwei Meter
große Greis im Pyjama, umringt von einer Schar aufgeregter
alter blauhaariger Frauen. Die Karteikarten flogen nur so in
seinen Händen, offensichtlich erzählte er sein Abenteuer.
»Na, du Timurpionier und Samariter, kannst dich wohl nicht
sattsehn an deinem Geretteten?« – sagte Aida und lachte mit
den Augen und dem Kinn.

Ende 1945 wurde vor der Übergabe eines bestimmten Gebiets mit bestimmten Schächten (darunter auch Nummer

drei Strich vierzehn) an die sowjetischen Militärbehörden
(im Tausch gegen einen Judenschluchter Stadtteil) aus einer
der Gruben die obere Bodenschicht entnommen (mit einem
eigens aus Amerika herangeschleppten Bagger), in die Trans-
portflugzeuge der US-Luftstreitkräfte verladen und unver-
züglich in die Stadt Fifthrome, Connecticut, geschickt – zur
Analyse. Aus ihrem Sand, Kies, Ton und tauben Schachtgestein rutschte beim Abladen ein Mensch in der Uniform der
Waffen-SS ohne Dienstgradabzeichen – in halb bewußtlo-
sem, aber nicht gedächtnislosem Zustand. Die ärztliche Un-
tersuchung und das hochnotpeinliche Verhör ergaben, der
im Judenschluchter Getto wohnhaft gewesene Ignaz-Israel
Tecka sei nur dank der verstärkten Bombardements der
amerikanischen und britischen Luftstreitkräfte letzten En-
des gerettet worden vor den Nazis und seiner Vernichtung.
Er hatte in den Halden Champignons gesammelt, war einge-
schlafen und wurde von einem Baggereimer geschluckt, wobei er das Bewußtsein verlor. Zu sich – von dem Mangel an
Luft und der Finsternis – kam er erst über dem Atlantik, mit
einer ungeheuren Anstrengung stieß er sich mit dem Kopf an
die Luft, aber in den Schrecken des Todes und der nervlichen
Erschütterung hatte er unwiederbringlich die Gabe der Rede
verloren.

»Habt ihr seine Personalakte hier? Kann ich sie sehen?«

Schekla, die voranging, blieb stehn, blickte von oben schräg
über die Schulter zurück und bewies schlagend, daß sie noch
wußte, was man sie an der Hochschule für Kultur gelehrt
hatte: »Leider gerade ausgeliehen. Vor fünfzehn Minuten.
Lassen Sie Ihre Bestellung hier, Towarischtsch Goldstein,
und fragen Sie in zwei Wochen noch einmal nach oder lieber
in drei. Mit einer Tafel Schokolade.«

»Ein Luder bist du, Schekla«, sagte ich. Sie lachte in einem
Strahl, der, in der Brechung einem Baum aus Licht gleich,
durch ihr Teerhaar aufwuchs, und ging weiter die Treppe
hinauf, ins Dunkel. Einen geraderen als ihren halbnackten
Rücken kannte ich nicht. Aber es gab auf der Welt auch
keine Gesäßbacken, ovaler und ergreifender als ihre, voll von
schwarzem, langsamem Honig. Wie oft hatte ich die beiden
um ihren langsamen Tanz gebeten, und nicht nur ich: jeden
Samstag gingen Kapellmeister und ich ins Wohnheim, die
Mitschriften der Vorlesung über wissenschaftlichen Kommunismus abschreiben, aber sie lachte nur entschuldigend
und ließ keinen an sich ran (wofür Kapellmeister sie schimp-
fend Vampuka nannte, für sie unverständlich, weil sie diese
Opernparodie über eine äthiopische Prinzessin von der Jahr-
hundertwende nicht kannte), später, aber es war schon zu
spät, stellte sich heraus, daß sie vor ihrem Abflug von Addis
Abeba ihrem Vater, dem Haupt-Rabbiner Äthiopiens, bei
einer Abschrift des Pentateuch, die König Salomo der Königin von Saba geschenkt hatte, schwören mußte, nur einen
Juden zum Mann zu nehmen und nur aus dem Stamme
Davids. Er dachte, daß sie dafür bestimmt sei, den Messias
zu gebären. Und sie dachte, daß Kapellmeister und ich keine
Juden seien, weil wir weiß sind. Wir bestanden die Ab-
schlußprüfungen und bekamen die Diplome, Kapellmeister – das Kapellmeisterdiplom, und ich – das für Regisseure
von Massenspektakeln, und gingen für Jahre auseinander:
ich zum Militär als Gefreiter für die künstlerische Selbstbetätigung, danach, den geisteswissenschaftlichen Hochschul-
abschluß verheimlichend, nahm ich ein zweites Studium
auf – am Moskauer Literaturinstitut, und Kapellmeister, der
wegen seiner Plattfüße nicht zur Armee mußte, kam nach
Chanty-Mansijsk. Schekla hatte noch drei Studienjahre zu
absolvieren. In diesen drei Jahren wurde der Negus gestürzt,
und Schekla (erzählte mir eine Bibliothekarin in der Stadt

Engels, Gebiet Saratow, wo ich im Auftrag des Propaganda-
büros der Sowjetliteratur mit dem Gedicht auftrat »›Was
willst du denn‹, fragte mich die Kobra und schaute mich gut-
mütig an«) wurde auf persönlichen Befehl von Oberst Men-
gistu Haile Mariam zur Aspirantur nach Ufa oder Kasan
geschickt, und ihre Spur verlor sich in den Steppen.

»Und übrigens, wer ist Mister Shvartsman? Ein Amerikaner,
oder? Hast du dir den hier angelacht?«
»Shvartsman? Mark Israilitsch? Das Gespenst des Kommunismus?«

Ich setzte mich verblüfft auf die Stufe. »Na, du machst Sachen! Unser Shvartsman, Mark Israilitsch, der vom wissenschaftlichen Kommunismus? ›Alles, was Marx geträumt hat,
hat Engels vollends vernebelt?‹ Aber der ist doch uralt! Der
ist ja schon hundert bis Mittag! Und du? – lebst also mit
ihm?«

Es stellte sich heraus, daß Mark Israilitsch bis Mittag nicht
älter als siebzig wird und von Schekla separat lebt, auf den
Aleuten, wo sein Sohn Ljowka Shvartsman, der ehem. Trom-
peter im Restaurant »Moskau« an der Ecke Newski/Wladi-
mirski-Prospekt, von der Kurilen-Insel Iturup geschmug-
gelte Marfrettis (für Fleisch und Pelz) zu züchten versucht
(ohne nennenswerten Erfolg).

»Also, das ist unsere Bücherei«, sagte Aida, kniff die Augen
zu und stieß mit dem kleinen Finger an ein Schild, das aussah
wie das einer Türsprechanlage. »Stoß du mal, das braucht
Männerkraft.«

Das Paneel fuhr quietschend in die Wand, die eiserne Tür
brannte mir die Schulter mit knöcherner Kälte, rasselte und

öffnete sich langsam nach innen. Der Schalter schnalzte, Tausende Lichter gingen an – irgendwo oben und irgendwo unten, in einer unendlichen, die Wände umwandernden Spirale. Und in der Mitte – eine unter der anderen, wie Ränge – Ketten matter Lämpchen in einem Kessel ohne Boden. Es sah aus wie das in der Kirche am Newski Prospekt eingerichtete Schwimmbad (Schekla und ich standen auf den Emporen, beinah unter der unsichtbaren Kuppel), nur anstatt des grünen Wassers gab es hier die unzähligen Ränge der Bücherregale an ihren zum Erdkern führenden Pfählen von Metall.

»Jetzt müssen wir zum Katalog hinunter, das ist minus dreizehn. Der Fahrstuhl links in der Wand. Was brauchst du denn eigentlich, was für'n Büchel zum Lesen?«

In der computerisierten Kartei gab es über Judenschlucht nur einige thematische Nummern des »Erzgebirgischen Altertums«, die Jahrgänge 1881, 1897 und 1914, den Erstdruck (1627, Ulm) der Chronik Johanns des Böhmen »Leben und Thaten des theutschen Keysers Rudolph II.« (»Kann ich nicht ausleihen, du verstehst, aber Fotokopien, wenn du willst, können wir ziehen, soviel wie du willst«), Goldsteins Buch »Jakob Kaganski – der Jude, der Juden ermordete« (»Na, diese Rarität haben wir in rauhen Mengen, kann dir ein Exemplar einfach geben und als Abgang beim Umschaufeln verbuchen«), und 2197 Referate und wissenschaftliche Artikel in siebzehn Sprachen, darunter Albanisch, Suaheli und Ketschua, mit Erwähnungen Judenschluchts (im wesentlichen in bezug auf Bodenschätze, Weihnachtspyramiden und die architektonischen Kostbarkeiten des Judenschluchter Schlosses). Und außerdem – im Vakuumschrank der Handschriftenabteilung – ein in der Brusttasche Ignaz-Israel Teckas gefundenes Stück Pergament (Hirschleder) von

der Größe einer Handfläche mit winzigen seltsamen Zeichen
darauf, die unter der Lupe wie schematische Darstellungen in
verschiedene Richtungen gedrehter kleiner Telefonapparate
aussahen. »Ist das nicht von euch das, Äthiopisch?« »Idiot«,
sagte Aida zärtlich und setzte sich auf den Rand des Kopie-
rers, der sofort in Gang kam, und sein Laser wanderte. »Die
Schrift ist natürlich Glagolitisch, aber die Sprache ist unbekannt. Wir haben hier einen Forscher, einen ehem. Stipendiaten, der hat das an alle Spezialisten der Welt geschickt, und
keinem ist eine eingefallen. Gerad heut hat er gebarmt. Willst
du davon auch eine Kopie?«

... Ignaz-Israel Tecka wurde damals auf Herz und Nieren
geprüft und verhört, dann – wo sollte man auch hin mit
ihm – ließen sie ihn als Wächter bei dem Frachtgut, von dem
er selbst ein Teil war. Zwanzig Jahre lang ist er nachts mit der
Taschenlampe um den Grubenaushub gegangen (ringsum in
einem Radius von anderthalb Kilometern hohe stachelige
Voltstärken, an der Pforte ging ein Posten mit Maschinen-
pistole auf und ab und kaute), und tagsüber schloß er sich
in einer alten, von der Stützpunktverwaltung geschenkten
Aerocobra ein, in der er irgendetwas zerschrotete, rieb, zündete, brannte und einfrostete. Anfang der sechziger wurde
das Projekt »New American Golem« wegen Unergiebig-
keit aufgegeben: Der eben (von der Chicagoer Müllfahrer-
zunft) auf den Thron erhobene Jung-Caesar mit seinem an
eine sommersprossige Stiefelette gemahnenden Gesicht und
der neue Vorsitzende der Senatskommission zur Erarbei-
tung golemitischer Waffen, Joshua Horse, glaubten mehr an
Napalm. Ignaz-Israel wurde eingebürgert und pensioniert,
von dem Überbrückungsgeld kaufte er sich ein unbebautes
Grundstück am Rande der nächstbesten Stadt, umzäunte es
mit dem vom Stützpunkt abgeschriebenen Hochspannungs-
stacheldraht und schüttete, mit Hilfe eines für eine Flasche

Bourbon angemieteten indianischen Baggerführers vom benachbarten Autofriedhof, dorthin alles von dem Grubenaushub Ausgrab- und Abschabbare. Und erwies sich als Eigner von siebzig Patenten auf Additive für Beton und Zement, die aus verschiedenen Verbindungen von Sand, Ton und taubem Schachtgestein bestanden. Seine Firma »Tecka Concrete« bekam Bauaufträge für Startbahnen, Atomabwehrbunker, Leuchttürme und Kolosseen und hatte Mitte der siebziger fast ganz Südmanhattan bebaut. Ignaz-Israel wurde Millionär und spendierte ein paar erübrigte Millionen der Witwe-Goddes-Foundation, aber unter einer Bedingung. Mitte der 80er war die Judenschluchter Mischung Prise für Prise verbraucht, ohne sie barsten die Startbahnen, ließen die Atomabwehrbunker Wasser durch und krängten die Wolkenkratzer. Ignaz-Israel wurde zum Habenichts und kam in das Witwe-Goddes-Altersheim – unbefristet und kostenlos, und das war die Bedingung.

»Ich begleite dich, sonst verirrst du dich wieder, du Trottel. Du mußt zur Metropolitan?«

Wir gingen, als es schon dunkelte, zwischen den über die Mauern huschenden bunten Lichtern. Es regnete – fast trokkene, winzige, piekende und nach Erdöl riechende Tropfen. Scheklas große glatte Finger hielten mich am Arm, genau dort, wo die Stellen von der eisernen Hand Ignaz-Israel Tekkas noch schmerzten und brannten.

»So, über die Straße, dann rechts, und du bist da.«
»Na, wann bumsen wir denn nun?« fragte ich sie, wie ich sie immer zum Abschied gefragt hatte, und meinte, jetzt würde ich wieder ihr entschuldigendes Lachen hören und sie auf die straffe nasse Wange küssen.
»Morgen kann ich nicht, morgen muß ich mit meinem Mann

nach Connecticut, bin dort mit ihm verabredet … Ist dir
übermorgen recht? – da bummle ich ab für heute.«
»Mit Mark Israilitsch?« fragte ich verwirrt und dumm.
»Nein doch, wieso? Israilitsch ist auf den Aleuten. Mit dem
Mann davor, dem aus Kasan. … Hier, da hast du die Adresse,
das ist in der Bronx, nimm am besten ein Taxi. Aber vorher
reib dich ordentlich ein aus der Dose hier, die Hände und
das Gesicht. Wenn jemand bei uns in der Straße sieht, zu
mir ist ein Weißer gekommen, sind noch in derselben Nacht
diese Kerle aus dem Islamischen Roger-Garodi-Orden da, in
schwarzen Kapuzenmänteln und mit brennenden Halb-
monden.«

Sie warf den Kopf zurück, lachte auf, klopfte mir auf den
Nacken, wo unter der Kugel des offenen Haars, das den
Gummi von Judenschlucht schon vergessen hatte, eine
feuchte Kälte lebte, trat einen Schritt zurück und wurde
ein regenbogenartig schillernder Schatten im Regen. Ich lief
über die Straße, ohne zurückzublicken. Mein Herz war voller Glück und Schrecken.

Dritte Einführung.
Dezember zweiundneunzig

27. Das Eisenbahnlied

Während ich mich im Gang des Zuges, die Ellbogen vor- und zueinandergeschoben wie bei einem Boxer, durch die auf ihrem Sack und Pack schlafenden Polen und die rauchenden Frauen unbekannter Herkunft drängelte, vorbei an den bejahrten deutschen Grenzbeamten mit Bärtchen, wie Lenin eins hatte – hat mich niemand auch nur mal angeschaut, was mich kränkte als Frau. Unter dem Rock zog es stark, die Waden erstarrten augenblicklich, und Bläschen schwollen an den Wurzeln der abrasierten Haare. Ich fühlte mich schutzlos und nackt – entkorkt – von unten. Die Satinunterhose von der Produktionsvereinigung »Wirkerin«, die bis zur Mitte des Oberschenkels ging (mit vor Alter fadenscheinigen Streifen, die letzte saubere aus dem hundertneunundsechzigstöckigen Turm, den Mama vor ihrer Abreise nach Amerika neben einen ebensolchen Turm von Unterhemden und eine ungeheure Kugel aus kunstvoll ineinander verschlungenen Socken nach Entfernen der Bretter in den Wäscheschrank gestellt hatte), schützte vor dieser Schutzlosigkeit kaum. Der Zug »Prag – München« passierte schon die Grenze: Die schrägen Spiegelungen der Bahnhofsschilder leuchteten auf und verblaßten auf deutsch. Die Abteile in den Sitzwagen waren sämtlich von Zigeunermännern besetzt – alle, groß und klein, in gleichen braunen schräg gestreiften Sakkos und riesigen faltigen mit selbstgemachter Wichse blendend gewienerten Stiefeln. Eine Delegation der böhmischen und mährischen Zigeunerlager fuhr nach Basel zum Fünftausendsiebenhundertdreiundfünfzigsten Kongreß der Internationale der Zigeuner. Die Delegierten klopften mit den zusammengerollten Schirmmützen auf die Stiefelschäfte, unterhielten sich gedämpft und schauten mißbilligend auf mich, die sich, jeweils einen Fuß nachziehend, an ihnen vorbeidrängte. *Das kann doch nicht wahr sein*, mochten sie denken, *daß sich die Romala ebenfalls einfallen läßt, nach Basel zu fahren, bassana? Hat sich das etwa auch bei uns, tschibirjak, tschibirjak, in unsere freien Zelte, Feinsliebchen, eingeschlichen, wohl von den weißäugigen Raklen* (romani: Nicht-Zigeunern) *übertragen, diese Seuche, bassanata, bassana, dieser Hurenfeminismus!?*

Vorn im Vorraum war es fast dunkel und fast leer. Nur neben der Tür, die kurzsichtig vom unbeweglichen löcherigen Mond und weitsichtig vom entgegenjagenden (*schneller, wilder als der Wille* – Eisenbahnlied) freien Felde Europas Licht erhielt, rauchten zwei schmächtige Jungen, der eine kleinwüchsig, stubsnasig, mit eingerissener Steppnaht an der schrägen Mondlichtschulter der Rotarmisten-Schafspelzjoppe, der andere hingegen überlang, im Flauschmantel mit auf den Rücken geworfener Kapuze. Ich freute mich, daß da Platz war, und stürzte mich auf den Platz mit den zwei Koffern aus dem engen Gang, aus dem nächtlichen Licht und Rauch. Die Polen bei ihrem Sack und Pack hoben die blonden Augenbrauen hinter mir her, die rauchenden Frauen schoben die Lippen zu Kreislein vor und atmeten – da sie die Lüftungsklappen nicht trafen – auf die Scheiben aus wie Aquarienfische. »Hier ist besetzt, Mutti, putz dir die Brille!« – sagte der im Schafspelz. »Hier ist nur mit Platzkarte.« Ich wippte verständnislos mit dem Kopf und den Schultern, schnalzte mit der Zunge, wedelte mit dem Rock und schwang mich umher. »Laß das«, sagte der zweite verlegen, »siehst du nicht, die Tante versteht keinen Piep Russisch. Soll sie doch hierbleiben, nimmt dir doch nichts weg, oder? Please, please, gnädige Frau ...« Sofort zeigte sich der erste großmütig: »Rauchen Sie eine, Muttchen?« Ich klaubte eine Belomor aus seiner längs aufgerissenen Schachtel, nickte

dankend in das Gegenlicht-Dunkel, dessen Kante der unbe-
wegliche Mond umgab, und setzte mich in taktvoller Viertel-
wendung auf meine Koffer zur Tür gegenüber, der mond-
losen. Diese Jungs, ergab sich, kannten sich von früher, am
Ende gar als Rotznasen schon, aber haben sich hundert Jahre
nicht gesehen und in diesem Zug ganz zufällig getroffen. Mal
zischelndes Flüstern, mal krähendes Lachen, erzählten sie –
der eine mit hoher etwas vibrierender Stimme und dem Leningrader *tsch* (statt des Moskauer *sch*), der andere in einem
heiseren regionalen (vom historischen Wegfall der reduzier-
ten Vokale fast unberührten Baß): Geschichten von Leuten,
die sie beide kannten – ihren verschiedenen Tanten, Omas,
Schwestern, von Kapitänen zur See, Fregatten- und weiteren
Kapitänen, von allerlei Gott weiß woher erschienenen Chinesen; Geschichten, die im übrigen recht einförmig blieben
unter dem Strich: die einen sind gestorben, die anderen ausgereist … Irgendein Hähnchen haben Windhunde zerbis-
sen.

»Aber wieso haben sie dich nach Deutschland einberufen, die
Truppen sind doch abgezogen worden, scheinbar alle?«
»Weiß der Gehörnte, was die anstelln, die Irrgläubigen. Sie
haben mir sechs Gestellungsbefehle nacheinander geschickt,
hab daraus Flugzeuge gefaltet für den Kleenen, Jascha, dann
kam plötzlich der vom Wehrkreiskommando selber an, im
Jeep, und mit ihm noch zwei solche Böcke, mit MPis – um
halb drei in der Nacht! Hat'n Schaden, spricht er, aber als
Bausoldat geht er. Die kutschten mich zum Vyborger Bahnhof, rasierten alle kahl und ab in die Waggons. Na, und denn,
hier schon, bin ich, noch vorm Fahneneid …«

Weiter flüsterte er, sich auf die Zehenspitzen stellend, in das
staunende Ohr, das zurückwich, sich wegwendete, nickte,
aber die Lippen wanderten ihm nach – so wanden beide sich

umeinander, tauschten die Plätze und stapften auf den Pan-
zerstahlboden, als tanzten sie – zum Eisenbahnlied ohne
Worte. Ich, auf den mit Papier und Socken vollgestopften
Koffern, wurde matter und matter, die Papirossa knisterte
gelegentlich, ließ gelegentliche Funken fallen auf den Zigeu-
nerrock (daß sie ihn nur nicht durchbrennen – den einzigen!), sie ging aus und ging noch einmal aus, und ich war
zu schlapp, sie wieder anzurauchen, die Lider schlossen sich
von selbst unter der Brille, und ich schlief nur wegen der
Kälte, der klirrenden Panzerstahlplatten und der Papirossa-
Stickluft nicht ein ... »Judenschlucht«, sagte jemand unerwartet laut. »Und wann willst du nach Judenschlucht zur
Schwester?« Ich zuckte zusammen, und meine beiden Ellenbogen brachen mir von den Knien: dort fahre ja auch ich hin,
nach Judenschlucht, zur Hauptstadt des Kulturbunkers.
*Das Herz klopfte bang die Sekunden ab. Und listge Gedan-
ken umrankten die Fahrt* – Eisenbahnlied.

»Guck, die Tante ist zu sich gekommen, hat wohl ein Wort
gehört, das sie kennt! Keep sleeping, keep sleeping, Ma'am,
not yet! The very long way to Judenschlucht ... Nein, ich
fahr jetzt direkt nach München, ohne Umsteigen. Ich muß
dort helfen, eine Herde zu entzollen – dringend! Sonst
bringt mich dieser Antreiber von Stiefvater noch unter die
Erde, du weißt ja nicht, wie er ist, – der fuhr nicht mit uns auf
die Datscha, der zog die Sanatorien vor. Lilka besuche ich
selbstverständlich, wenn das Visum noch Zeit läßt, aber auf
dem Rückweg dann. Wie geht's ihnen dort so?«

Ihnen dort geht's, soviel ich verstanden habe, *klasse*, wenn
auch der zweite Junge die Verwandten des ersten ausschließlich von ferne beobachtet hatte, wie sie Hand in Hand die
abschüssigen Alleen entlanggingen, denn er selbst lebte dort
illegal und versteckte sich in irgendwelchen Grotten tief

unter der Erde, in verschiedenen stillgelegten Schächten, unterirdischen Gängen und Durchgängen, die dicht und gewunden den Judenschluchter Berg durchziehen. Im Berg lebten außer dem Jungen noch unbegreifliche Menschen, raschelnde bucklige Schatten im Dunkel, und geschahen unbegreifliche Dinge. Anfangs erschrak er bei dem Rascheln und Ruckeln und entsicherte die von der Truppe mitgenommene magazinlose Mpi »Kalaschnikow«, dann gewöhnte er sich an die andern und wollte sie kennenlernen. *Wenn sie Einheimische sind, hab ich mir gedacht, dann können sie mir vielleicht den unterirdischen Gang nach Jerusalem zeigen, dann könnte ich auf der Stelle dorthin.*

»Was willst du in Jerusalem, du bist doch Russe!? Geh besser nach Amerika!«
»Selber Russe! In dem irrgläubigen Paß da bin ich Russe, aber wirklich, nach dem Vermächtnis der Väter und Vorväter, bin ich Jude. Jetzt, weil nun bald die letzten Zeiten sind, verstecken wir uns nicht mehr: Man hat mich sogar nach Leningrad hingebracht, voriges Jahr in der Thomas-Woche, nach dem russischen Ostern, und mich den Gelehrten in Judensachen vorgeführt, unsere Bibliothekarin im Klub der Baltischen Flotte, die neue, hat mich hingebracht, Tanja Nikolainen, so eine kleine Finnin, in die Gesellschaft für Geographie, hat sie gesagt, na, von den Irrgläubigen dort so!«

Mit den Untergründigen wurde er schließlich einigermaßen bekannt, stellte ihnen – auf den am Hauptliftschacht ins Gestein eingeschlagenen gußeisernen Markscheidetisch – eine Flasche gefälschten »Moskowskaja«-Wodka hin, die er auf dem Zigeunertrödelmarkt gestohlen hatte, aber die rheumatischen unterirdischen Schwalben, winzige Alterchen beiderlei oder keinerlei Geschlechts, in Holzschuhen und braun-gelben, dunkelgrünen und fahl-lila Gehröcken, waren halbstumm und halbblind, die ganze Schar wurde betrunken von einem Fingerhut voll »Moskowskaja«, und sie suchten selbst wen, der sie irgendwohin hinausführt oder ihnen wenigstens Wurst, Eier und Brot aus der Oberwelt bringt. Im Hinblick darauf hießen sie den Jungen, die Hose bis zu den Knien herunterzulassen, und vergewisserten sich mit ihren Kerzenstummeln, von denen der Talg tropfte. Aber ihre größte Hoffnung war, daß der Junge das Wort weiß oder irgendwoher herausbekommt, *das den Berg umkehrt, das Inwendige nach außen.*

»Seitdem laufen sie mir nach, die Hundsfötte – wo ich hingehe, da gehn auch sie hin. Das macht mich kaputt. Und bleibst du länger weg – mußt ja auch Mammon machen irgendwo! – und kommst zurück, piepsen sie flehentlich und zupfen sich Fetzen aus der Kleidung: Da, schreib was auf, ein Umkehrwort, einerlei-keinerlei – was. Aber einige haben, wie's aussieht, gottlob, irgendwie alle Hoffnung fahren lassen auf mich und sich einen neuen Dreh ausbaldowert: stehlen von oben jüdische Menschen, die wo nicht aufpassen, aber möglichst uralt und solln möglichst kulturvoll auch aussehn. Und füttern sie mit meiner Wurst!«

Der Lange zischte auf den letzten empörten Satz und tat mit der Hand, als schlüge er einen unsichtbaren Basketball gegen den Boden. Der Kurze fing wieder an, undeutlich zu flüstern und zu murmeln, und sein mal abfallendes, mal aufsteigendes Gemurmel klang, von der Bedeutung der Wörter gesondert, wie ein Reden nicht auf russisch. Ich erwachte vom Geräusch der Tür, die sich schwer öffnen ließ.

»Mach's gut, Landsmann, vielleicht treffen wir uns ja wieder mal«, sagte der unterirdische Junge vom Trittbrett her, melkte die von oben gereichte Hand, schnappte den Ruck-

sack auf und sprang, zurückbleibend hinter der Fahrt, vom
Zug – mit einem zurückbleibend langgezogenen *in Jerusale-
e-em* ... Der gebliebene schwang sich – an einem Bein und
einer Hand im Zug – in das pfeifende Dunkel draußen, fing
sich die Tür und zog sie zu, schaute sich kurz um nach mir,
der schräg von unten erwidernd Schlafenden, nickte und verließ den Vorraum.

Fünfte Satire.
Dezember dreiundneunzig

> *Orbem iam totum victor Romanus habebat,*
> *qua mare, qua terrae, qua sidus currit utrumque;*
> *nec satiatus erat.*

G. Petronii. Satiricon liber

Siegreich herrschte bereits im Erdenrunde der Römer,
sei's über Meer, über Land, oder sei's über Morgen
    und Abend.
Satt war er nicht.

(Übers.: W. Ehlers)

28. Caesar im Hubschrauber

Unten hat sich alles schon aufgestellt, alles beruhigt, wenn man das leichte Schwanken der Luftballons und der in den Wollhandschuhen festgehaltenen, wie Matratzen gestreiften Fähnchen ausnimmt – alles: der Kindergarten an der Schnur; die beiden Schulen in ihren nach Größe und Alter geordneten Reihen; und die männlichen Zigeuner auf den Stufen der Rathaustreppe in der Rangordnung der wachsenden Grade der Verwandtschaft mit ihrem Abgeordneten, Janošik Horvat; und die weiblichen Mädels, nebeneinander der wachsenden Größe des Busenwinkels nach; und Karel Gott lotrecht im »Mercedes-Benz G 3 a«; und Pfleger Amme Ali mit Hamster ... Selbst das von den Bürgermeistern, Heinz-Jörgen Vondratschek und Jindřich Werner, betriebene Repetieren hat sich gelegt und das kombinierte Úžlabinaer-Judenschluchter Orchester sich von den Stoffstühlchen erhoben. Einzig die Unsern, die Evakuierten, finden und finden nicht zu sich in dem ihnen anberaumten Sektor hinter Josef Ton. Sammeln sich und zerstreuen sich, umgehen einander, verteilen sich auf zwei Reihen, verlaufen, vermischen sich und laufen ab. Das gleicht – wenn man den Feldstecher umdrehte – einer mißlingenden Polonäse gebückter farbloser Jacken oder der Lieblingskurzweil der russischen Intelligenz: *Und das Wahre und Gute und Ewige säten wir, säten wir – und das Wahre und Gute und Ewige zertreten, zertreten wir* ... Mir wird immer kälter am Fenster, die rotgewordenen Finger in den schwarzgewordenen Fingerringen spüren den Feldstecher, seine fein angerauhten und wie funkelnden Flächen fast nicht mehr – sie werden noch *wetterhart*, wart's ab. Zwei lange Autos mit abgedunkelten Fenstern fahren vor auf den Platz, das eine vom Westen, das andere vom Osten; der letztere übrigens, schon seit vier Jahren etwa, existiert ja nun nicht: Nach dem Kundera-Gesetz vom 29. 12. 1989 wird die öffentliche Benutzung des Wortes *vychod* (tschechisch: Osten) in bezug auf das Territorium der Tschecho-damals-noch-slowakischen Republik mit einer Geldbuße (3000 DM) bestraft und einer Einschränkung der bürgerlichen Rechte (welche bis heute allerdings nicht konkreter definiert worden sind). Was tu ich hier überhaupt und worauf warte ich vom frühen Morgen an, auf welches Möhrenfasten? Hätte lieber zur Panzerstahl-Schreibmaschine »Rheinmetall« (nur, wo ist sie geblieben? kann sie nirgends erblicken) gehn sollen, die der fürsorgliche »Kulturbunker« mir hingestellt hat – mit einer komischen, geliebten, schief und durcheinander angeschweißten Kyrillica (sie taten, was sie konnten, in der Aufklärungs-Abteilung der siebten SS »Freiwilligen Gebirgs-Division – Prinz Eugen« im Jahr dreiundvierzig oder vierundvierzig, um von dem erwarteten karäischen Dichter Paris Baklaschan die Expertise über die ethnische Zugehörigkeit der Judenschluchter Verzinner zu bekommen). Und hätte lieber an dem zittrigen Tisch unter den pergamentenen Schwimmhäuten der Stehlampe sitzen sollen und mit den beiden Zeigefingern ein dickes, dickes Buch zusammentippen: über das unsichtbare Jahrzehnt, über die Welt ohne Strukturen, über den Spalt, in den pfeifend die Zeit verfließt, in den rauschend der Raum sich ergießt – ein so gutes, daß im 21. Jahrhundert die Gymnasiasten der Schule Nr. 216 im Bezirk Mitte der Heldenstadt Sankt Petersburg ausgewählte Stellen auswendig zu lernen haben werden, und, sollten sie aus dem Text kommen, die Rute zu spüren kriegen – in der Aula, in der früher die Gipsbüste Uritzkis stand, des ersten Vorsitzenden der Petrograder Außerordentlichen Kommission zur Bekämpfung von Kriminalität und Sabotage und Namenspatrons der Pionierorganisation, und jetzt, nicht ausgeschlossen, die Leonid

Kanegiessers steht, der ihn 1918 erschoß – *die alte Eiche,
ganz verwandelt …*

Aber desungeachtet – warum sehe ich Julien Goldstein aus
Cincinnati nirgends: sowohl unten nicht, bei den ehrerbietig
jubelnden Völkern der Erde, als auch im Studio nicht, im
Bergfried gegenüber!? Unter seiner Matratze fanden sich in
einem Ordner mit dem Bericht der Untersuchungskommission über den Mord an Avram Levinski und den Brüdern
Leo und Jeremias Chasan ein paar Briefe, adressiert an:
Mr J. Goldstein. Also war ich zu Unrecht böse auf Onkel
Jahud – er hat ja doch ganz brav aus Lappland – und vor
einem Monat bereits! – die Übersetzung des eng mit den chasarischen Telefonapparätchen beschrifteten Pergamentfet-
zens geschickt:

[…] [dann?] VON [AUS] DER VERBINDUNG
DES TONS UND BLUTS (Variante: TONS UND
GOLDS) ZWEIER SÖHNE UND ZWEIER
TÖCHTER
(unklar: kann heißen »zweier Söhne und Töchter«
oder einfach »des Sohns und der Tochter«, unklar
auch, ob »Ton« und »Blut/Gold« den »Söhnen und
Töchtern« gleichzustellen sind oder »Ton« und »Blut/
Gold« den »Söhnen und Töchtern« gehören; sehr
unwahrscheinlich, aber nicht ganz auszuschließen:
»zwei Söhne und zwei Töchter des Tons und Bluts/
Golds«)
[wird hervorgehen] KAGAN [KÖNIG] ERLÖSER
[BEFREIER?] […] FÜHRT (vielleicht »bringt«)
NACH JERUSALEM ZUR RETTUNG ODER
ENDGÜLTIGEN VERNICHTUNG […]

In einer begleitenden Notiz beklagte sich Rachel Nikolainen, Aspirantin an der finno-ugrischen Fakultät, bitterlich
über die Verderbtheit des Textes, die schlechte Qualität der
Kopie und die Kompliziertheit der altungarischen Sprache,
sicherlich sollte das den Wert ihres ihrem wissenschaftlichen
Betreuer geleisteten Dienstes herausstreichen. Onkel Jahud
seinerseits sprach auf der Rückseite der Notiz die Vermu-
tung aus, daß mit »Kagan-Befreier« der russische Zar Alexander II. gemeint sei, den die Minderheiten im Russischen
Imperium anbeteten und manche Talmudgelehrten mit
Alexander von Makedonien und dem persischen König Ky-
ros verglichen. *Aber vielleicht auch Disraeli. Aber vielleicht
auch Kosciuszko. Obwohl kaum.* Somit aber wurde das Frag-
ment auf »*nicht später als 1881*« datiert. *Die Arbeit Deines
Protégé habe ich durchgesehen*, schrieb Onkel Jahud violett
weiter. *Es gibt da interessante Gedanken und Fakten. Aus
mir nicht ganz verständlichen Gründen wackelt meine Stel-
lung in der Universität derzeit etwas, und ich bin gar nicht
einmal sehr sicher, daß sie mir den Vertrag so ohne weiteres
verlängern, aber ich werde doch mit der Fakultätsleitung
sprechen. Nur muß der junge Mann sich im klaren sein, daß
das hier bei uns bekanntlich nicht Paris ist, sondern die Heimat des Weihnachtsmanns: Tundra, Rentiere, Lappen, Polar-
nacht, und die einzigen Vergnügungen sind die Tanzabende
samstags im Klub des Studentenwohnheims, dem »Großen
Fellzelt«, mit sehr wahrscheinlicher Keilerei und absolut un-
ausbleiblicher Kotzkaskade auf der Haupttreppe.* Abschlie-
ßend ließ Onkel Jahud meine Eltern grüßen (*wenn Du sie
anrufst*) und teilte mir rührende Erinnerungen an meine
Kindheit mit, wie er mich auf dem Arm trug (von der An-
richte bis zum Klavier). Seine verwandtschaftlichen Gefühle
für uns gestalteten sich im Laufe der Jahre etwas beängsti-
gend: *Neulich habe ich von Dir, Julik, geträumt, ich weiß
nicht, wieso: Du liegst in unserem Beute-Kinderwagen, aber*

nicht als Säugling, sondern als kleiner Erwachsener mit
Brille und Schnurrbart (hast Du Dir einen wachsen lassen?),
und unsere selige Amme, aus irgendeinem Grund barfuß,
schiebt Dich über den Wladimirski Prospekt, auf der Seite
mit dem Lensowjet-Theater, Richtung Kolokolnaja Straße,
sie lächelt so ironisch und murmelt lange Flüche. Na, Du er-
innerst Dich bestimmt gar nicht an sie. Vielleicht wäre es
auch nicht schlecht, wenn man mir den Vertrag nicht verlän-
gert, dann könnte ich nach Leningrad zurückkommen und
für die finnischen Touristen Führungen machen in den
Schnapsbrennereien. Und was hast du vor nach dem Stipen-
dium, wohin gehst Du dann? Schreib mir, vergiß mich nicht.
Kuß, Dein liebender Onkel J.

Ja, wirklich, was habe ich vor? Es ist ja kaum noch Zeit, das
zu entscheiden.

Von meinem Turm zum Goldsteinschen führt ein seltsam
verworrener unterirdischer Gang, mit Biegungen und Gabe-
lungen, Verschüttungen und Sackgassen, Ab- und Aufstie-
gen, mit irgendwelchen Schlingen auf verschiedenen Ebe-
nen, dabei scheint doch nichts einfacher zu sein – von hier bis
dort sind es zu Fuß über den Platz genau dreieinhalb Minuten. Und es ist so unmenschlich moderig dort, wenn man
am Kragen schnuppert und an den Manschetten, riechen die
Spitzen immer noch nach Schlachthof (ob ich die Bluse
vielleicht in Irmgards Waschmaschine gebe?). Es waren zwei
Stunden hin, zwei zurück, die Petroleumlampe »Fledermaus«, die ich in Josef Tons Vorratskammer an mich genommen habe, wurde mal fast dunkel, mal flackerte sie wieder
auf (man mußte dauernd nachdrehen), die Fledermäuse, die
der Judenschluchter Berg gebar, schwirrten verwirrend, der
gefrorene Moder auf den hölzernen Belägen platzte unter
den Absätzen wie Glas, und Augen lugten hinter den Pfei-

lern ... – mühselig ging sich's, ich stolperte, obendrein stieß
ich mir den Fuß an einer unerwarteten Ecke, der Knöchel
ist geschwollen ... Gott, daß das nur keine Zerrung oder
Verstauchung gibt. Im Oberschenkel ist so ein ziehender
Schmerz, wohl eine Sehne – sitzen kann ich nicht: Da steh ich
dann eben den ganzen Tag am Fenster, ein Bein angezogen,
wie so ein anderthalbbeiniger Reiher. Das ist immer so mit
diesem Untergrund da, jedes Mal passiert was. Hätte ich die
Untergrundkarte nicht (Mařenka hat sie mir im Archiv her-
ausgesucht: eine Rolle aus Pauspapier, mit rohem Zwirn
gebunden, gerissenem, und mit Lack versiegelt, der in rotbraunen Staub zerfiel beim Herausnehmen aus der Schub-
lade »Städtische Untergrundkommunikationen«) – wäre
ich dort nicht mehr herausgekommen, wäre sitzengeblieben
in einer Felsnische wie ein skelettierter Leichnam, ein knir-
schender, brüchiger. Alle zehn Schritt mußte ich mich erneut
hinhocken, den säuerlichen Griff der Petroleumlampe mit
den Zähnen halten und dieses ganze Pauspapier aufrollen auf
den unter dem Rock knackenden Knien, um nachzusehen
in der Zeichnung, so winzig, daß ich auch den Feldstecher
mitnehmen mußte. Freilich nicht nur zu diesem Zweck,
sondern auch, um herauszufinden, welche Teile meines Studios Goldstein seinerseits einsehen kann, wonach hält er
Ausschau, wenn er stundenlang mit dem Feldstecher steht am
Fensterbrett? Vorgestern kam ich nicht dazu – ich fürchtete
immerfort, er kommt unverhofft zurück aus Karlovy Vary,
dieses Mal aber, heute, war es bestimmt das letzte Mal – bald
gehe ich endgültig fort von Judenschlucht. Die Untergrundkarte war am unteren Rand in kleiner russischer Blockschrift
unterschrieben mit: *Für die Projektierung verantwortlicher
Mitarbeiter, Chefingenieur bei der III. Sonderverwaltung
des Moskauer Métropolitain »Genosse L. M. Kaganowitsch«:
J. D. Iwanow-Werner. 29. XII. 1940.* Der Wind schlug um
und drehte mich um (ich ließ den Feldstecher fallen an seiner

Schnur, klammerte mich mit beiden Händen ans Fensterbrett und wäre fast weggetrieben worden). Die prätoriani-
schen Helikopter – die drei sumpfig gefleckten – hatten sich
gleichzeitig auf die Seite gelegt und in einem schrägen Bogen aufwärtsgeschwungen, so daß sie die Schwänze mit den
Lämpchen zeigten. Hinter meinem Rücken im halbdunklen
Studio kamen die Stühle hüpfend in Gang, wippten die
Schrank- und Schränkchentüren schief-flügelig, schaukelte
die Stehlampe und lehnte sich über das Sofa. Der eine Hubschrauber schwang sich über den tschechischen Gipfel des
Judenschluchter Bergs, der andere über den deutschen, und
der dritte blieb in der Schwebe, aber ganz oben: man sieht
den Piloten und den Funker auch mit dem Feldstecher nicht
mehr, nur den gerippten Bauch und die gespreizten stubsna-
sigen Kufen. Der Wind hat sich nicht gelegt, sondern verstärkt – aber es ist ein anderer Wind: ein breiter und flacher.
Etwas Riesiges, etwas Glänzendes senkt sich auf den Platz.

Über der Stadt brummt ein großer Hubschrauber. Er
ist beige, und der Propeller golden. Das ist der Helikopter, in dem Caesar sitzt. Alle Menschen, alle Kinder in ganz Mitteleuropa wollen ihn sehen und hören. Im Hubschrauber ist er schnell überall. Auf dem
Platz warten die Colorado-Gebirgsjäger, da warten
die tschechischen und deutschen Grenzer, die dünnen
und dicken Mädels in Tracht und viele, viele Menschen. Alle wollen sehen, wie Caesar im Helikopter
ankommt. Wie ein großer Fisch durch grau-grünes
Wasser fliegt der Hubschrauber. Er wird immer größer
und größer, er brummt immer lauter und lauter. Jetzt
ist er schon nahe an der Erde. Alle fassen sich an die
Schirmmützen und Hüte, falls sie welche aufhaben,
die Weihnachtspyramide beginnt sich noch schneller
zu drehen als der Propeller. Da berührt der Hub-

schrauber mit den Kufen den Rasen, der Propeller wird langsamer. Die Colorado-Gebirgsjäger und die Grenzer stehen *still*. Der Führer springt heraus. Rasch schreitet er an der Reihe der Mädels vorüber und lächelt jeder zu. Er hebt die Hand zum Gruß, dann salutiert er kurz mit der Hand am ohrenlosen *leeren Haupte* (wie der Kommißjargon bekanntlich witzelnd für *barhaupt* sagt).

29. Hermann und Dorothejewa

Hinter meinem Rücken flimmert wieder der Fernseher heftig aus eigenem Antrieb (im 13-Sekunden-Takt) – der wie ein gigantisches Segel bauchige »Loewe«, und steht nicht auf meiner zerschrammten Kommode (wo ist sie nur? und wo ist mein Beethoven, furchterregend mit seinem Backenbart, wohin hat man ihn verbracht?), sondern auf einem Wagen aus gebogenen Duralröhren, mattweißen. Die vierundzwanzig deutschen Programme des Pan-Imperium-Kabels, die fünf tschechischen Sender, CNN, »Eurosport«, MTV und TRT, der leidenschaftlich türkische Sender, zeigen – mit den verschiedensprachigen Untertiteln – ein und dasselbe Bild:

Wie ein großer Fisch durch grau-grünes Wasser fliegt der Hubschrauber. Er wird immer größer und größer, er brummt immer lauter und lauter. Jetzt ist er schon nahe an der Erde. Alle fassen sich an die Schirmmützen und Hüte, falls sie welche aufhaben, die Weihnachtspyramide beginnt sich noch schneller zu drehen als der Propeller. Da berührt der Hubschrauber mit den Kufen den Rasen, der Propeller wird langsamer. Die Colorado-Gebirgsjäger und die Grenzer stehen *still*. Der Führer springt heraus. Rasch schreitet er an der Reihe der Mädels vorüber und lächelt jeder zu. Er hebt die Hand zum Gruß, dann salutiert er kurz mit der Hand am ohrenlosen *leeren Haupte*.

Ich sah mal dort zu, mal dort, verglich nach meiner Offiziersuhr – Live-Übertragung mit drei Minuten Verzögerung – und verfing mich: Ich starrte in die bernsteinbraunen, zärtlich unbewegten Augen Josef Tons. Sein Kopf überragt

samt Kinn die unbedeckten Häupter der Willkommenhei-
ßenden (der Direktor des deutschen Gymnasiums, Dr. Wolf-
gang Pospischila, hat eine Glatze in Form eines leicht
kursiven russischen Ef (ф), und Vater Adalvin Kočka, der
Dekan der Pelhřimova katedrála, trägt ein umgekehrtes T)
und sogar die Deckel der grünen Schirmmützen, die Federn
der Jägerhüte und die Bommeln der gestrickten Winter-
sport-Helme. Seine Arme in den etwas zu kurzen Ärmeln
der Ausgeh-Matrosenjacke mit den zwei Reihen goldener
Anker, den mit Kreide auf Hochglanz getrimmten, hält er
gespreizt, die Beine in den blechernen Stiefeln, in deren Fal-
ten die selbstgemachte Zigeuner-Schuhwichse zu Klümp-
chen getrocknet sitzt, hat er so breitgestellt, wie er konnte:
um den Juden vom Wohnheim, die hinter seinen Armen mal
dieses, mal jenes blasse Gesicht, mal mit, mal ohne Bärtchen
vorstrecken, den Weg zum Großen Händeschütteler zu versperren, *sonst plagen sie ihn noch mit Ratschlägen, wie das
Weltall zu regieren ist ... Was soll da groß zu regieren sein,
Schnickschnack ...* denkt Josef Ton langsam, und um seine
unbeweglichen Pupillen zu wenden, kehrt er durch das
flimmrige Nieseln (in der dämmerigen Luft und in seinem
Haar und an seinen Jochbeinen) sein ganzes rundes gelb-
liches Gesicht nach oben: dort im Fenster des Archivs, hinter
Irmgard (die mit Fähnchen klatscht wie ein Matrose mit Si-
gnalflaggen) erkennt er einen entfernt und golden schimmernden Halbmond: Mařenkas Gesicht. In Josef Tons Brust
wird es bedrohlich heiß, über die Augen legt sich ein feuchter
Regenbogenschleier, ein unwillkürliches Lächeln zieht seine
Lippen breit – alles dies wie immer, alles, wie es auch das erste
Mal war, als er sie sah, am 13. April 1968, nachmittags zwischen drei und vier: in einem rauchigen Schaffell, unter dem
sie ein blau-weißes, über die zerkratzten Knie gezogenes
Marinekleid trug, saß sie an der alten versteinerten Abraumhalde neben dem ausgeweideten Bergwerk Nummer drei

Strich vierzehn in der neutralen Zone zwischen der Tschechoslowakei und Westdeutschland, sechs oder sieben Jahre
alt dem Aussehen nach, und schaute unbeweglich auf etwas
oberhalb Josef Tons, welcher den Maschendraht der Grenzsperre mit den Händen aufriß. Auch jetzt schaut sie nicht
nach unten, nicht auf ihn, sondern noch weiter nach oben –
auf mich. Und ich stehe an der Schießscharte des Kulturbun-
kerturms und bewege den Feldstecher nach oben und unten,
ohne ihn von der Brille zu rücken, darin deutlich dem Luno-
chod gleichend, dem sowjetischen Mondmobil, das tatsächlich und unumstritten auf dem Mond gewesen ist. *Einer
mit vier Augen, der kann gehn als Taucher*, so hänselte mich
vor etwa achtundzwanzig Jahren Ljusja Dreizun aus der
Gruppe zwei im Pionierlager des Rotbanner-Orden-Werkes
»Vibrator«, bei Strelna. Mit dem Feldstecher habe ich ihrer
sechs nun. Nein, acht.

Josef Ton bläst die Backen auf, läßt die vorgestülpten Lippen
hüpfen und aus dem Munde eine silberne Wolke von Keplers
Schneeflocken-Sternen gehn. Dann vollzieht er einen schrägen Bogen mit dem Kinn: überblickt den Platz. Alle Judenschluchter – die Pospischilas, Prochaskas und Woditschkas –
und alle Židovsko-Úžlabinaer – die Müllers, Reiners und
Werners – kennt er wie die eigenen fünf Finger, die sich gespreizt aus der gelben linienlosen Handfläche strecken, und
ihre Väter und Großväter und Urgroßväter kannte er ebenso
gut. Nach dem Kriege blieben die Müllers, Reiners und Werners auf der tschechischen Seite, und die Pospíšils, Pro-
cházkas und Vodičkas gingen auf eine der deutschen Seiten
hinüber. »Den echten, geborenen Tschechen erkennst du am
deutschen Familiennamen« – ärgert das Židovsko-Úžlabinaer Stadtoberhaupt, Jindřich Werner, gern den Judenschluchter Bürgermeister, Dr. Vondratschek. »Und hat wer einen
slawischen Namen, heißt das, er ist ein Virus-Schwabe oder,

mag sein, ein umgewendeter Jud – haben sich maskiert
nach dem Krieg.« »Nach welchem, nach welchem Krieg«,
ereifert sich Großvater Vondratschek und haut das Glas mit
dem billigen Budweiser auf die abgeseiften Karos der Kafka-
schen Wachstuchdecke. – »Nach diesem?« – »Nach einem
jeden«, antwortet dědeček (tschechisch: Großvater) Werner.
Alle Josef Ton bekannten Werners waren Tschechen, mit
Ausnahme eines einzigen, aber der war Russe.

Karel Gott räuspert sich (lautlos für Josef Ton, gar nicht zu
reden von mir) und runzelt (mit einer zum Ergebnis unver-
hältnismäßigen Anstrengung) das platte Nasenwurzeldrei-
eck auf seinem im übrigen noch straffer über die Apfelbak-
kenknochen gespannten Gesicht. Er neigt den Kopf zur
linken Schulter, hebt das Mikrofon über sich und singt, seinen Rumpf im »Mercedes-Benz G3a« mal nach dieser, mal
nach jener Seite wendend und mit dem freien angewinkel-
ten Arm die verdichtete Luft durchrührend, auf englisch,
deutsch und tschechisch das Lied nach einer Melodie aus
dem Film »Doktor Schiwago«, singt diagonal von unten
nach oben. Die Wörter, ob gesagt oder gesungen, liest Josef
Ton von den Lippenbewegungen ab, in allen Sprachen, die es
gibt, nur bei den Amerikanern freilich nicht. Was zum Beispiel sagt der ergraute ohrenlose Pfadfinder gerade dem
Eunuchen aus der Leibwache in Generaluniform ins Ohr
(und klatscht dann in die Hände und lacht, die Augen zu-
kneifend)? – da schlag ihn tot, Josef Ton weiß das nicht.
Aber auch seine Leute aus dem Wohnheim, die jetzt hinter
ihm stehen, gelingt ihm kaum zu verstehen: Die Sowjetischen und die Amerikaner, nur sie in der ganzen Welt, bilden
ihre Laute fast ohne Gesichtsmuskelbewegung, nur mit der
Zunge im kaum geöffneten schiefen Mund. Früher war es
anders: Die Freifrau von Judenschlucht-Dorofejeff lernte
Josef Ton fast sofort gut verstehen, als sie 1924 auftauchte,

als ehem. Schülerin des Smolny-Instituts für die vornehmen
Fräulein im ehem. Sankt Petersburg, Amalia von Dorofe-
jeff, verwaiste Tochter eines Admirals und vor der bolsche-
wistischen Gewaltherrschaft Geflohene. Als der alte Freiherr Hermann von Judenschlucht sie als Gouvernante für
die noch nicht geschlechtsreifen Freiherrlein in Dienst nehmen wollte und er nach ihrem polizeilichen Führungszeug-
nis fragte, kam es natürlich heraus, daß sie nach dem Nan-
sen-Paß die Kleinbürgerin aus dem Schtetl Jasytschno
Jasytschnoer Kreis Jekaterinoslawler Gouvernement Malka
Salmanowna Katzenellenbogen war, geb. 1908, aber, nach
den Angaben des Karlsbader Polizeipräsidiums, nichtsde-
stotrotz *nicht als Prostituierte geführt / není prostitutka.*
Diese Präzisierung hatte keine Auswirkung auf ihre Artiku-
lation, weder auf die französische noch die deutsche, deshalb
engagierte sie der sparsame Freiherr dennoch zum halben
Preis. *Aber warum ist sie nicht auf dem Platz?* – sorgt sich
Josef Ton gleichmütig. *Ihr Zieh-und-Stoß, der vom Sozialamt geschickte, der Mohr oder vielleicht Maure ... Ismaelit
oder so, kurz gesagt ... der ist wohl erschienen, steht neben
der Pforte mit einem Strauß, und die Pani, die Judenschluch-
tová, wo ist denn die, möchte sie den neuen Caesar nicht
sehen etwa, bei ihrer Greisinnen-Neugier? ... Und wenn sie
nun auch verschwunden ist? In der letzten Zeit verschwinden hier allzu oft Greise ... davor wars ja lange nicht so,
... seit der Zeit, als ...* Josef Ton erinnert sich, mit dem Gesicht um den Platz fahrend, wie die letzten Judenschluchter
Verzinner umgekommen sind: Alle in der Stadt Gebliebenen – außer einigen Halbwüchsigen, die widerrechtlich zu
den Schächten gezogen waren, um Bärlauch und Champignons zu sammeln –, insgesamt siebenundsiebzig Menschen:
Frauen, Greise und Kinder kamen, geführt von dem jüdischen Schutzmann Jakob-Israel Kaganski, Anfang April
1945 auf Befehl des Freiherrn Joachim von Judenschlucht,

Führers des Widerstands gegen Hitler, aus dem Getto heraus auf den Platz, stellten sich neben der Kastanie auf im Karree und bekamen weiße Fahnen mit dem gelben sechszackigen Stern in der Mitte – um den Flugzeugen zuzuwinken. Mit der größten Fahne erklomm Jakob-Israel Kaganski den alten Turm. Auf dem neuen hing schon eine, weiß, ohne Stern. In die Mitte des Karrees führte Freiherr Joachim untergefaßt seinen Vater, den alten Hermann von Judenschlucht, und seine Stiefmutter, Amalia von Judenschlucht-Dorofejeff, geborene Katzenellenbogen, die mit diesem Ziel aus dem geheimen Gemach gelassen wurde, in dem sie seit Dezember 1938 Kaffee trank (später dann Eichelkaffee), »Krieg und Frieden« las, auf dem Harmonium »Der Tanz der sieben Schleier« aus der Oper »Salome« spielte und offiziell als nach Amerika geflohen galt. »Die Vöglein«, sagte der alte Freiherr und rieb sich mit seinem verrauchten Finger die Nase mit dem Adlerhaken. »Siehe, Amalchen, die Vöglein. Die Vöglein sind, wie Bartholomaeus Anglicus gesagt hat, die Juwelen des Himmels, weißt du das?« Ein Surren wurde immer lauter. Die gleißend-kalte Aprilsonne verfinsterte sich. Zwei *flying fortresses* B-17 unter dem Schutz einer Staffel *Aerocobras* flogen Judenschlucht vom Westen an. Vier Tonnen Schinkenkonserven und zweihundert Kilo Schokolade vernichteten alle auf dem Rathausplatz Versammelten, einschließlich der beiden Freiherren. Einzig die Freifrau Amalia, die halbtot war und unaufhörlich wiederholte *in de mame a rein, in de mame a rein*, grub Josef Ton aus unter den neunundsiebzig Leichen, aber gehen mit ihren zerquetschten Beinen konnte sie nie mehr.

30. Der brave Soldat Schwejk
   am Ende der Nacht (1)

… während ich (schwitzend, besonders hier, hier und hier) unter dem Drei-Rathäuser-Platz lief und kroch im Berg (bei jedem Schwenken meiner Petroleumlampe »Fledermaus« erhellten sich die glitschigen Beine der Stützpfeiler – zu einem schaumigen wolkigen Weiß, auf das schwarzes, sich schlängelndes Gas gespritzt wurde, und die echten Fledermäuse liefen kopfunter auseinander an der Decke, zirpten mit ihren lautlosen Pfoten und rauschten mit den geräuschvollen Flügeln) – und danach in der eiskalten Dämmerung in die Sudeten-Straße hinkte zu Dr. Marwan Shahidi (*Leibarzt des Schahs von Persien, Dr. med. Univ. Teheran, Internist und Chirurg, Sprechstunden rund um die Uhr, alle Krankenkassen*), um das Bein verbinden zu lassen – vom Knöchel bis zum Knie (den Oberschenkel habe ich ihm nicht gezeigt, um mich vor der Entlarvung zu bewahren), und danach eine geschlagene Stunde mit Hüpfen und Niederhocken die Turmtreppe hinaufkraxelte (die dreihundertneunzig in den über Judenschlucht ragenden Felsen eingeschnittenen Stufen), hängte mir der »Kulturbunker«, zusätzlich zu dem Fernseher »Loewe«, im Flur noch so einen nebelig-wallenden Spiegel hin! Eine neue Stehlampe, mit einem matt silbrigen Schirm in der Form des Nofretete-Huts, stellten sie neben das Sofa und wechselten den Läufer am Boden aus: Er war rot-gestreift und weist nun braun-gesprenkelte Sterne auf. Das ist seit dem 18. Jahrhundert Volkskunstgewerbe bei den Witwen der erzgebirgischen Bergleute, heute in der Hand der Zigeunerinnen vom Vietnamesen-Markt. Bestimmt bemühen sie sich zum Stipendiatenwechsel, haben alles *pikobello-blitzbank* gemacht (wie Onkel Boris Hornostahl, der Wohnungsvorstand, zu sagen pflegte, wenn er *die*

allgemein genutzten Räume nach dem wöchentlich fälligen
Reinemachen inspiziert hatte, und Oma Katja, die, ohne den
Kopf zu wenden, an der weit offenstehenden Tür zu den
Räumen erhaben vorbeizog, gab eher unpersönlich zum
besten: *Wir wünschen der Magd einen Besen in die Hand,
damit soll sie kehren die Spinnen von der Wand.* Die Unter-
lagen des Stipendiaten für das Jahr vierundneunzig zeigte
mir Freundin Irmgard, als seine Personalakte von Dr. Träger
aus Nürnberg kam: Na ja, ein Franzose wie jeder andere, mit
Kardinalsspitzbart und eiserner schiefsitzender Brille auf
der eingedrückten Nase, und sein Name ist M. le comte
Charles-Antoine de Golembovska, geboren 1946. Es stellte
sich heraus, daß dieser Graf de Golembovska, wie sonderbar
es auch scheinen mag, mir nicht ganz unbekannt war: nämlich wir hatten beide im Oktober des Jahres neunundachtzig
an der Sowjetisch-Französischen Konferenz der kreativen
Intelligenz »Die neue Weltordnung: Tausend Jahre Diktatur
der Toleranz« im französischen Brest teilgenommen und haben sogar einmal bis nach Mitternacht in der Hotelhalle miteinander geplaudert (in einer Mischung aus Polnisch und
Englisch), über dies und jenes: spätgeborener Sohn einer
polnischen Gräfin, die in Karlsbad ein *maison de tolérance*
unterhielt, ein Feldbordell bei der SS-Division »Charlemagne« (ein einträgliches Geschäft – die SS besaß das aus-
schließliche Handelsmonopol auf Selters-Wasser in Böhmen
und Mähren) und mit deren Resten bis zur Bretagne zurückwich (nächtliche Märsche über Waldwege, die sich um vom
Mondlicht umdunstete Hügel wanden; tagsüber lagen sie in
verlassenen Gradierwerken am Rhein und in halb zerbomb-
ten belgischen Mühlen). Und im Laufe dieser Anabasis hat
die siebzigjährige Gräfin Charles-Antoine von einer halben
Kompanie siebzehnjähriger SS-Franzosen empfangen. Im
Kulturbunker hat er eine Forschungsarbeit vor, ein dramati-
sches Werk in 33 Szenen nach der Methode simultaner Simu-

lakren-Überlagerung, »Le brave soldat Svejk au bout de la nuit«. Als ich das in seiner Bewerbung um das Stipendium las, schrie ich, wie Stumme schreien – ein sprudelndes und zugleich unterdrücktes kurzes dumpfes »Ü«, und schrie so, daß die innen aus den Augen erblaßte Mařenka herbeilief, und Irmgard, die gerade behaglich von Jaroslawl erzählt hatte (»und ich sage ihm: heute bin ich nicht aufnahmefähig. Und er nu verdattert: Und was machen wir jetzt? Und ich: Na, was schon, was schon! Spritz auf das Laken, du Idi!«), stockte und die von lila Blut gequollene Zunge herausstreckte, in die sie sich gebissen hatte. Es war das Thema MEINES Vortrags bei der internationalen Konferenz in Brest: die These, daß der sympathische Josef Schwejk und der unsympathische Ferdinand Bardamu nicht zwei Figuren aus zwei verschiedenen Romanen sind, sondern eine Figur aus einem Metaroman: *ein Mensch mit seinem abgesonderten Bewußtsein und der halben mittleren Allgemeinbildung, der auf halbem Wege stehengebliebene Aufsteiger aus dem Volke, ein Schurke wie Spießer mit abgetragener Melone und Bambusstock, wurde im warmen und schleimigen, selbstzufriedenen, gemütlich stinkigen Leib der fortschrittsgläubigen Utopie des Siegreichen Verstandes und Ewigen Friedens ausgetragen – der Utopie der beiden europäischen Jahrzehnte vor dem Ersten Weltkrieg, und ebendieser fünfundsiebzigjährige Krieg (der, nebenbei, buchstäblich dieser Tage, im Oktober neunundachtzig, zu Ende ging) hat ihn geboren, entlassen an das Ende der Nacht, in das eigentliche 20. Jahrhundert, in dem er die das Stück tragende Rolle übernahm. Der sanguinische Kommunist Hašek beschreibt ihn von außen: wir lachen und fühlen uns geschmeichelt (erhoben über ihn); der cholerische Faschist Céline zeigt ihn von innen: wir finden ihn ekelhaft und schämen uns etwas, aber der Unterschied liegt im Grunde nicht in den verschiedenen Temperamenten, sondern in dem Abstand zwischen der er-*

sten und der dritten Person der Erzählung. Interessant, daß auch die Fabel der beiden Bücher, besonders in den ersten Teilen, praktisch übereinstimmt: der Anfang des Krieges, die unterbewußte Ansteckung mit dem Jubel der Massen, die freiwillige Meldung zum Militär, die instinktive Ernüchterung, der Versuch zu kneifen usw. usw. usw. Es wäre gut, beide Romane als gemeinsames Buch zu binden – von den beiden Seiten aufeinander zulaufend als »Wendebuch«; zusammen ergäben sie einen stereoskopischen, sich vom subjektiven »er« (der Autor beschreibt) zum objektiven »ich« (der Held erzählt) ständig umschaltenden, gegenseitig ergänzenden Text: »Der brave Soldat Schwejk am Ende der Nacht« ... Ich trat vom Pult, von Schweigen begleitet: Die Franzosen wußten nicht mehr, wer Hašek ist, die Russen wußten noch nicht, wer Céline ist, nur Graf Golembovska kam an im Foyer: »*Bardzo (polnisch: sehr) formidable, pane Kollege, bardzo interesting. Do you want to drink a filiżanoczku kavy with me?*«

Aus dem einen langen-überlangen Auto steigen noch und noch große dicke Menschen in dicken schwarzen Mänteln aus, aus dem anderen kleine dünne Menschen in kurzen Kunstlederjacken mit Karnickelersatzbesatz. Unbegreiflich, wie sie dort Platz hatten alle, besonders die ersteren im ersten. Aber sie steigen aus und stellen sich beiderseits der Weihnachtspyramide auf, die Außenstehenden rempeln sie ungewollt an, die Pyramide beginnt zu wanken und vermutlich zu knarren, der Blech-Gnom, -Teufel und -Jud erzittern, sich drehend und verbiegend, Caesar unterbricht das Händeschütteln, tritt heran und stoppt die Pyramide mit seinen beiden Händen in Pilotenhandschuhen. Der Blech-Gnom, -Teufel und -Jud drehen sich nicht mehr, aber zittern noch und klirren und scheppern vermutlich. In den Okularen meines Feldstechers mit der Entfernungsskala (ich möchte

bloß wissen, wie man sie bedient, bis heute habe ich das geheime Knöpfchen unter dem Justierrad nicht finden können,
vielleicht muß man das Rad einfach drehen und überall um
es herum kräftig drücken?), in diesem ihren Kreuz ohne
Kreuzung habe ich die kindlich gerunzelte Stirn Caesars,
seitwärts hingeneigt zu den breitgezogenen Bewegungen der
rosigen Lippen seiner Dolmetscherin mit den an den zärt-
lichen Fältchen klebengebliebenen braunen Krümeln. Plötzlich heben alle die Köpfe zum Himmel: Caesar, der grauköpfige Knabe, und seine Gouvernante, das Füchslein mit dem
zu den Augen hochgeklappten Kragen ihres roten Pelzes, die
Dolmetscherin, die Bürgermeister-Schofets, Karel Gott, die
anderthalbbeinigen Mädels, das kombinierte Orchester und
alle anderen auf dem Platz, außer natürlich Josef Ton und
den vierschrötigen Männern in den geräumigen hellgesprenkelten Anzügen – diese stecken die rechte Hand unter die
linke Achsel und stellen sich mit den Rücken zu Caesar zu
einem Dreieck auf. Meine von Ohropax geschützten Ohren
preßt ein dumpf-rauschender Druck, im Feldstecher »Carl-
Zeiss« beginnt es blendend und vielfarbig zu funkeln: Da
ergießt sich über der Schlucht, fast direkt vor meinem Gesicht, ein Feuerwerk in den Farben der amerikanischen
Fahne: Streifen, Streifen, Streifen ... Sterne, Sterne, Sterne ...
Es riecht kompakt nach abgeschossenem Salpeter und un-
sichtbarem Rauch – wie in den Schießbunkern auf dem
Schießplatz des Vereins der Freiwilligen Helfer der Armee,
der Luftwehr und der Flotte in Kolomjagi, wo man in der
neunten Klasse die Prüfung im Kleinkaliberschießen abzulegen hatte. So ein Feuerwerk – nicht im Stil der abstrak-
ten barocken Garten-und-Park-Architektur unserer alten
Salutschüsse, sondern verschnörkelt und *mit Bedeutung* –
hatte ich bisher nur einmal gesehen: als ich kurz vor dem
neuen Jahr 1992 in die Hauptstadt des restlichen Skythoparthien gereist war, um die Ausreisepapiere meiner Eltern in

die amerikanische Botschaft zu bringen – danach flog ich am dritten Januartag von dem Scheremetjewo-Flughafen zur Premiere meines Stücks im Charbiner Staatlichen Schattentheater (von dort – weiter westlich nach Ulan-Bator). Das Feuerwerk in Weiß, Blau und Rot, den Farben der neueingeführten Trikolore, wurde direkt über dem Roten Platz entzündet. Die vollwangige Theaterautorin mit dem kleinen schwarzen Schnurrbärtchen tief unter der Nase zeigte auf es mit den rundlichen Fingern voll breiter Ringe von dem Balkon ihrer Wohnung im Haus für Theaterschaffende in der Bolschoj Dewjatinski Gasse (bequem gelegen für mich, direkt gegenüber der Botschaft) und erklärte mit der gastfreundlichen Moskauer Protzerei: »Eine westdeutsche Firma, hab vergessen, wie sie heißt, hat es unserer jungen Demokratie geschenkt. Der größte Feuerwerkshersteller in Europa. Vor Freude und um den fünfzigsten Jahrestag der Firmengründung zu feiern – ihr erster Auftrag war auch ein Neujahrsfeuerwerk in Moskau – im Herbst einundvierzig von der Wehrmacht erteilt. Aber es wurde nichts daraus … Kannst du dir vorstellen, was für Geschichten es gibt?«

Ich stelle mir vor, was für Geschichten es gibt.

… Von wo aber, hätt ich gern gewußt, feuerten sie hier? Von den Hubschraubern – nein, unwahrscheinlich! – oder von den beiden Gipfeln des Judenschluchter Bergs, wo diese Aluminiumschilde mit den Schlitzen und Öffnungen schon seit zwei Wochen stehen?

Zum Orchester tritt Vater Adalvin Kočka, zieht die Ärmel des feierlichen Priesterrocks hoch und winkt mit den beiden Händen. Das Orchester schluckt, nimmt die Mundstücke in den Mund und spielt, ohne die Augen vom Himmel abzuwenden. Aber was? Die Hymne? Nein, das wohl nicht. Wäre es die Hymne gewesen, hätten Caesar und seine Generäle sofort die Hand ans Herz gelegt, und auch im Programm steht die Hymne des Amerikanischen Imperiums als Schlußnummer, also was? – Ich nehme das Programmheft aus der Tasche und schiele mit dem rechten Auge vom Okular weg, aha: »Glory, glory, hallelujah«. Wie Pater Adalvin Kočka in der feierlichen Predigt zu Weihnachten und zur Ankunft von Caesar Augustus Princeps gesagt hat (nachzulesen in dem Heft des zweisprachigen »Christlichen Erzgebirges«, das in Stapeln in der Vorhalle der Pelhřimova katedrála liegt sowie oben auf dem Kondomen-Automaten im WC des Café »Kafka« und an anderen öffentlich zugänglichen Orten): »Gott hat das Hebräische und Griechische längst vergessen, dafür hat er das Englische nahezu gelernt.« Es war überhaupt eine interessante Predigt, sie begann so:

Der erste Europäer

Zu Weihnachten im Jahre des Herrn 800 wurde Karl, der König der Franken und Langobarden, der später der Große und Charlemagne genannt wurde, in Rom vom Heiligen Vater Leo III. gekrönt. Der erste Europäer der neuen Zeit wurde zum ersten Kaiser des Neuen Römischen Reiches. Zum ersten Mal seit der Römerzeit war Europa wieder unter einem Zepter, unter einem Gesetz vereint, die Grenzen waren befestigt, der Krieg mit den edlen Mauren endete mit einem ehrenvollen und ewigen Frieden, die heidnischen Sachsen wurden endgültig gebändigt und ihre Reste getauft, und von den 20 slawischen Stämmen in Sachsen blieb nur einer übrig: die Lausitzer Sorben. Die Zeit Europas brach an ...

31. Der brave Soldat Schwejk
   am Ende der Nacht (2)

Vom Fernseher hinter meinem Rücken spiegeln sich – be-
tröpfelt, schief und trüb – im geöffneten Fenster meiner
Schießscharte die Gesichter der Präsidenten und Könige,
Ministerpräsidenten und Kanzler, die in den langen-überlangen Autos angerollt waren oder denen die Prätorianer
nach dem Mächtigsten Mann der Welt aus dem riesigen Helikopter in Beige herausgeholfen hatten. Der Hubschrauber
steht mit verdunkelten Fenstern auf dem Rasen neben der
Kastanie, zuckt immer seltener, dreht immer langsamer die
vergoldeten Hubschrauberblätter über sich. Nun steht er
still, dreht auch die Rotoren nicht mehr. Nacheinander werden Gesichter gezeigt, in Großaufnahme: die ehrfurchtsvoll
halbgeschlossenen Augen, die Wangen: je östlicher, desto unebener und nervöser, die Münder: je westlicher, desto schmaler und das Lächeln unbewegter, der allgemeine Ausdruck
und Eindruck, wie der alte Golozwan – wo ist er nur abgeblieben? – gesagt hätte: *Was ist, das ist.* Schade, wenn ihm
etwas zugestoßen sein sollte, er war ein guter Alter, ehem.
Leiter des Sägewerks »Karl Marx«, der ebenso fast unerträg-
lich lyrisch vom Holze geredet hat, wie die amerikanischen
Schwarzen englisch reden, die bejahrten Juden polnisch und
die russischen Trinker Mutterflüche beten. Nur sein Golo-
zwan-Weib steht traurig da, schaut auf die Uhr – die stoische
rauchende Alte, ehem. Lehrerin der nanaischen Sprache im
Internat der Forstwirtschaft und Verfasserin der meisten
Lieder und Tänze des nach dem nanaischen Schlagersänger
Kola-Beldy benannten Ensembles für Volkstanz und Lied –
mit Golozwans blauem Lada Serie 6 (und drittem Motor) ist
sie durch ganz Eurasien gefahren, vom Sägewerk bei Biro-
bidschan bis zur Zoohandlung »Hamster-Paradies«: *Denn*

wo du hingehst, Chaim, da will auch ich sein, Chaja ... 13 Sekunden – Sprung: die ehrfurchtsvoll halbgeschlossenen
Augen, die Wangen: je östlicher, desto unebener und nervöser, die Münder: je westlicher, desto schmaler und das Lächeln unbewegter ... 13 Sekunden – Sprung: was ist los? –
wer tanzt so schüchtern im Gang des Zuges, mit einer Ukulele, unter die unmenschlichen Brüste gedrückt, mit dem
Flachmann, etwas nachlässig hinter das Strumpfgummi gesteckt? ... Türkische Untertitel ... »Ach ja, ich hab die
Adresse gefunden für dich, du Parasit«, sagte Jack Kapellmeister-Golubchik im August und stellte meine Koffer auf das
Gepäckband der »Tschechischen Airlines«, das zu knirschen
und rollen anfing. »Deine jüdische Märtyrerin hat, als sie mit
Arthur Miller verheiratet war, gewohnt in der Östlichen Sie-
benundfünfzigsten Straße 444, da, ich hab's dir aufgeschrie-
ben. ... Na schön, entschuldige, entschuldige, ich bin ein
Schuft, weiß ich ja selbst – ein Kotzbrocken und schimmli-
ges Aas ... mir ist das erst gestern wieder eingefallen, daß du
die Bitte hattest, während der ›Aida‹. Wenn du das nächste
Mal kommst, gehn wir hin, verschwindet ja nicht, wird wohl
kein Meteorit drauffallen. Oder bleibst du vielleicht doch bis
zum 19. August nach dem alten Kalender, dann könnten wir
in die Siebenundfünfzigste gehen und danach noch den hun-
dertneunzehnten Geburtstag des Matrosenhemds feiern. Bei
uns im Schwitzbad.«

Das Matrosenhemd, die *Telnjaschka*, wie wir sie kennen
und lieben, wurde am 31. August 1874 geboren, und zwar
per Erlaß des Großfürsten Konstantin Nikolajewitsch,
Sohns des russischen Kaisers Nikolaus I. Bereits als Vierjäh-
riger wurde Konstantin in den Rang eines General-Admi-
rals erhoben (ein Daguerrotyp: braun-kolorierte kurze
Hose, weiße Matrosenbluse mit braunem Schillerkragen bis
zur Mitte des Rückens, eine Mütze mit glänzendem Schirm,

d. h. eine kleine Offiziersmütze; ein Blick von jener idioti-
schen daguerrotypischen Engelhaftigkeit, die der Roma-
now-Dynastie eigen war und im letzten Zaren, Nikolaus II.,
einem leidenschaftlichen Amateurfotografen übrigens, ihren schicksalhaften Höhepunkt erreichte). Im Alter von 23
wurde der Großfürst zum Leiter des Reichsseeamtes erko-
ren. (Der Konstantin-Palast in Strelna ist die maritime Residenz seiner Familie seit Ende der vierziger Jahre des 19. Jh.)
Nach Jahren intensiver Projektierung und Berechnung verfügte er schließlich, daß die weißen Streifen der Telnjaschka
genau einen Werschok (44,45 mm) und die blauen einen Vier-
tel-Werschok (11,1125 mm) breit zu sein haben. Und so geschah es: Großfürsten scherzen nicht. Und so blieb es: Auch
die Deserteure vom Kreuzer »Aurora« scherzten nicht, so
gesehn.

»Kannst du das Ticket vielleicht umtauschen? Ich würde
dich auch mit meiner Frau bekannt machen ... na, eigentlich
kennst du sie ja schon – kein Stück, wird nicht verraten,
Überraschung! Bloß, in der letzten Zeit, da ... weiß auch
nicht ... Aber macht nichts.«

Das Ticket umtauschen ging nicht mehr, und, ehrlich gesagt,
ich war nicht besonders scharf darauf, diese »Golubchik«-
Thermen aufzusuchen: Wegen der Augusthitze war dort nur
ein Raum geöffnet – das *Frigidarium*, da lag ein unansehn-
licher Mensch mit betropfter dicker Brille im Wasser, mit
den Unterarmen und dem Kinn eingehakt am Schwimmbek-
kenrand. Der Rücken dieses Menschen war so zottelig, daß
man die Tätowierungen nicht sah, seine fahlen, venösen, fast
haarlosen Beine paddelten leicht im Wasser. Um das Becken
herum liefen, auf den azurblauen Fliesen die Zehen delikat
einziehend, zwei bis an die Haarwurzeln frisierte Jünglinge
altägyptischer Fasson: in Ketten mit großen Ringen und in

Lederschürzen bis zur Mitte der Oberschenkel. »Leopold Richardowitsch Löwenherz, ein erstklassiger Dieb vor dem Herrn, die höchste kriminelle Autorität in New York«, flüsterte Kapellmeister. – »Pferde stehlen würd ich gehn mit ihm, aber sonst nirgendshin! Und die sind seine Leibwache: Mischka Pompon und Mischka Tampon.«

... Aller Wahrscheinlichkeit nach ist das »Hallelujah« schon abgespielt, Pan Jindřich Werner steigt zur Begrüßung seitens des Židovsko-Úžlabinaer Magistrats auf die Kanzel. »Eure Kaiserliche Majestät, lieber Mister Caesar! Sehr verehrte Herren Präsidenten, Könige, Ministerpräsidenten und Kanzler! Ladys und Gentlemen! Brüder und Schwestern! Für alle anderen mag die Sonne im Osten aufgehen. Für uns Mitteleuropäer und insbesondere uns Tschechen geht die Sonne im Westen auf!« Er wendet sich etwas zu der entsprechenden Seite um und neigt auch das Mikrofon etwas zum Okzident hin. Der Židovsko-Úžlabinaer Teil des Publikums, die tschechische Schule mit den Lehrern und alle Mädels in Tracht, die Blonden wie die Braunen, applaudieren lebhaft und anhaltend. Die skythoparthischen Evakuierten hüpfen hinter Josef Tons Rücken in die Höhe und schlagen in der Luft die eine Hand mit der anderen. Der Zahnarzt Julius Hoffmann-Stahlen Freiherr von Judenschlucht im silbrigen Regenmantel und mit einer an die Glatze geklebten Kunstlederkappe hat sich in ihre Reihen geschlichen und hilft Lilja Permanent beim Springen, indem er sie von hinten unter den Achseln stützt. Der Präsident schüttelt energisch den ohrenlosen ergrauten Kopf, spuckt aus und zeigt den Daumen. »Zweimal in diesem Jahrhundert, im Jahre achtunddreißig auf Bitten unserer Freunde und im Jahre achtundvierzig mit ihrem stillschweigenden Einverständnis, haben wir uns als Opfer dargebracht, um die heiligen Steine Europas vor den anrückenden Barbaren zu retten. Wären

wir und unsere heldenhafte Aufopferung nicht gewesen,
dann hätten die krummbeinigen Mongolen mit ihren zotti-
gen Mützen ihre Pferde seit fünfundvierzig Jahren nicht nur
in der Weichsel und der Moldau geschwemmt, sondern auch
in der Seine und der Themse. Heute sind unsere Verdienste
endlich anerkannt, und wir marschieren zuversichtlich auf
dem Weg nach Hause, heim in das ewige Reich der Freiheit
und der Zivilisation!« Weiter war in der von den »Židovskoúžlabinské noviny« vorabgedruckten Grußadresse die
Rede von der Hoffnung und dem Recht der Mitteleuropäer –
der Tschechen, Ljachen und Walachen –, in der Familie der
zivilisierten Völker einen deren historischer Mission würdi-
gen Platz zu erhalten (besonders vermerkt wurde die Erfin-
dung des Plastiksprengstoffs als hervorragender Beitrag zur
europäischen Kultur neben der »česká ulička«, dem Paß »in
die Gasse«, einem ebensolchen Beitrag zum abendländi-
schen Fußball, sowie dem Pilsner und dem Budweiser Bier,
dem Braven Soldaten Schwejk und der Eishockeyschläger-
Kunst von Vladimír Martinec), *und lieber sollen unsere En-
kelinnen an den altrömischen Straßengräben stehn, als unsere Enkel in Kamtschatka Brücken bauen*, endete einer der
markantesten Sätze der Rede.

… Am fünften August, dem Gedenktag der mit einem Bar-
bituratklistier getöteten heiligen und seligen Märtyrerin
Marilyn sind Kapellmeister und ich ins Restaurant »Tavria«
gegangen. Haben etwas Borschtsch getrunken. »Guck«,
sagte Jack Kapellmeister zärtlich, »da sitzt unser Ein und
Alles.« In der entfernten Ecke saß, umwölkt von nicht wohl-
riechendem Weihrauch, mit nachlässig aufgesetztem gelben
Kranz und müde hängender Unterlippe der freigelassene
skythoparthische Ovid und beim Amerikanischen Imperium freiangestellte Vergil. An seinem Tisch stand eine
Schlange sanfter bebrillter Pilgerinnen mit aschenen Pferde-

schwänzchen und Slips in Säuretönen in der Hand. Vergil
schaute zerstreut zur Seite, tat einen Zug, atmete den Rauch
auf einen dreieckigen Stempel aus und stempelte den nächsten Slip: »1993. VIII. 05. FREIGEMACHT. J. B.«

Neuer Druck auf den Ohren – über der Judenschluchter
Schlucht schwanken (nach allen Seiten gleichzeitig ausein-
andergleitend): ein gleichseitiges Dreieck und zwei schräg
angespitzte Streifen – ein weißer und ein roter. Tropfen ab,
fließen ab, zerfallen zu gefiederten Büscheln, rinnen als geschweifte Punkte hinab auf den Platz, doch wenn sie an-
kommen, lösen sie sich auf; ein paar Funken haben die hohle
Krone der Kastanie kurz von innen erhellt, und noch ein
paar von außen das italienische Zifferblatt der trockenen
Torte am Rathaus: dreizehn vor achtzehn Uhr. Meine Offiziersuhr zeigt dreizehn vor sechs. Ich huste, hatte wieder das
Pulver eingeatmet. Vielleicht sollte ich tatsächlich geraden-
wegs von hier nach Rußland zurück, das heißt, nicht natürlich Rußland, sondern in das ehem. Leningrad? Zimbalist
achtkantig hinauswerfen, die Wohnung am Newski Jasyt-
schniks Stiefvater für *ein neurussisches Büro* vermieten,
die Datscha in Strelna zurückkaufen vom alten Hornostahl,
oder einen Schuppen von den Zigeunern da herum und als
Einsiedler leben dort, nur dem Meer zuhören, dem Gesang
der Zigeuner hinter dem Zaun, Musik von Glinka, Text
von Kukolnik, und dem Gebrumm Oma Katjas, der toten
Amme, falls man sie noch einmal zu mir läßt? In etwa sieben
Jahren Stille würde ich wohl den »Neuen Golem« zustande
gebracht haben, den Roman über das Jahr dreiundfünfzig,
über den Untergang des unsterblichen Großen Khans –
obwohl natürlich auch der alte Golem, das große Buch des
unbegabten Meyrink, hinreicht für die Menschheit.

»Äch, das ist ja weit und breit geschissen!« sprach giftig quiekend in meinem Rücken eine halbbekannte Stimme. »Wenn Dummheit weh täte! Nicht mal in Gedanken fährst du mir nach Rußland! Dort halten sie *kofe* immer noch für männlich, und in der Eiswüste wandert ein einsamer Räuber.«

Ich, mit erzitterndem Herzen und erglühenden Wangen, wandte mich um und trat zur Seite vom Fensterlicht: ja, wirklich – mit ihrer großen eisernen Brille auf dem vollen quadratischen Gesicht, in veilchenblauem knielangen Mantel aus gutem Vorkriegsdrapé, mit einer rosa Strickmütze, aus deren Maschen überall das dünne weiße Haar kroch – aber barfuß (für diese von der Elefantiasis geschwollenen Beine sind noch keine Stiefel genäht) stand Oma Katja auf dem mit braun-gesprenkelten Sternen bedeckten Läufer und schaute durchdringend-hell wie eine Lebendige über das Brillengestell.

»Mit dem Binokel bist vorsichtig, Trottel, verbrennst sonst noch wen. Und die Datscha wird dir von Boris Pjatrowitsch sowieso vermacht werden. Aber vor dreizehn bis siebzehn Jährchen schnappt er nicht ab. Danach kannst du meinswegen fahren. Demnach.«

Die Hände in den Manteltaschen, nahm sie mit unerwarteter Leichtigkeit in kleinen Schritten auf ihren geschwollenen, im Halbdunkel leuchtenden weißen Füßen einen Anlauf, stieß sich am Ende des Läufers ab und entschlüpfte wie ein Fisch durchs Fenster hinaus, in den mal in der einen, mal in der anderen, mal in einer dritten Farbe aufleuchtenden Dunst. Eine Weile flog sie zur Erde parallel, als hätte sie vor, in die Schießscharte des Goldsteinschen Turms gegenüber einzudringen, doch auf halbem Wege nahm sie eine abrupte Kurve, mit ihren Drapéflossen lavierend, wandte sich mit unbewegtem, weiß und rund schimmerndem Gesicht dem Himmel zu, stieg schroff auf und begann allmählich stehend zu verschwinden: in das Schwarz über dem Gold und dem Purpur des nächsten Feuerwerks. Der quadratische Daunenkopf, der Drapérücken, die nackten Füße ... Als das Feuerwerk Oma Katja verschluckt hatte, zersprang es zu einem verschnörkelten Kringel, und der verwandelte sich in den punktierten Umriß des vereinigten Deutschlands, dem des Wetterberichts im Fernsehen gleich. In der Tiefe seines nach Osten geöffneten Schlunds wuchs ein leeres Kreuz auf in der Form des maltesischen, mit einer roten und einer gelben Kontur. Unten blähte das Orchester schon wieder die Backen und die Ypsilons der Stirn. Großvater Vondratschek kraxelte auf die Kanzel mit der Grußadresse in einer Mappe aus aufgebauschtem Hirschleder. Irmgard lehnte sich mit ihrem Unterbauch über das Fensterbrett und winkte lebhaft. Mařenka, im Dunkel des Archivs, hielt sie an den Hüften fest und schaute still unter ihrer Stirn her irgendwohin nach rechts oben.

32. Der neue Golem (1)

Der Anhang 13 zu Goldsteins Magisterarbeit (von S. *App. XIII-i* bis S. *App. XIII-ii*), der in die Buchausgabe (hundertneunundsechzigtausend verkaufte Hardcover) nicht aufgenommen wurde (Schekla kopierte mir das Manuskript, das in der Witwe-Goddes-Foundation verwahrt wird), bringt Ausschnitte aus dem Brief »einer unbekannten Person«, der bei dem verstorbenen Jakob Kaganski in seiner Kommode unten gefunden wurde, zwischen alten Rechnungen und Ausschnitten aus wissenschaftlichen Zeitschriften (vornehmlich zum Thema »War Armstrong wirklich auf dem Mond?« – natürlich nicht Louis, nicht der schwarze Elefant mit dem goldenen Rüssel). Gewöhnliches Briefpapier ohne Wasserzeichen, Oktav, Schreibmaschine, auf deutsch, datiert vom 21. 11. 1984, unterschrieben *Mit kameradschaftlichem Gruß, Dein I. v. T. ... Aber das Hauptproblem, das wir, mein alter Kamerad, zu lösen haben*, hieß es in diesem Brief u. a., *ist, wie wir aus dem Programmcode des NG diesen rabbinischen Obskurantismus fortbekommen: die Bedingung, »kein Unheil zu bringen über Israel« (»das Volk Gottes zu schützen«, »den Willen der Übelwollenden zu vereiteln« und den übrigen Mumpitz der religiös und national beschränkten mittelalterlichen jüdischen Fanatiker)? Was dann, wenn es im Namen der Zivilisation, der Humanität und des Friedens erforderlich wird, irgendeinen Wolkenkratzer in Buenos Aires, Swerdlowsk oder Schanghai zu fällen, und er wittert dann darin, im hundertachtzehnten Stock, Zimmer tausendelf, ein Viertel oder ein Achtel einer jüdischen Seele? Da wird er doch sofort muhend hinrennen und sie umarmen. Sowas kauft doch niemand. Freilich, wenn man in der Formel des NG die Konstante »Volk Gottes« ge-*

gen eine Variable auswechseln könnte, deren Bedeutung vom Operator manuell eingegeben wird! Ich glaube aber, das geht leider nicht – die Formel ist allzu verzweigt und zu eng und komplex mit der Zentralfunktion der Aktivierung verbunden. Aussichtsreicher wäre vermutlich, über die Einfügung einer zusätzlichen Codierung nachzudenken, die die Konstante erweitert: »Zivilisierte Menschheit« ist größer als oder gleich »Volk Israels«. Oder vielleicht lassen wir vorerst die Konstante und befassen uns statt dessen mit einer beschränkenden Funktion im Bereich Nutzen/Schutz? Was meinst Du?

… Herr Doktor Vondratschek scheint mit der Verlesung der Grußadresse zum Schluß zu kommen. Das ging ja fix! Bravo! Meine Freundin Irmgard – aber erst, als ich bei Gott schwor, *ich will eine Hure sein, wenn ich es weitersage* – verpfiff mir's, buchstäblich, neulich: Der findige Großvater hat die Grußadresse von seiner eigenen Rede abgeschrieben, die Genosse Vondratschek, damals Erster Sekretär der Judenschluchter SED-Kreisleitung, Ende November 1984 gehalten hat: zum inoffiziellen und streng geheimen Besuch des nagelneuen und, wie es sich später erweisen sollte, letzten Großen Khans des Skythoparthischen Groß-Khanats in Ost-Judenschlucht, jenes lehmigen und stämmigen Alten mit der nicht zugewachsenen Säuglings-Fontanelle auf seiner üppigen Glatze. Man mußte eine Zeitlang streng geheim am Zaun stehen, neben der stählernen Grenzzaunpforte mit dem Bogen oben aus weißem Blech, und sich *austauschen* übern Zaun mit dem damaligen Präsidenten des Amerikanischen Imperiums. Sogar die Grußadressenmappe aus aufgebauschtem Hirschleder mit den aufgeprägten Lettern JUDENSCHLUCHT in Gold ist dieselbe! – sie war damals im Schwitzraum der Sauna für die Funktionäre der Kreisleitung, in dem (wie im feierlichen Khanschen Protokoll festge-

legt) das Partei- und Wirtschaftsaktiv vorgestellt und der Eid
ewiger Treue von ihm abgelegt wurde, liegengelassen wor-
den. Der Adressat freilich war zu ändern: *AN DEN GE-
NOSSEN GROSSER KHAN!* in AN *MISTER GROS-
SER CAESAR!* – die arme Irka saß wie ein Buchhalter bis in
die Nacht im Archiv und tilgte mit der Rasierklinge (von
Irmgard Mösenmäher genannt nach der Hauptfunktion)
und schrieb um in Fraktur, während der Großvater und
Bürgermeister Vondratschek sich im Židovsko-Úžlabinaer
»Kafka« dem Gratis-Budweiser und einer gelehrten Plaude-
rei mit dem Kollegen und gastronomischen Kompagnon
Jindřich Werner hingab.

Schluß, das war's, er steht unschlüssig und wartet mit der
Mappe unterm Arm auf der Kanzel, bis das Orchester das
über-alles-lose Überalles ausgepustet und Karel Gott im
Kommandeurs-»Benz« es diagonal nach oben zu Ende gesungen hat. Dann fassen Werner und er sich bei der Hand
und marschieren, nicht sonderlich elegant – sich mit den
Sporen der grünen Volkstracht-Stiefel im welken Rasen ver-
fangend (und deshalb aus dem Schritt kommend) –, unter die
im Weihnachtsschmuck flimmernde Kastanie – zum Imperator des gesamten Westens, dem Pantokrator der Freien Welt,
Caesar Augustus Princeps. Beide tragen die grünen Jägerhüte mit der Krähenfeder, beide einen von den rundlichen
Backen hängenden glatten weißen Backenbart und einen
schmalen Schnurrbart aus angetrocknetem Bierschaum über
der Oberlippe, beide braune kragenlose Lodenjacken, an
den Rändern mit goldenen liegenden Achten bestickt. Treten
zum Pfadfinder heran und knien vor ihm nieder. Aus dem
caesarlichen Helikopter aber springt gerade da ein breithüftiger Jüngling im Frack mit Fliege, ein mir seltsam bekann-
tes ungleichohriges Gesicht, frisch rasiert und doch schon
mit einem Schatten; wo nur habe ich es schon gesehen? Über

seinem Kopf, auf drei gespreizten Fingern der rechten Hand, ein Kristalltablett balancierend zwischen unsichtbaren Tischen (die Eunuchen von der Leibwache machen ihm Platz, die dicken Männer in den Mänteln und die dünnen Männer in den dürftigen Jacken stehen *still*), die kurzen Beine trippeln, der lange Rumpf beugt sich mal zu der Seite, mal zu der (das Tablett über dem Kopf aber bleibt regungslos zur Erde parallel). Hat es hindurch-, hat es herbeigetragen, hat es, Gott sei Dank, nicht fallen lassen.

Die Leuchte der Zivilisation, das Perpetuum mobile des Fortschritts, der Mächtigste Mann der Welt und so weiter und weiter und fort klopft den Jüngling auf die Schulter (dieser zuckt zusammen und schwingt wie eine Welle, nur von oben nach unten, das Tablett indessen bleibt unbewegt), er klaubt sich eine »Partagas«-Zigarre vom Tablett und steckt sie in den Mund. So als paffe er, bläst er ein paarmal die fünfeckigen Wangen auf (nein, die Zigarre ist natürlich nicht angeraucht – er ist noch zu jung zu rauchen, die Gouvernante blickt tadelnd über den Fuchskragen), dann führt er sie Großvater Vondratschek und dědeček Werner unter die Nase zum Schnuppern und steckt sie ihnen in den Mund zum Ankauen (das andere Ende natürlich, so will es, nach der Beschreibung des Zeremoniells im Programmheft, *der alte indianische Brauch aus dem »Lied von Hiawatha«, die symbolische Bedeutung: »Manitu beschert den Stämmen Frieden und Wohlstand«*). Dann schiebt er die zweimal berochene und bekaute in die Brusttasche seiner ledernen Fliegerjacke. Der Jüngling läuft mit dem Tablett (dem leeren, aber nichtsdestoweniger auf den gespreizten drei Fingern erhobenen) sich durchwindend zurück zum Helikopter. ... Ah, jetzt weiß ich wieder, wann und wo ich ihn gesehen habe – in diesem Sommer in New York: er ist der Enkel des ehem. Stellvertretenden Chefarztes in Vaters ehem. Klinik, er war in den Ferien aus Kalifornien gekommen und handelte mit dem *quality of life* (niemand kaufte) und fuhr jeden Tag nach Greenwich Village (anderthalb Stunde mit der Metro) um *mit jemandem* abzumachen, daß der ihm eine gute Stelle für sein Praktikum verschafft.

... Mit einer Geste, als säe sie, hatte Schekla ihr in große Halbkreise gelegtes Teerhaar abgenommen (»?« – »Julik, ich bin doch eine verheiratete Frau!«), es mir auf den Bauch geworfen und war, die gelblichen Fersen fast an die Gesäßbacken schlagend (ihre Ellenbogen in die Taille gedrückt, die Handflächen, in Schulterhöhe, drehten sich mit dem Rumpf von einer Seite zur andern) über den vermüllten Kies in den Atlantischen Ozean gelaufen. Ihr glatter Schädel mit den abstehenden Ohren glänzte lange schwarz in dem fernen Grau-Grün. Dann kam sie heraus, bis zum Gürtel in Algen und Gischt, nieste lange und beschimpfte Connecticuts Regierung, weil sie nicht für die Reinigung der Küste und des strandnahen Meers sorgt. Aber auf den Strand mit Eintritt hatte sie ja nicht gewollt. Bis zum Dunkelwerden saßen wir an den mit silbrigem, unrussischem Gras bewachsenen Dünen, tranken überaltertes »Schiguli«-Bier aus dem »Geschlossenen Verteiler« und aßen mit der Wurst »Jüdische Geräucherte« belegte Brote, die meine Mutter für das Schwitzbad mitgegeben hatte. Die Bäume regten ihre Äste, obwohl kein Wind ging. Im Schilf raschelten unrussische böse Tierchen. Unrussische Möwen flogen über dem Meer mit dem Kopf nach unten, wie Fledermäuse. Auf den Pfaden im Wald begegneten uns reitende Kurgäste, in Gruppen und einzeln, mit die Zunge zeigenden Hunden. Es sah nach einem Sommerlager der berittenen Polizei aus. Im Zwielicht leuchteten die Hundeaugen bernsteingelb und frech, die Pferdeaugen perlgrau und ironisch. Scheklas Schädel war bis zum letzten Tropfen getrocknet, sie zog die Frisur über ihn.

»Sag mal, du Gribojedow! Willst du vielleicht Waterford sehen, die Stadt Eugene O'Neills? Habt ihr im Literaturinstitut durchgenommen, wer das war? Mit dem Auto ist es ein
Katzensprung. Und übernachten können wir dann in Fifthrome ... Und kannst du das brauchen für deinen Roman, was
ich dir kopiert habe? Hast du's angesehn?«

*... Oder vielleicht lassen wir vorerst die Konstante und be-
fassen uns statt dessen mit einer beschränkenden Funktion
im Bereich Nutzen/Schutz? Was meinst Du?* Weiter mühte
sich I. v. T. in dem Brief, die Leistungsbereitschaft des Goldsteinschen Großvaters zu stimulieren, indem er sich auf seine
wissenschaftlichen Spitzenleistungen berief und ihn an seine
Zusammenarbeit mit dem großen Fritz Haber im Kaiser-
Wilhelm-Institut für Physikalische Chemie in Berlin erinnerte, dessen Entdeckungen das Gesicht des 20. Jahrhunderts verändert haben, und appellierte an das europäische
Bewußtsein und den amerikanischen Patriotismus Großvater Kaganskis. *Könntest Du nur eine Gleichung aufstellen,
die für den NG definiert, daß den allerhöchsten Nutzen und
Schutz für die Juden ihr völliges Verschwinden darstellt!
Dann wären sie von nichts mehr bedroht, es gäbe dann
schlicht keine Übelwollenden. Das Judentum würde zu einem ebenso vollwertigen Erbe der Westlichen Zivilisation
wie die Antike, und alle liebten die Juden dann, ihre vergan-
gene Reihe von Weisen und Helden – niemandem fällt es
doch ein, die alten Griechen und Römer zu hassen ...* Eine
vom Autor der Magisterarbeit verfaßte Fußnote teilte mit:
Fritz Haber (1868-1934), Nobelpreis 1918 für Chemie (*für
die Synthese von Ammoniak aus seinen Elementen*), wurde
in einer assimilierten jüdischen Familie geboren und war
maßgeblich an der Entwicklung der Giftgase, die das Deutsche Reich im Ersten Weltkrieg verwendete, beteiligt. *Ein
leidenschaftlicher deutscher Patriot, versucht F. H. zur glei-*

chen Zeit, Gold aus Meerwasser zu destillieren, was im Fall des Erfolgs zweifellos zur Niederlage der Entente geführt hätte. In den 20er Jahren entwickelt F. H. im Auftrag der Deutschen Gesellschaft für Schädlingsbekämpfung das bekannte Gas »Zyklon B«. Ungeachtet aller dieser Verdienste wurde Haber nach 1933 gezwungen, das von ihm geleitete Kaiser-Wilhelm-Institut (heute Fritz-Haber-Institut) und Deutschland zu verlassen. Auf dem Weg von England nach Palästina starb Fritz Haber an einem Herzinfarkt in Basel.

Kapellmeister sagte, als er mich zum Kennedy-Flughafen brachte: »Für uns Juden ist Amerika sowas, wie für unsere Urgroßväter der zaristische Schutzmann: ohne es wäre es noch schrecklicher ... Meine Frau ... hm, Ex-Frau ... ist in der letzten Zeit irgendwie verschwunden ... ruft fast nie an, und Verabredungen verschiebt sie mit Postkarten, von einem Mal zum andern ... Ich weiß nicht, was das zu bedeuten hat ... Na, macht nichts. Weiber! – Du kennst sie ja.«

33. Der neue Golem (2), oder die Vorhautjäger

Caesar schob die Zigarre in die Brusttasche, legte seine Arme um die Schultern der beiden Schofets, warf das grauköpfige Knabengesicht empor und schrie etwas Begeistertes hinaus – ins Mikrofon, das Großvater Vondratschek an sein stiefelförmiges Kinn hielt. Caesars Gesicht runzelt sich und verschwimmt im Kreuz des Feldstechers – wie eifrig ich auch am Justierrad drehe! –, wie ein leuchtendes Bällchen bläht es sich, ein glänzendes Wölkchen Dampf.

… Nein, jetzt pegelt sich's wohl wieder ein.

Die Einwohner drängeln, was das Zeug hält, klettern einander auf den Rücken, springen hoch, einer sich auf des andern Schulter stützend, recken die tanzenden Finger zu dem hohen Händedruck, strecken die Notizbücher, Postkarten und Baseballmützen hin zum Signieren. Die skythoparthischen Evakuierten in den farblosen Jacken können Josef Tons Sperre nicht durchbrechen, doch schubsen sie ihn mit vereinter Kraft nach vorn und schieben sich unter seinen Armen vor. Der Pfleger Amme Ali hält den Hamster (mesocricetus auratus) hoch über den Turban und springt mit unbewegtem Gesicht in der ersten Reihe nach oben. Er biegt sich im Flug wie ein Basketball-Center über den Korbring und legt den Auratus in Caesars zwischen Händedruck und Händedruck hängengebliebene Rechte (die Linke signiert angeregt irgend jemands T-Shirt). Caesar hebt langsam die Hand vor die Augen und blickt, sie zusammenkneifend, begriffsstutzig auf das goldene Tier, lacht jedoch, zwinkert den Bürgermeistern zu und zeigt auf es mit dem Daumen der anderen Hand. Die Bürgermeister klatschen Beifall. Der

Hamster beschnuppert die Luft um die hochherrliche Hand, kehrt um und macht sich den Ärmel entlang auf den Weg. Klettert, biegt um die Beuge, tippelt, rutscht ab, aber krallt sich in die Ärmelfalten – erklettert die Schulter, tippelt zur glatten fünfeckigen Wange, streckt sein goldenes Schnurrbart-Schnäuzchen zum ohrlosen Ohr, steckt es hinein, dreht es dort kuschelig, leckt mit dem heißen spitzen Züngelein, *macht's Hamsterchen*, wie Irmgard diese Studentenwohnheim-Liebkosung nennt. Caesars Lächeln wird selig und immer seliger, die ätzend-kalten Augenspalten sind fast geschlossen. Die Bevölkerung ruht sich aus vom Springen und gafft mit offenem Maule. Der Pfleger Amme Ali nickt befriedigt und biegt aus der Faust über dem Turban einzeln die braunen gepflegten Finger mit den blitzenden Ringen gerade: Daumen ... Zeigefinger ... Mittelfinger ... Goldfinger ... kleiner: Mesocricetus explodiert in Caesars Ohr, der ergraute ohrenlose Kopf zerstreut sich – wie eine altrussische Ballade sagt – *zu Scheißkütteln*. Blaues, weißes und rotes Blut springt springbrunnengleich. Der Körper steht noch eine Weile aus eigenem Willen, dann senken sich die im Moment der Explosion emporgeworfenen Hände auf die runden Schultern der Schofets und klammern sich an sie mit ihrem letzten Krampf; der kopflose Körper Caesars hängt schlaff. Die drei Prätorianer in den krummbeinigen Anzügen drehen dem Pfleger Amme Ali die überaus biegsamen Arme nach hinten, er wehrt sich übrigens nicht, flüstert nur etwas Glückseliges. Das Publikum auf dem Platz tritt in Zeitlupe zurück von der bei der Explosion erschütterten Kastanie und ins Schwanken und Drehen geratenen Pyramide – Schritt für Schritt im Gleichschritt, es hat nicht einmal mehr die Kraft, Panik und Tumult zu veranstalten. Nur die männlichen Zigeuner sitzen auf den Stufen der Rathaustreppe, so wie sie saßen – lassen die Hände baumeln von den Knien. Auf dem elektrischen Grill vor Janošik Horvat werden die sechzehn Igel allmählich gar, sie dampfen schon durch das verdunkelt schimmernde Nieseln. Josef Ton kehrt dem Platz den Rücken zu und zäunt mit seinen sich unendlich verlängernden Armen die sich zu einem zitternden Haufen zusammendrängenden Skythoparthier ab. Irmgard lehnt sich aus dem Fenster mit (*als ob hier Waffeln fliegen!*) gelösten Lippen und ihren Brüsten, zwei weißen langen Broten, die die Detonationswelle aus dem Mieder geworfen hat und die nun in die Schlucht herabhängen. Mařenka, aus dem Dunkel des Zimmers, hält sie an den Hüften fest, selbst aber schaut sie still unter der Stirn her nach rechts oben.

Es schüttelt mich leicht, mich faßt ein Schauer, und ich will pinkeln, was mir jedesmal passiert, wenn ich zum Augenzeugen historischer Ereignisse werde – das letztemal war es am 21. November 1984 im Kirow-Stadion: »Zenit« Leningrad gewann gegen »Metallist« Charkow und wurde UdSSR-Fußballmeister. Wäre ich schon damals eine Frau gewesen, hätte ich mich auf der Stelle Jurij Scheludkow mit der Nummer 9 hingegeben. Kann sein, auch ohne dies.

Die Schofets stiegen – an den kopflosen Kaiser angehakt – von der Kanzel, mit Seitwärts- und Greisenschrittchen, Stückchen für Stückchen, und zogen (die langen Beine in den Cowboy-Stiefeln schleiften über den Rasen) Richtung Helikopter. Aus dem Helikopter ist ein zwei Meter großer Greis gestiegen, nicht der Jahreszeit gemäß mit einem Pyjama (in Matratzenstreifen: rot-weiß-blau) und abgeschmolzenen Plastiklatschen bekleidet. Sein nacktes, im Verhältnis zu seiner Statur zu kleines Gesicht mit den runden Backenknochen verzerrt sich schmerzlich-begeistert, die Äugelein schauen in tiefem Blau, das Spinnweb über seinen Ohren bauscht sich und füllt sich mit Dämmerung. Er winkt, als scharre er mit den Händen, in den Helikopter hinein, offen-

sichtlich jemanden von dort herauslockend und zu sich
ladend. Aus der Hubschrauberkabine springt Caesar heraus – eins zu eins wie er war: ein ergrauter ohrenloser
Knabe in Fliegerjacke. Hinter ihm rutschen zwei Weißbär-
tige mit runden Hüten und fliegenden Schößen auf dem
Hintern herunter, übernehmen von Großvater Vondratschek und děděček Werner den kopflosen Körper des alten
Caesar und schmeißen ihn, synchron zum Wurf ausholend,
ins Hubschrauber-Innere. Der neue läuft hüpfend zur Kanzel (hinterher die Bürgermeister in hinkendem Trab), springt
hinauf, wirft das rotwangige Graukopf-Gesicht empor und
schüttelt grüßend die Fäuste über dem Kopf. Ich schaue zurück zum Fernseher (Direktübertragung mit drei Minuten
Verzögerung: da schiebt der alte Caesar die Zigarre in die
Brusttasche, da legt er seine Arme um die Schultern der beiden Schofets, wirft das rotwangige Graukopf-Gesicht empor und schreit etwas Begeistertes hinaus – ins Mikrofon,
das Dr. Heinz-Jörgen Vondratschek an sein stiefelförmiges
Gesicht hält. Das Bild springt beschleunigt (alle *drei* Sekunden ein Sprung) von Kanal zu Kanal, aber in jedem läuft
unten ein und dieselbe deutsche Schrift: ICH BIN EIN JU-
DENSCHLUCHTER!)

»Ich bin ein Judenschluchter!« rief Caesar im Fernseher. Die
Einwohner im Fernseher fingen an, zu springen und zu
klatschen, und stürzten zur Kanzel. Gleich, gleich, jetzt muß
der Hamster ins Bild kommen, gleich gerät das Amerikanische Imperium ins Wanken! *Selig, wer in diese Welt kam zu*
ihrer Schicksalsstunde ... Aber nein, Caesar schüttelt grüßend seine Fäuste über dem Kopf. Das Orchester hat das
tschechische Holz und das deutsche Blech wieder an die
Münder gehoben, das Publikum die Hüte abgenommen –
wer einen hatte auf seinem Kopf, Caesar und die Eunuchen
in den Litewkas haben die Hand aufs Herz gelegt und blin-

zeln geradeaus, und unter dem Bild läuft plinkernd der Text: OH, SAY, CAN YOU SEE, BY THE DAWN'S EARLY LIGHT WHAT SO PROUDLY WE HAILED AT THE TWILIGHT'S LAST GLEAMING? WHOSE BROAD STRIPES AND BRIGHT STARS, THRO' THE PERILOUS FIGHT, O'ER THE RAMPARTS WE WATCHED, WERE SO GALLANTLY STREAMING. Das Imperium ist nicht ins Wanken geraten! *Das Gastmahl der Götter*, zu welchem der *Selige* geladen war, findet nicht statt. Ohne mich umzuwenden, tastete ich mit der Hand nach hinten, fand das Fenster und schloß es. Stieß es mit Nachdruck zu, drehte die Klinke nach unten und schleppte das im Oberschenkel schmerzende Bein am flimmernden Fernseher vorbei – zum Sofa. Und setzte mich mit einer Gesäßbacke auf den äußersten Rand. Auf dem Tisch am Sofa neben dem geöffneten *Notebook* (am Ende der nicht beendeten Zeile *Thereunder it would be proposed*, der einzigen auf der Seite, erscheint und verschwindet der Kursor, mit einer ein Gefühl von Arhythmie hervorrufenden Gleichmäßigkeit, Zeit: 17.38) liegt ein gelber Briefumschlag, A4, wie es Irmgard nennt, das heißt Format 11: vollgepfropft und an der langen Seite aufgefetzt, bedeckt mit amerikanischen Briefmarken, blauen Aufklebern der Luftpost und diversen schwarzen, blauen und roten Stempeln: zerlaufenen Wappen und verschmierten Runen. Ein Blatt hängt zu einem Drittel heraus und trägt das Signum *Witwe-Goddes-Foundation*, darunter links – der Anfang der Anschrift: Mr. J. Goldstein. Aber wieso hatte ich ihn nicht sofort bemerkt?

Lieber Sir, wir freuen uns, Ihnen ein Jahresarbeitsstipendium unserer Foundation zur Verfügung zu stellen. Ihr Lebenslauf und das Resümee Ihres Projektes (Sammeln von Materialien zu einem historischen Roman mit dem Titel »Die Vorhautjäger« – über einen Stamm jüdischer Indianer, die im

17. Jahrhundert im Gebiet von Neuamsterdam lebten, und über seinen Häuptling, den Pseudomessias Mordechai Espinoza, einen holländischen Kaufmann, der von portugiesischen Marranen abstammte), die Sie über die Mitarbeiterin unserer Foundation Mrs. Aida Shvartsman eingereicht haben, haben unser Kuratorium völlig überzeugt. Unsere Bedenken, aus denen die Verzögerung der Entscheidung resultiert, für welche wir Sie sehr um Entschuldigung bitten, hingen damit zusammen, daß der einzige noch freie Platz für das Jahr 1994 ein Quotenplatz für schwarze Forscher war, und zwar laut Senatsentscheidung vom 5. 4. 1985 »Über die zusätzlichen festen Quoten für unterdrückte Minderheiten in Institutionen, die aus den persönlichen Mitteln von Imperator und Volk unterhalten werden«. Bis dato hatten wir nichts von Afrorussen gehört, aber Mrs. Shvartsman hat uns versichert, daß sie während Ihres Besuchs in unserer Foundation im Sommer d. J. ausreichend Gelegenheit hatte, sich davon zu überzeugen, daß Sie schwarz sind, deshalb erwarten wir Sie also ab dem Ersten nächsten Monats, d. h. mit Beginn des neuen Jahres 1994. In der Anlage finden Sie die Bedingungen Ihres Aufenthalts in der Stipendiatenwohnung unseres Fonds in der Westlichen Vierundvierzigsten Straße 424, New York, Manhattan, USA, sowie ein Flugticket für den American Airlines-Flug München – New York (1. 1. 1994) und eine Kopie unseres Briefes an den Konsul der Vereinigten Staaten in München mit der Bitte um der Dringlichkeit entsprechend rasche Ausstellung des Visums.

Mit herzlichen Grüßen,
Geschäftsführerin der Foundation
für jüdische Forschungen
Bertha Goddes

Ich hielt den Umschlag an der Kante fest und melkte ihn über dem Tisch – und tatsächlich, aus dem sich federnd aufblätternden Päckchen Papier schlüpfte ein »American Airlines«-Ticket mit einer angehefteten dunkelrosa Karteikarte, auf der in Druckbuchstaben stand: BIN SCHWANGER MIT EINEM JUNGEN. VERGISS DIE SALBE NICHT. KÜSSE. SCHEKLA. Der Fernseher erlosch – von selbst, so wie er sich auch einschaltete. Es wurde dunkel. Im Studio liefen riesige eckige Schatten und bunte Reflexe um. Welch wundersame geschweifte Gedanken stiegen wie Feuerwerk auf in meinem Kopf – über Europa, das nirgends ist, und über seine unsichtbaren Einwohner, die ewigen Greise beiderlei oder keinerlei Geschlechts! Ich legte mich halb auf das Sofa, schloß die Lider, befreite die Ohren von den beiderseits verwendbaren Ohrschützern und hörte – unendlich weit entfernt – Hubschraubertuckern, Musikfetzen, Rumor von Menschen, das Rauschen des Äthers.

… Aber wo, das hätte ich ja nun doch noch gern gewußt, ist Julien Goldstein nur abgeblieben?

2000–2002